# Rondo veneziano

16,95

# Gerrit Krol

# Rondo veneziano

AMSTERDAM
EM. QUERIDO'S UITGEVERIJ BV
2004

Omslag Anneke Germers
Omslagfoto Paolo Monti/the Circolo Fotografico
la Gondola Venice Italy
Foto auteur Anton Tiktak

ISBN 90 214 7018 7 / NUR 301
www.boekboek.nl

# INHOUD

TORRICELLI–COLLOQUIUM
PADUA / VENETIË

Oktober 2004

*Voorzitter:* prof. dr. M. A. DuToit, Orléans
*Secretaris:* dr. J. Goormaghtigh, Gent

*Deelnemers:*

Prof. dr. A. S. Apolloni, fysicus, Padua
Dr. J. Brodsky, dichter, New York
Prof. dr. E. J. Dijksterhuis, historicus, Utrecht
Prof. dr. S. H. Ehrenreich, filosoof, Königsberg
Prof. dr. S. Eriksson, wiskundige, Uppsala
Prof. dr. F. Kemenyfy, fysicus, Boedapest
Prof. dr. T. Kiik, botanicus, Tallinn
Prof. dr. H. O. Mayer-Kuckuck, fysicus, Leipzig
Prof. dr. B. H. Mitla, historica, Praag
Prof. dr. K. S. O. I. M. Nowotny, historica, Warschau
Prof. dr. K. Q. Olsen, filosoof, Kopenhagen
Prof. dr. dr. H. M. M. Ort, chemicus, Berlijn
J. J. Pipper, Amsterdam
Prof. dr. V. Planiać, filosoof, Zagreb
Prof. dr. K. Ruelisueli, filosoof, Bazel
Prof. dr. T. K. Sawatsky, fysica, Moskou
Dr. M. Welbeke, auteur, Lille
Prof. dr. J. Wood, filosoof, Londen

# Maandag

Het hotel was gebouwd op de oude vestingwal, op de stads-
plattegrond met krachtiger lijnen aangegeven dan de werkelijkheid te zien gaf. Er was een gracht, een middeleeuwse
poort en een terras dat uitzicht gaf over de velden.

Het was vroeg. De stoelen waren nog vochtig. Voor ik ging
zitten veegde ik met mijn zakdoek de witte kunststoffen latten
droog. Ik keek naar binnen, of er al leven was. Ik rook koffie
en ging terug naar mijn tafeltje.

De rivier stroomde snel. Het had veel geregend. Maar nu
scheen de zon, in een heldere lucht. De huizen aan de overzijde stonden scherp in het licht. Duiven koerden onzichtbaar en
de schreeuw van een haan, in de verte, maakte de rust compleet.

Tien minuten later had ik mijn cappuccino en kort erna
daalde daar van de trappen Vicky, mijn reisgezel. Spijkerbroek, lichtblauwe bloes, een camera en cameratas. En een
chauvinistische glimlach op haar gezicht. Als de wereld in
overeenstemming is met haar politieke beginselen, dan lacht
zij zo. En klopt het wat ik denk? Ja, want ze begint, als ze gezeten is, een heel verhaal over Padua dat ze 'zojuist' heeft gelezen. Over hoe Padua zich altijd heeft onderscheiden van de
andere universiteitssteden, die meer onder supervisie stonden
van Rome – terwijl dit Padua, onder de bescherming van het
machtige Venetië, altijd een vrije universiteitsstad gebleven is,
waar verdraagzaamheid in leer en leven als het hoogste goed
ervaren werd.

Padua, door reizende geleerden veelvuldig bezocht.

Tijdens het ontbijt vroeg ik me af welke richting wij straks zouden aanhouden. 'Die kant op,' zei ze. Dat meende ik al.

'De weg naar de Tempel der Wijsheid,' zei ze spottend. Hoe zouden wij die niet kunnen vinden? We waren er de avond tevoren langsgelopen, ter kennismaking.

We liepen opnieuw dezelfde weg.

'Vrouwen liepen vroeger meestal expres de verkeerde kant op,' wist ik haar te vertellen.

'Omdat ze de mannen een pleziertje gunden. Mannen zijn kinderen.'

We stonden op de piazza en keken uitvoerig om ons heen. Vicky maakte foto's. 'Ik heb gedroomd,' zei ze, 'dat we in mijn tuintje zaten te spelen en dat je een erectie had. Zij kwam boven de huizen uit. Ik was bang dat de mensen haar zouden zien. Het was geen erotische droom.'

'Gelukkig maar.'

'Graag of niet.'

'Waar slaat dat nou op.'

'Nergens op, schat.'

Hand in hand liepen we terug in de richting waar we meenden dat de universiteit was.

We liepen door geheel vreemde straten en kwamen zonder mankeren op het juiste punt uit. Ik heb een bijna feilloos gevoel voor oriëntatie, maar deze keer vergiste ik mij en was het Vicky die zonder aanwijzingen van mij de juiste straat in liep. Hoe kreeg zij dat nou voor elkaar?

'Intuïtie schat. Zag je die toren niet? We zijn er gewoon omheen gelopen.'

'We zijn te vroeg.'

Aan de overzijde van de straat stond nog een tweede gebouw, dat, gedragen door rijen zware zuilen, uitzicht gaf op een binnenhof. Vicky stak de straat over en ik volgde haar. Ter zijde van de hof liep een brede trap omhoog die, langzaam betreden, ons tweetjes de staatsie van vorsten gaf.

De deuren stonden open en we gingen naar binnen.

We stonden in een kleine hal die, gemarkeerd door tafels waarop stapels papieren, leidde naar een nieuwe ruimte. Een vreemde zaal, die niet rechthoekig was en ook niet rond. Het plafond, dieprood, was zwaar van ornamenten en werd op zijn plaats gehouden door vele ribben die ook weer versierd waren en glansden onder eeuwenoud patina. De kleine vensters waren uitgevoerd in glas-in-lood: deze zaal moest wel zes- of zevenhonderd jaar oud zijn...

We gingen terug naar de hal. Ik voelde me naar school gebracht door mijn moeder – wat ik wel een aangenaam gevoel vond – maar ze moest nu maar gaan.

Ik zag hoe ze de koninklijke trappen afdaalde, wuifde en naar buiten ging.

Naast de garderobe stond een grote tafel met voor iedere deelnemer een pak paperassen: samenvattingen van wat we de komende dagen te horen zouden krijgen, een lijst van deelnemers. J.J. Pipper. Altijd blij dat ik niet vergeten ben en ik nam mijn door een elastiek samengehouden stapel op en liep ermee naar binnen.

Een ovale tafel met karaffen water, lege glazen en makkelijke stoelen nodigde ons uit plaats te nemen.

Ik installeerde mij. Kaartje op de revers gespeld, kartonnetje gevouwen tot een tent en voor mij neergezet zodat iedereen weet wie ik ben en alvast maar het glas gevuld. Een slokje genomen, want de lucht is droog. Zet het glas neer en kijk naar de overzijde, om te lezen wie die drie heren zijn: dr. F. Kemenyfy, dr. J. Wood, dr. K.Q. Olsen. Alledrie professor.

Ik orden mijn papieren, tref een Lijst van Deelnemers aan. Sta ik ook bij, met m'n naam. Zo te zien ben ik de enige zonder titels. J.J. Pipper, zeg maar Jan, Amsterdam University. Waar staat dat? Dat staat nergens. Wie er wel in staat, zowaar, is dr. Josef Brodsky, New York. En prof. dr. Betta Mitla, Praha Univ. En prof. dr. M. A. DuToit, die ken ik ook. En god-zijdank is ook Antonio van de partij. Prof. dr. A. Apolloni, Padua. Ik heb 'm nog niet gezien, maar dat hij op de lijst staat stelt mij gerust. Hij is per slot mijn gastheer.

Voorzitter is prof. dr. M. A. DuToit uit Orléans. Verder zie ik prof. dr. Planiać. Ken ik ook van de vorige keer.

Het is een prachtige ovale zaal. Met een ovale tafel. We zien uit op een glanzend meer. Behalve een glas water hebben we een microfoon voor onze neus, zodat we elkaar in de rede kunnen vallen.

Ik keer mijn kaartje om, om te zien wat ik ben. Kon wezen immers dat ik aan de achterzijde toch nog prof. dr. was, maar dat is dus niet het geval.

We zijn nu allemaal gezeten, de voorzitter ook. Hij knikt en groet bekenden. Prof. dr. DuToit, Orléans. Ik zit schuin tegenover hem.

't Valt wel op. Menigeen van mijn overburen zal al hebben gedacht: wat doet die eenvoudige man hier, is hij misschien de amanuensis? Of: hij geeft niet om titels – is hij dan een genie?

Staat niet eens bij wat mijn vak is.

Ik kijk in het rond. Er zijn er eigenlijk maar weinig die ik ken.

'n Valstrik?

Prof. DuToit is gaan staan en heet ons allen van harte welkom op dit vierde internationale, deze keer door de Universiteit van Padua georganiseerde colloquium. Zo te zien, zegt Du-Toit, bent u allen aanwezig en met dit grapje als aftrap geeft hij een overzicht van wat de vier voorgaande conferenties hebben opgeleverd aan inzicht, toezeggingen en resultaten, die moeten worden gezien in het raamwerk van Europa. We-tenschap zoals die zich heeft ontwikkeld vanaf de late renais-

sance tot op de huidige dag. Hoofdzakelijk dankzij haar ver-
klarende en voorspellende kracht heeft de westerse natuurwetenschap een enorme kennis van technologie opgeleverd, welke een diepgaande invloed heeft op ons dagelijkse leven. Deze
invloed is ons ten goede gekomen, hij heeft het prestige van
de wetenschap vergroot. Het is evenwel meer en meer duidelijk dat de veranderingen die voortkomen uit onze kennis van
zaken niet altijd uitsluitend een zegen zijn. De geïndustriali-
seerde maatschappij staat in toenemende mate voor het probleem dat...

'k Zie nu pas goed in wat voor prachtige zaal wij zijn gezeten. Het plafond is middeleeuws hoog, versterkt door ge-
kromde ribben, als eertijds Jonas' onderzeeër. Oud hout, en
ook het gekleurde vensterglas moet eeuwenoud zijn. De lam-
brisering, de deuren – alles is van zo'n historische rijkdom en
van zo'n weelde dat ik de luchters pas opmerk als de lampen
aangaan. Het is de oudste zaal van het complex, zal ik later
horen, de zaal waar in vroegere tijden de Venetiaanse Vroed-
schap vergaderde, telkens als die daartoe overkwam naar het
vasteland.

Nu de zitting begonnen is kan ik vaststellen dat enkele
deelnemers niet zijn komen opdagen. Dr. Joseph Brodsky uit
New York is als we dezelfde bedoelen reeds overleden; zijn
deelname moet het gevolg zijn van een administratieve fout.
En dr. Welbeke is evenmin aanwezig. Niet hier in Padua. Hij
zal het te druk hebben met zijn pr, hij is dezer dagen heel beroemd. Ik heb hem eergister nog op de tv gezien, en gehoord.
Hij beweerde hetzelfde als –

Ik zag de deurknop bewegen. Het was alsof er iemand naar
binnen wou. Er kwam inderdaad iemand naar binnen. Een
jongeman. Dansend met grote onhoorbare passen, als een rei-
ger, de knie telkens geheven, bijna tot de kin, ging deze jongeman links om de tafel heen, om de voorzitter te bereiken –
en hem een dubbelgevouwen papier te overhandigen. DuToit
onderbrak zijn verhaal. 'Dank u. Dank u wel.'

Deze laatste woorden waren gericht aan de goede boodschapper, die glimlachte dat hij was begrepen en langs dezelfde weg de zaal verliet.

Het ging om mij. In de pauze kwam prof. DuToit naar mij toe en vroeg of hij me even kon spreken. Hij nam mij ter zijde. Mijn hart stond stil. Het ging om twee dagen dat ik gevangen heb gezeten op Trinidad. Als ik het al niet dacht! Maar ik had geen zin in de verdediging te gaan en gaf ruiterlijk toe dat ik betrokken was geraakt bij malversaties in de terreinopmeting, jaren terug, toen ik op Trinidad woonde. 'Ik heb...' (Het is nog de vraag waarmee je je het meest verraadt: de angst in je ogen of de opluchting dat die angst voor niets geweest is – die zich uit in nodeloos veel praten.)

'Twee dagen is niet veel,' zei DuToit.

'Nee,' zei ik, 'het was dan ook een vergissing. Ik heb...'

'Nee, maar dan is het goed,' zei DuToit. 'Daar moeten we geen tijd meer aan besteden.'

Beter van niet, vond ook ik.

Maar hem nu vragen of ik dr. voor mijn naam mocht zetten – nee, daarvoor was het niet het juiste moment. En DuToit niet de juiste persoon. En de vraag niet de juiste vraag.


RONDO VENEZIANO

De anders zo drukke Piazza dei Signori was leeg. Dat kwam omdat het maandagmorgen was: de rolluiken hingen naar beneden. De enige toerist die er liep was een vrouw, die wachtte tot er een winkel openging, gaf niet welke, en dat maakte het plein nog leger.

Ze keek op haar horloge omdat ze dacht dat ze misschien wel tijd had om de trein naar Venetië te nemen, maar omdat ze bang was dan niet op tijd terug te zijn zag ze van dit voornemen af.

Er liepen nu twee vrouwen op de piazza. Een plus twee is

twee – als je tenminste dezelfde vrouwen bedoelt. Ze liepen op elkaar toe, wel vermoedend dat een en hetzelfde lot hen hier gebracht had: de vrouw van een beroemde professor te zijn en door hem mee op reis te zijn genomen. De ene, Olivia, was het liefje van prof. Kemenyfy. De andere, Ira, was de wettige vrouw van prof. dr. Heinrich Oscar Mayer-Kuckuck.

'Waar logeert u?'

'In Hotel Galilei.'

'Dan logeert u in het goede hotel. Wij ook. Hebt u ook een kamer aan de voorzijde?'

'Nee, wij slapen gelukkig aan de achterzijde. Wij zien uit op de tuin. Wij hebben een erg stille kamer.'

'O, wij ook. Zeker.'

Ze zwegen lange tijd. Ze stonden op een hoek van het plein, een paar meter van elkaar. Het leek alsof ze beiden stonden te wachten op een bus die nog lang niet zou komen.

Om tien uur ging het terras open van het Pedrocchi-restaurant, konden de dames plaatsnemen.

Vicky kwam aan een tafeltje te zitten met twee oudere dames.

Ze stelden zich aan elkaar voor. 'Mevrouw Mayer-Kuckuck. Zeg maar Ira.' 'Mevrouw Kiik. Ja, Kiik, zeg maar Lydia.' 'Vicky,' zei Vicky.

'Fikki? Heet u Fikki? Wat een rotnaam. Fikki Ficken. Wat vindt u er zelf van? Vindt u het een mooie naam?'

'Ik vind het een mooie naam. De V, en die ck, een mooi koppel. Ja hoor, ik heet graag zo.'

'U bent eraan gewend.'

'U duidelijk niet. Hoort u mijn naam voor het eerst?'

Wat een naïef mens, dacht Lydia. Ze pakte haar tasje. 'Ik zal u mijn laatste foto's laten zien.'

Zo kreeg Vicky alsof ze een diaprojector was de ene foto na de andere voorgeschoven. 'n Blauwe lucht, purperen gondels, blauw golvend water, een Gulden San Marco, zilveren duiven...

17

'Vindt u het geen mooie foto's? Ik heb ze gisteren genomen. Vindt u ze niet schitterend? In de volle zon. Vindt u het zonlicht niet schitterend? Dat licht zoals dat op het water schijnt, vindt u dat niet schitterend? Schitterend! In één woord! Je hoort jezelf niet te prijzen, maar ik prijs mijn foto's, niet mijzelf. Kijk, dit zijn de laatste plaatjes van mijn twee lieve schatten in Wittelsburg; vier en twee jaar zijn ze nu. Vooral die kleine, vindt u dat geen schatje? O, het is zo'n dropje, hè. Echt een dropje. Een dropje is het, trouwens de oudste ook. Zo wijs als die de wereld in kijkt, nu al. Jongens zijn meteen al anders dan meisjes, hè? Maar ook een dropje hoor, deze jongen. Hebt u kleinkinderen?'

'Nee, helaas niet.'

'Jammer is dat. Dan kunt u ook geen foto's van ze nemen.'

Er ontstak onder de aanwezigen een kleine competitie: wie de afgelopen dagen de mooiste foto's had gemaakt. Niet ieder had foto's bij zich. Vicky wel, ze kwam er mee voor de dag, maar erkende ruiterlijk dat haar foto's maar grauw afstaken bij die van de anderen. Maar ja. De gondels, ook van de Universiteitshof, met zijn Corinthische pilaren. Wát een verschil.

'Ligt aan de camera,' zei Lydia en het leek wel of ze het over haar echtgenoot had, 'ik heb nu eenmaal een geweldige camera. U moet me niet vragen hoeveel hij heeft gekost. Een aanslag op je portemonnee. Maar dan heb je ook zúlke plaatjes.'

Vicky zei dat het minder aan de camera lag dan aan de film.

'U gebruikt zeker Kodak.'

'Kodak Gold.'

'Ja, zie je, dan krijg je dát.'

Ze zaten onder een van de bomen. Ze kregen een cappuccino aangeboden door de directie van het hotel – zoals beloofd in het programma.

Een kwartier later zouden ze hun tafeltje delen met een zekere André, een Pool, die ook betrokken was bij het Torricelli-colloquium, maar dan via zijn vrouw, prof. dr. Krysta

Nowotny uit Warschau.

'Mijn vrouw is wereldberoemd,' zei hij tevreden.

'Mijn man ook,' zei Ira.

'Mijn man toevallig ook,' zei Lydia.

'Maar soms wou ik wel,' zei Ira, 'dat hij wat minder goed was.'

'Wat zegt u?' vroeg Olivia.

'U hebt mij goed verstaan,' zei Ira. 'U wilt het alleen nóg 's horen.'

Om twaalf uur zat het terras vol.

Om half een ontstond er enig rumoer. Het was nu lunchtijd, volgens het programma, maar in de keuken wist men van niets.

De geleerden waren nog in conclaaf. Hoewel het intussen kwart voor een was.

'Ze kunnen het niet eens worden,' zei Olivia.

'Ach, ik ken geen hoogleraar die niet graag zichzelf hoort. Tien minuten en ze nemen een halfuur. Het loopt elke keer weer uit de hand. Professoren? Ondingen.'

'Ze kalken het bord vol met formules en dan vegen ze het weer uit.'

'Ik hou niet van formules. Ik ben een gevoelsmens,' zei Lydia.

'Goed dat u me waarschuwt,' zei André, 'met gevoelsmensen krijg ik het altijd aan de stok. Het zijn vaak primaire mensen, ze spuwen meteen vuur; ze weigeren over wat ze verteld wordt eerst 's even goed na te denken. Of ze kunnen inderdaad niet nadenken, maar zeg dan mijn verstand is niet je dat, 3 x bellen s.v.p. Zulke mensen hebben vaak een hond, want een hond maakt het niet uit of z'n baasje formules snapt of niet.'

Lydia zat stijf achterover, de armen defensief over elkaar. 'Neem me niet kwalijk,' zei ze. 'Was dit allemaal voor mij bedoeld?'

'Ach nee, mevrouw. Ik schoot even uit mijn slof.'

'Is het uw stokpaardje? Hebt u zelf misschien een erg goed

19

verstand? Waarom zit u hier onder de bomen als tweederangs persoon?'

'Tweederangs?'

'Ja, het intellect zit toch binnen? Prof. dr. X, prof. dr. Y, prof. dr. Z. Dacht u niet dat dit ook mij wel 's de keel uithangt: de vrouw van een prof. dr. te zijn?'

'Misschien verdraagt u niet dat uw man bekend is?'

'Beroemd bedoelt u.'

'Of misschien gaat hij gauw met pensioen?'

'O, was dat maar waar. Mijn echtgenoot is toevallig tweemaal gepromoveerd; hij heeft twee leerstoelen.'

'Er is,' zei mevrouw Ehrenreich met een glimlach, 'een aardige anekdote over mijn man in omloop. Hij stuurde 's een artikel in voor de *Annalen*. Goed genoeg voor de *Annalen*, kreeg hij te horen. Maar niet goed genoeg voor Ehrenreich. Afgewezen.'

'Ik ga af op mijn intuïtie,' zei een andere vrouw.

En toen kregen ze het nog even over muziek. 'Ha, fijn. Hele dag Italiaanse opera.'

'Had je gedacht. Popmuziek.'

'Pianoconcerten. Mozart.'

'O Mozart, vreselijke muziek. Ping ping ping. Vréééselijk!'

'Anders toch wel een naam.'

'Is dit Mozart?'

'Welnee, dit is Rondo veneziano.'

'Het draait de hele ochtend al.'

'Echt rondo, hè?'

'Afschuwelijke muziek vind ik dit. Wat denk je, kunnen we ze vragen dit af te zetten?'

'Ik vind het anders wel vrolijk, hoor.'

'Het is het bekendste orkest van Italië.'

'En tevens het slechtste.'

'Kan zijn. Maar Mozart... Ik vind zijn muziek zo seksloos.'

'Hij was anders een goede psycholoog.'

'Kan zijn. Maar nee, als het een solist moet wezen, luister ik liever naar een goed vioolconcert, dat is tenminste romantisch.'

'Maar er is toch wel een verschil?'

'Tussen wat?'

'Nou, tussen bekend en beroemd. John is bekend, maar niet beroemd.'

'Wie is John?'

Kijk, daar had je het al. Als hij beroemd was had men geweten wie John was. 'John Wood,' zei ze.

Nu kwam het erop aan of ze wisten wie John Wood was en ja hoor, natuurlijk wist Sophie wie John Wood was: de filosoof, de voornaamste leerling van Popper.

'Von 'k tóch leuk,' zou Jane die avond bij het naar bed gaan – eindelijk met z'n tweeën – tegen haar man John zeggen... 'Von 'k tóch leuk dat er een paar wisten wie John Wood was' en John zag dat zijn lieve vrouw glom van trots.

Maar ook de hooggeleerden meten zich met elkaar. Ze treffen bekenden aan, bekend van naam, meer dan van gezicht; je kijkt wel even naar het kaartje voor je iemand aanspreekt. Voor een kopje koffie ben je bereid gehoorzaam in de rij te staan – die rij is niet zo lang. Soms ben je een eenling. Sta je met je kopje voor de borst om je heen te kijken: wie ken ik, wie ben ik, ben ik zelf wel bekend genoeg? Kanonnen als Mitla en Nowotny weten zich verzekerd van voldoende gehoor: omdat ze een naam zijn op hun vakgebied, omdat ze vrouw zijn, omdat ze mooi zijn. Welke van deze drie factoren telt voor een man het zwaarst? Waar wordt het hardst gelachen?

## RUMOER ROND MEITNER

Maar dan. Ik zie DuToit zijn kopje afgeven aan degene die naast hem staat, die mag het zolang vasthouden terwijl hij hoffelijk, met een lichte buiging de dame verwelkomt die zojuist is binnengekomen. Een kleine vrouw, gekleed in het zwart, dun wit sjaaltje, het grijze haar achter de grote oren gestoken in een knoetje – een welverzorgd omaatje.

'Hoe zegt u?'

'Lise Meitner, kent u die niet?'

'Neemt u mij niet kwalijk. Daar zie ik professor Mayer-Kuckuck. Die móét ik even spreken.'

Ook in dit geleerde gezelschap lopen mensen rond die nog nooit van Lise Meitner gehoord hebben.

Wat kwam ze doen in dit kleine Padua?

Wat was haar missie?

Ze nam haar plaats in en knikte naar degenen die ze meende te kennen.

Aan het woord was prof. dr. Tatjana Sawatsky, meteorologe, die zich gelukkig prees te kunnen melden dat er grote vooruitgang was geboekt op het gebied van de modellen. 'Tien jaar geleden slaagde men er nog niet in een koppeling aan te brengen tussen de atmosferische en oceanische modellen. Nu wel. (...) Inmiddels was ook het effect van sulfaat-aerosol en andere atmosferische deeltjes in de modellen opgenomen. Zelfs een gecompliceerd fenomeen als El Niño kon adequaat worden beschreven.'

Pal voor Sawatsky zat dr. Goormaghtigh, die de zaal in keek, maar mij zag hij niet. Ik stak mijn hand op. Waar m'n doctorstitel toch bleef, ik maakte er een grapje van. Maar ik had er wel belang bij. En bovendien... In Orléans was ik doctor, in Uppsala was ik doctor, in Augsburg... Nee, dat kon ik niet als argument gebruiken, je bent doctor of je bent het niet. Het punt met mij, uiteindelijk, is: ik ben geen doctor. Zelfs niet afgestudeerd. Maar dat kan ik nooit zeggen, ook niet als grap. Nee, ik ben doctor en laat dr. Goormaghtigh dat nou maar aan de administratie doorgeven. Het is zijn probleem, niet het mijne.

Tijdens de lunch ontmoette ik John Wood. Ja, hij herinner-de zich mijn verhaal nog.

Ik had een lezing gehouden in Orléans over de Vier Na-tuurkundige Krachten, in het bijzonder over de Vijfde Kracht. De kracht waarmee twee mensen naar elkaar toe getrokken kunnen worden. Blijkbaar geen al te grote onzin beweerd: hij had mij nu voor Padua genomineerd.

Wood glimlachte. 'Jaaah. Dat was eigenlijk heel grappig, die lezing van u. Over de Vijfde Kracht. Want daar wisten wij alles al vanaf. Dat wisten wij allemaal al. U was niet de eerste, om eerlijk te zijn.'

Ja. Nou ja.

'Maar het was een goed verhaal, goed gesteld, jaaah, en daarom hebben we u weer voor een lezing uitgenodigd.'

Een nieuw verhaal. Dat had ik bij me. Dat was goed. En toen kon ik ook Antonio de hand schudden. Hij had beschei-den staan wachten tot ik klaar was met Wood, maar nu nam Antonio mij van hem over.

We waren blij elkaar terug te zien. We koesteren vriend-schappelijke gevoelens; we tutoyeren elkaar en noemen elkaar bij de voornaam. 'Ik ben blij dat ik je tref,' zei hij, 'want de rest van de week ben ik weg. Mijn vliegtuig vertrekt over an-derhalf uur. Volgende week ben ik er weer. Dinsdag. Hou die middag vrij. Gaan we naar mijn werkplaats. Hou je haaks! En tot ziens!'

Hij stak de hand op, naar mij en naar iedereen. Wij gingen uit elkaar. Zijn taxi stond te wachten. Ik ging naar binnen, maar werd nog weer aangeschoten door prof. DuToit.

'Signore Pipper, ik zou er geen bezwaar tegen hebben uw verhaal vóór het weekeinde te ontvangen. Moet u het nog schrijven? Des te beter. En als u me vraagt: wat kunnen we het beste doen, dan zeg ik: Torricelli. Torricelli, de man van het vacuüm. Ik heb het vermoeden dat we daarmee een kluis openen die drie eeuwen lang dichtgezeten heeft. Het zou een eerbewijs zijn aan onze Italiaanse gastheren, en gastvrouwen niet te vergeten. Maar kom, ik breng u even naar dr. Goormaghtigh. Kent u dr. Goormaghtigh?'

Natuurlijk kende ik hem, van Orléans. 'Daarginds staat-ie.' Ik zei dat ik me verder wel kon redden en bedankte hem.

Ik bewoog me naar de overzijde van de zaal. Daar stond hij, de grote indrukwekkende Goormaghtigh; hij herkende mij meteen. Alsof hij op mij had staan wachten. We schudden handen, ik vroeg hoe het ermee ging. Goed. Uitstekend zelfs. Met zijn zwarte haardos, brede schouders en fonkelende ogen was hij wel een knappe kerel, maar lachte hij – en dat deed hij vaak – dan had hij, met die oranje tanden, toch ook iets van een aap. Geeft niet. Hij deed zijn werk en hij deed het met vuur: het organiseren van het tweejaarlijkse wetenschapscolloquium, het kiezen en benaderen van potentiële deelnemers en alles wat ermee samenhing.

Hij kwam meteen tot zaken.

'Ik heb namelijk een vermetel idee kunnen verwezenlijken, meneer Pipper. Dat idee berust op het probleem dat wij niet weten hoe wij onze doden moeten aanspreken. Op het uur van hun dood? Lang niet altijd is dat het beste uur. Liever zou je ze horen wanneer ze in de kracht van hun leven zijn. Ik heb daarom Joseph Brodsky uitgenodigd zoals hij was op zijn vijfenveertigste jaar en Lise Meitner zoals ze was op haar zestigste. Haar gouden jaar. En als derde heb ik Pythagoras. Wat denkt u daarvan?'

'Heel interessant. Die is tachtig jaar geworden.'

'Ja, oud genoeg. 't Doet er niet toe eigenlijk. Hij is een begrip, hè? Daarom heb ik hem geen prof. dr. willen maken, dat zou wel al te belachelijk geweest zijn. In elk geval, ik ben benieuwd hoe het uitpakken zal.'

Intussen gingen er allerlei geruchten.

'Ze heeft het even over haar dood gehad. Dat ze in werkelijkheid is overleden.'

'Ja, maar dat is fictie.'
'Toch wel?'
'Ja zeker.'

'Mijn buurman wist te vertellen dat we Lise Meitner hebben als gastdocent.' (Lachend.)
'Dat is juist.'
'O, toch. Ik dacht aan een grap. Toevallig weet ik wie Lise Meitner was. Ik heb haar nog eens geïnterviewd, maar toen was ze al over de negentig. Jaren geleden. Ik weet niet (aarzelend). Hoe oud is ze nu?'
'We zien haar vanmiddag op haar zestigste.'
'Toen zijn die opnames gemaakt...'
'Nee hoor, die opnames worden vanmiddag gemaakt. Via dvd.'

'Ik werd aan haar voorgesteld. Heel bijzonder, ik herkende haar van de foto's. Wat zegt u?'
'Dat ik het ook heel bijzonder vond. Ze is het sprekend.'

'Dat heb je natuurlijk wel. Dat je voortdurend naar haar kijkt. Je kijkt meer dan dat je luistert, in het begin.'
'Toch praat ze geen onzin.'
'Om de donder niet. Ze is de scherpste van ons allemaal.'

'Toch kun je het wel zien, vind ik.'
'Dat weet ik niet. Dat ben ik niet met u eens. Je kunt het horen, dat is zo. Maar wat zeg je daarmee. Zij, op haar beurt, zou kunnen zeggen: nou, je kunt wel zien dat u Herr Professor Ort bent. Met permissie, dat slaat toch nergens op?'
'Ach nee, misschien hebt u ook wel gelijk.'

'Ik ben het met collega Olsen eens. Als je goed kijkt zie je het.'
'U moet niet kijken, maar luisteren.'

Zo bleef uiteindelijk de komst van prof. dr. Lise Meitner niet onopgemerkt.

'Ze is en blijft een dode,' hield prof. Olsen halsstarrig vol.
    'Een dode in de kracht van haar leven,' zei Tatjana.
    'Zoals wij allemaal zijn,' zei ik wijsgerig.
    'Precies. Zoals wij allemaal zijn.'

★

Vicky vertelde me van haar ervaringen.
    'Ken je een zekere Kiik? Heb je die al ontmoet?'
    'Ja zeker. Tom Kiik.'
    'Wat is dat voor een man?'
    'O, een aardige kerel. Een makkelijke man. Truidrager.'
    'Nou, zijn vrouw is anders een sekreet. Zegt de domste dingen. Als die Kiik dan zo'n aardige kerel is, vraag je je af hoe die twee bij elkaar passen.'
    'Dat heb je wel vaker. Misschien is ze thuis heel lief.'
    'Ik ben vanmiddag toch nog naar Venetië gegaan. Licht, lucht en water, nauwelijks aarde. Heerlijk. Oude plekjes opgezocht. Naar een appartement gekeken. Het is en blijft een onbetaalbaar dure stad. Morgen ga ik weer. 's Kijken hoe het Lido erbij ligt.'

MEMOIRES (I), PIPPERS JAREN OP CURAÇAO

Vicky ontmoette ik voor het eerst op haar zesde verjaardag. Ze kreeg een mooie pop van mij. Ik was bevriend met haar vader en heette Oom Jan.
    Ik woonde al zes jaar op Curaçao, genoot algemene achting als leraar wiskunde. Ik had twaalf uur op het Peter Stuyvesantcollege en dat was precies wat ik wilde. Er waren een paar goede boekhandels en de boeken die ze niet hadden liet ik

rechtstreeks uit Europa komen. Ik ben een lezer van non-fictie, natuurwetenschappen. En omdat ik zoveel las, schreef ik ook wel 's wat. Ik had een rubriekje in *Elseviers Weekblad*, onder de schuilnaam Digitaal. Er waren niet veel lieden in Nederland die wisten dat ik op Curaçao zat en wie het wist had mijn adres niet.

In de zomervakantie ging ik een hoogst enkele keer naar Nederland. Ik heb daar nauwelijks familie. Meestal ging ik niet en luierde ik een weekje op Barbados, of Cuba. Op Curaçao leidde ik een sociaal leven. Het is een dorp en in een dorp moet je je niet afzonderen. Op feestjes waar ik voor uitgenodigd was verscheen ik en zelf gaf ik ook wel 's een feestje. Als ik vond dat dat tijd werd. Cateringbedrijven had je nog niet, maar ik had altijd wel iemand die schalen vol 'hapjes' klaarmaakte. Muziekje, wat slingers (als ik jarig was). De bar rekende op zelfbediening. 'n Horecadiploma had ik niet. Wel het diploma van de universiteit, mijn bul, met vier punaises op de keukendeur geprikt.

Ik moet bekennen – wat mij zo lang op Curaçao hield was niet alleen de prettige werksfeer en het heerlijke klimaat. Het was ook een prima plek om niet op te vallen. Een schrijven regelrecht van de *Göttinger Angehörigkeit der Justizwachabteilung* had mij herinnerd aan een klein vergrijp, niets bijzonders, maar ik had geen behoefte aan moeilijkheden.

Had dat met een vrouw te maken?

Nee, het had niets met vrouwen te maken.

Mij werd gevraagd op te geven: mijn verblijfplaats op vrijdag 29 september 1967.

Ik schreef terug dat ik de negenentwintigste september 1967 in Amsterdam was, waar ik twee dagen tevoren was aangekomen. Hoogachtend. Dat was alles.

Ik was bevriend geraakt met een zekere Frits de Winter, de vader van het meisje dat op haar zesde verjaardag die mooie pop van mij kreeg. Frits was avontuurlijker aangelegd dan ik, zat minder met de neus in de boeken. Ik trok mij graag aan hem op. We volgden samen een cursus praktisch landmeten, die ons zo goed beviel dat we ook het tweede deel ter hand namen.

Vliegen deed hij ook. Ik ging wel 's met hem mee de lucht in, als passagier, dat scheelde hem in de kosten. Het liep uit op een vaste gewoonte: eens in de veertien dagen een uurtje vliegen – en één keer te veel. We raakten de grond, sloegen over de kop. Het zijn vliegtuigjes bijna van papier. Maar hij was dood en mij mankeerde niets.

Het gaf mij tegenover Hanna, zijn vrouw, een schuldig gevoel, dat niet overging. Het kwam door mij. 'Door mij is hij weer gaan vliegen.' Bovendien had ik vergeten haar te condoleren, en ik had het boek niet getekend. Om de schuld wat te vereffenen kwam ik veel bij haar over de vloer, om 't samen over Frits te hebben. Maar hoewel we praatten over een man die wij beiden bewonderden, begrepen we elkaar nauwelijks en kon tijdens ons gesprek soms het zweet mij uitbreken.

Ze was een studie blokfluit begonnen, wat ik toejuichte. Het verzet de zinnen, maar ze gaf toe dat ze het deed om een avondje uit te zijn. Die avondjes liepen nogal 's door tot diep in de nacht, naar verluidt, en zij moet, ook naar verluidt, regelmatig de beest hebben uitgehangen. Wat mij bevreemdt, want ze was een trouwe kerkganger. Ze ging elke zondagochtend naar het gebouwtje van de Gereformeerde Gemeente op Scharloo. Op de slaapkamer, waar ik een keer geweest ben, hing ingelijst een foto van een kerkgebouwtje en daaronder, in hoofdletters: *Een heerlijk licht ging op in Ulrums kerkgemeente.*

Een dag nadat ze besloten had theologie te gaan studeren ('het pastoraat') kreeg ze een hartaanval, waarvan ze snel herstelde, waarop een tweede volgde – die haar velde.

Ze moet dit hebben voorvoeld. Op haar buik had ze, volgens Vicky, een kaartje geplakt, met een pleister: *Vader, in Uw handen beveel ik mijn geest.*

Toen zij drie dagen later in de groeve was neergelaten, gooide ieder van ons in het voorbijgaan een handjevol zand op de kist. En toen gebeurde er een wonder. Ik liep achter Vicky en zag hoe een plotselinge windvlaag haar neergegooide zand in spiralen omhoogtrok, weg van de aarde, Hanna's ziel achterna en velen geloofden niet wat er had plaatsgevonden en wat ik met eigen ogen had gezien, zelfs Vicky niet.

Vicky zag ik terug, vele jaren later, bij de ingang van een supermarkt in Amsterdam-Zuid. Ze sloeg haar hand voor de mond, noemde mij nog steeds 'Oom Jan', maar niet heel lang. Het was duidelijk dat voor haar ogen een nieuwe man was opgestaan. Maar ook zij had een metamorfose ondergaan. Ze had vuurrood haar, waarop, heel aandoenlijk, een wit katoenen petje. Een grote gewelfde mond. Ze was op de fiets, een racefiets met een mandje, maar boodschappen doen, zei ze, daar zou ze voorlopig wel niet aan toekomen.

We zochten een stil café uit om tot onszelf en tot elkaar te komen.

Allebei een pils. We hadden het over vroeger, dat ik niet ouder geworden was, volgens haar, wel rijper – dank u –, en knapper, nogmaals dank u. En over haar. Het compliment dat ze een schoonheid geworden was bewaarde ik voor later. We hadden het over haar moeder, de begrafenis en of ze zich die kleine wervelstorm nog herinnerde – wist ze niets meer van. Wat gooit de jeugd waardevolle dingen toch makkelijk weg!

'Wervelstorm?' vroeg ze later nog 's.

'Ja, we hebben de ziel van je moeder ten hemel zien varen.'

Twee dagen later zaten we er weer, terwijl we op het pluchen kleedje elkaars hand streelden, we waren nog lang niet uitgepraat – toen ze me toevertrouwde dat ze 'geilde' op macht en misschien daarom wel de politiek in was gegaan. Ik dacht toen: jij klein nest, wat kun jij nou uitrichten in de wereld, maar later, toen ze haar politieke kleur bekende – 'ik ben zo rood als een kreeft' –, begreep ik dat ze op dezelfde vreemde manier van politiek hield als haar moeder van blokfluitles.

Ze vroeg wat ik deed, 'de laatste tijd'. Ik zei dat ik secretaris was van het wetenschappelijk genootschap ESA – European Science Association, in welke functie ik 'heel wat afreisde'. Volgende maand ging ik naar Padua/Venetië, om maar 's iets te noemen.

'Ga je alleen?'

'Ik denk het wel.'

'Mag ik mee?'

Daar had ik niet zo gauw aan gedacht. Maar waarom niet. Als ze het zelf maar betaalde.

'Ik heb geen rooie cent.'

Dat was tenminste eerlijk. En wie eerlijk is, krijgt van mij een blanco cheque.

# Dinsdag

De dag begon met een meevaller. Ik had er iets over in de krant gelezen, onder de kop 'Giotto was een genie', zonder te beseffen dat de besproken expositie in Padua zelf te bezichtigen was. Wandelend door het park op weg naar de universiteit herkende ik al van ver de eenvoudige maar overbekende kapel van Scrovegni. De kapel was de afgelopen zomer gerestaureerd en voorzien van een geavanceerd aircosysteem, een uitbouw bijna zo groot als de kapel zelf, volgens de krant. Ik vond het wel meevallen en de 'honderden geduldig wachtende bezoekers' waren er geen honderden, maar hooguit tien. Ik kon tenminste al met het volgende groepje naar binnen. Dankzij het vroege uur.

Werk van 1300. Ik heb nog nooit zulke vroege schilderijen gezien. De ruimte is overweldigend, na de benauwde entree. Schilderijen gestapeld gehangen op de muren tot in de nok of dakgoot. En daaronder enkele grote fresco's, bekende als *De kindermoord en het leger der Engelen*, in slagorde. Trouwens, ook de schreiende moeders staan in slagorde. De moeders zijn allen gelijk aan elkaar. De individualiteit is opgeheven, of zien we hier dat de individualiteit begint door te breken? Zie ik hier de eerste geschilderde traan?

Ik heb geleerd dat in de kunst van Giotto het vlakke tweedimensionale Byzantijnse schilderij omslaat in het driedimensionale van de westerse kunst.

Ik sta hier op het breukvlak van twee culturen, in Padua, 's morgens om kwart voor negen. Max. kijktijd: 15 min. Ik vind het jammer dat Vicky er niet bij is. Maar die had haast, geen

31

tijd zelfs voor een ontbijt. Die had andere plannen.

De zaal was al open; hij was zelfs al geheel gevuld. Ik was aan de late kant, met mijn Giotto.

Prof. DuToit wachtte tot ik gezeten was. Opende toen de tweede dag van het Torricelli-colloquium, heette iedereen welkom, de eerste spreker in het bijzonder, professor Wood, die 'geen introductie behoefde', en hij hoopte dat wij allen zouden genieten van het ongetwijfeld geestrijke betoog dat hij ons zou voorschotelen. Professor Wood!

## HOE JAMES WATT NIET DE STOOMMACHINE UITVOND

Dat James Watt niet de stoommachine uitvond, gebeurde op een middag dat hij zat te dutten bij de kachel. Zoals wij weten kan de slaap ons verrassen met ogenblikken van grote helderheid en inzicht in zaken die anders voor ons gesloten zouden zijn gebleven. Zo kon (leer je op school) Watt zich in die lichte middagslaap verwonderen over de kracht van stoom. Op de kachel stond een ketel water te koken, wat zichtbaar was aan het deksel dat regelmatig op en neer klepperde: *op* om de ketel te ontladen van stoom en *neer* als gevolg van de zwaartekracht. Het verschijnsel was al vaker opgemerkt. Het eerst door de Fransman Papin. Die kwam erdoor op het idee van de snelkookpan. Ook is hij de uitvinder van het ventiel. Maar om met ontsnappende stoom en een klepperend deksel een vliegwiel aan te drijven, daarvoor is stoomkracht te zwak. Als het verhaaltje hierboven waar was geweest, hadden we misschien nooit een stoommachine gehad.

De waarheid is veel verrassender. Een stoommachine loopt niet op hitte, maar op kou. Een stoommachine loopt op iets wat nog het beste wordt omschreven door niets.

Dat is het principe van de stoommachine, niet uitgevonden door James Watt, maar, een eeuw eerder, door de Engelsman

Thomas Savery (1675), die op het idee kwam om voor de kracht die hij nodig had gebruik te maken van de overal aanwezige luchtdruk. Daarin schuilt het geniale momentum van de uitvinding. Vul een conservenblik met stoom, sluit het af, gooi het in het koude water. De stoom zal condenseren tot één druppel water, het blik zal zich samentrekken. Denk daarbij aan een cilinder met een zuiger en je hebt het prototype van een stoommachine, bij de mijnbouw in gebruik als stoomwaterpomp, om de mijn te ontlasten van het grondwater. Elke minuut slingerde de pomp een emmer vol water naar buiten. Elke minuut moest die cilinder weer verhit en weer gekoeld worden. Er was een James Watt voor nodig om in te zien, een eeuw later, dat die ene cilinder vervangen moest worden door twee cilinders, een voor heet en een voor koud. Zo kreeg de machine zijn 'slag'.

Het was Trevithick die de eerste locomotief bouwde, met twee gretige voorwielen, ongelijk vanbinnen, gelijk vanbuiten – en de rails uitvond.

En daarmee maakte het eerste tweezijdig symmetrische automobiel zijn entree. Symmetrisch vanbuiten, asymmetrisch vanbinnen – wij mensen zijn net zo, zonder dat wij erdoor in onze bewegingen worden gehinderd.

Het niets van de stoommachine, de kracht van het vacuüm, was gedemonstreerd door Von Guericke, burgemeester van Maagdenburg, met zijn beroemd geworden Maagdenburgse halve bollen. Hij gaf zijn proefnemingen het motto: 'Kracht uit Niets!' Ook in de natuurkunde moet je pr bedrijven om je ideeën ingang te doen vinden.

De ware ontdekker van het vacuüm was de Italiaan Torricelli, die daartoe een lange glazen reageerbuis gevuld met kwik omgekeerd in een bak met kwik stak, de duim als dop. Hij liet zien dat – duim losgelaten – de kwikhoogte in de buis steevast zakt tot 76 cm boven het kwikniveau in de bak, of je de buis nu diep in het kwik steekt, of ondiep, of scheef – je

ziet dat bij het op en neer bewegen van de buis de vloeistof-
spiegel in de buis niet meebeweegt. Alsof hij orders van buiten krijgt, en dat krijgt hij ook. Bovenin is het leeg, daar
heerst het vacuüm.

Het vacuüm van Von Guericke was niet hetzelfde als het
vacuüm van Torricelli. Het vacuüm van Von Guericke werd
verkregen door langdurig noest pompen, luchtverdunnend
pompen tot men een 'luchtledige' had bereikt dat ijl genoeg
was om het beoogde effect te hebben. De Engelsman Boyle,
later bekend als de *uitvinder* van de luchtpomp, vond het de
moeite waard een moeizame reis te ondernemen en in Maagdenburg de kunst af te kijken.

Het vacuüm van Torricelli zag er heel anders uit. Het vacuüm van Von Guericke/Boyle was het resultaat van een proces, een methode. Torricelli's vacuüm was er per definitie; je
keert een glazen buis om en... ziedaar. En dat het een absoluut
en zuiver vacuüm is, daarvan ben je zeker, want je kunt het
verklaren.

Het is dan ook de vraag of de avonturier Von Guericke het
vacuüm van de wiskundige Torricelli heeft begrepen. Het is
wel zeker dat dit Von Guericke niet zoveel kon schelen.

Het absolute karakter van Torricelli's *ontdekking* bracht nog
flink wat leerstellige moeilijkheden met zich mee. Aristoteles
immers had ooit bewezen dat het vacuüm niet kon bestaan,
niet in de natuur en zeker niet buiten de aarde, in het heelal –
terwijl je in de kleine gewelfde ruimte van een omgekeerde
glazen buis, dat het zuivere Niets bewaarde, de zuiverste af-
spiegeling van het heelal kon zien. Torricelli's ontdekking had
een gevaarlijke, fundamentele betekenis, waarover het laatste
woord nog niet gesproken was. Praktische lieden als Von
Guericke en Boyle hebben daar niet op hoeven wachten.

'Kwesties betreffende het al of niet bestaan van het vacuüm,'
zo besloot prof. Wood zijn lezing, 'mogen een vreemde, filosofische weg zijn gegaan – het bewijs van zijn bestaan leidde

via een reeks ontdekkingen tot de uitvinding van de stoom-
pomp, tot de ontwikkeling van de stoommachine, de locomotief, via de industriële revolutie naar een technologische
maatschappij en de suprematie van het Westen. Dat alles was
het gevolg van het op zijn kop zetten van een buis kwik.'
Applaus voor deze leuke lezing. Men keek elkaar tevreden
aan. Natuurlijk, de stoomdom op de locomotief, die kende
men wel, maar dat het allemaal zó in elkaar zat–dat wist lang
niet iedereen. En natuurlijk was er iemand die de gelegenheid
aangreep aandacht te vragen voor de opvallende analogie met
de Zijnsconstructie van het Niets in het werk van Sartre, maar
niemand die daar op inging.

## HAHN EN MEITNER

Wat drijft een onderzoeker?

Nieuwsgierigheid? Alleen maar nieuwsgierigheid is ons te
naïef en te oppervlakkig. De werkelijke drijfveren liggen dieper en heten: eerzucht, naijver, roem. De noodzaak nummer
een te zijn; nummer twee telt immers niet mee.

Op school mochten we ze niet leren, de jaartallen ('dorre
feitenkennis'). Maar wat de onderzoeker werkelijk drijft is nu
juist het diepe verlangen opgenomen te worden in de lijst der
onsterfelijken, in de geschiedenis der mensheid een naam, een
mijlpaal, een jaartal te zijn. Zoals:

1895:  Röntgen ontdekt de röntgenstralen.
1896:  Becquerel ontdekt de radioactieve uraniumstralen.
1897:  Thomson ontdekt het elektron.
1898:  De Curies ontdekken het radioactieve element radi-
       um.
1900:  Rutherford ontdekt de alfa-, bèta- en gammastralen.
1905:  Einstein verklaart–$E = mc^2$–de ongemene kracht van
       al deze stralen.

35

1914:   Rutherford ontdekt het proton.

1932:   Chadwick ontdekt het neutron.

1938:   Hahn en Meitner denken beiden dat ze dromen. Beschoten een uraniumatoom met neutronen en braken het, onbedoeld, in tweeën.

1939:   Hahn publiceert de resultaten zonder expliciet te zijn: hij is een gerespecteerd chemicus, die het niet aandurft met alchimistische resultaten aan te komen.

1939:   Meitner (joods, via Nederland naar Zweden gevlucht voor de nazi's) heeft niets te verliezen en publiceert het onweerlegbare feit dat zij beiden als eersten ter wereld een zware atoomkern in twee helften hebben gesplitst *en daaraan energie hebben overgehouden.*

Heldendom en tragiek. Het was Hahn die Meitner met goede en minder goede bedoelingen en zachte drang naar het buitenland praatte. Zo zou hij erin kunnen slagen de glorieuze eindstreep in zijn eentje te halen.

Elke biograaf heeft een eigen verhaal. Meitners ballingschap bevrijdde Hahn van de verplichting bij alles wat hij publiceerde haar naam te noemen als medeauteur. Alleen: Hahn was een scheikundige en Meitner was een natuurkundige. Dat een uraniumatoom onder beschieting met neutronen in tweeën uiteenspatte – hij kon het beschrijven en aantonen, maar precies begrijpen deed hij het niet. Onder welke voorwaarden het gebeurde en onder welke niet, en hoe groot de krachten waren die daar voor nodig waren en vervolgens vrijkwamen, dat was een kwestie van rekenen – haar werk. Daarom: hij schreef haar vele brieven. En zij schreef hem vele brieven terug, waarin ze meer vroeg dan antwoordde – hij zal zich verbeten hebben. Maar ook hij wist het spel te spelen: toen hij in 1939 bezoek van de Gestapo kreeg, had hij niets aan te geven, hij bleek brandschoon. Daarbij heeft hij moeten verklaren en ondertekenen dat het werk van Lise Meitner over de laatste vier jaar 'geen enkele wetenschappelijke waarde had.' Deze 'bekentenis' achterhaalde Meitner in Zweden, zodat ze op het Instituut van de Zweedse Academie nog meer werd tegengewerkt dan al het geval was. Hahn moet menig keer de haan hebben horen kraaien. 'Liebes Hähnchen' – zo heft een van haar brieven aan.

April 1945 werd hij geïnterneerd en naar Engeland overgebracht. Meitner vloog die zomer naar de vs, waar zij – 'the Lady of the Bomb' – door de vele voordrachten die zij hield triomfen vierde. Het moet voor Hahn, opgesloten in een sombere Engelse barak, een hard gelag geweest zijn, zo de roem aan z'n neus voorbij te zien gaan.

Er zijn hierover verschillende lezingen die, naast elkaar gelegd, geen compleet, consistent beeld opleveren. Het ging natuurlijk om de ultieme eer: de Nobelprijs. Hahn kreeg eind 1945 de Nobelprijs voor scheikunde 1944 toegekend, *niet* samen met Meitner, die 'm ook niet in 1945 kreeg, ook niet voor natuurkunde. Meitner heeft allerlei prijzen gekregen, maar nooit de Nobelprijs, tot verontwaardiging van velen. Otto Hahn is een jaartal geworden, een naam, een mijlpaal. Meitner niet, die is, met alle respect, van iedereen, de geschiedenis ingegaan als een winkelhaak die van tijd tot tijd wordt gerepareerd, maar altijd een winkelhaak is gebleven.

ROEM

Erkenning is wat ieder mens wil. Maar wie erkenning niet genoeg is, die streeft naar roem en eer. Geen sterkere krachten, in een mensenleven, dan roem en eer. Ga maar 's kijken op het Cimetière du Montparnasse. Imposante familiegraven, die in steen melding maken van allerlei medailles d'honneur en andere wapenfeiten, hekjes met gouden punten. O, dierbaarheid om met z'n allen tot één familie te behoren! Ook veel joodse graven, wat interessant is want daar is internationaal altijd veel aan af te lezen. En dan, totaal onverwacht, gewoon een rijtjesgraf: Jean-Paul Sartre en Simone de Beauvoir, met de jaartallen. Een staande witte steen, 'eenvoudig' – dat moet de bedoeling geweest zijn, maar de steen is zo klein, en het graf ook, dat het haast een hondengrafje lijkt. Daar liggen ze naast elkaar, of op elkaar: twee kleine mensjes die de wereld een kwartslag hebben gedraaid, indertijd. De jaren vijftig. De steen, zo te zien, is ook van die tijd. Die zullen ze toen al hebben uitgezocht. Hij is van boven breder dan van onder; hij staat taps in de aarde, als de wafel in een ijsje. Wat een burgerlijk grafje! Maar het is het enige graf waar verse bloemen op liggen – ze leven nog wel, die twee. Een lyceïste staat op een blocnote aantekeningen te maken.

Johan Rudekan geeft een beschrijving van dezelfde begraafplaats. Hij is niet bevangen door verwondering, hij is zelfs tamelijk intolerant. Hij schrijft: 'Deze begraafplaats was in steen veranderde ijdelheid. In plaats van na hun dood wijzer te worden, leken de kerkhofbewoners dwazer dan bij leven. Op hun graftomben spreidden zij hun belangrijkheid tentoon. Er rustten geen vaders, broers, zoons of oma's, maar notabelen en functionarissen, dragers van titels, rangen en onderscheidingen, zelfs een postbeambte pronkte hier met zijn positie, zijn sociale betekenis – zijn waardigheid.'

Rudekan spreekt (via een van zijn protagonisten) een streng oordeel uit over iets wat menigeen niet in die zin zal zijn opgevallen. Maar het is waar: van menige dode wordt vermeld, in steen, wat een voortreffelijke citoyen hij of zij (meestal een hij) is geweest. Wij doen dat ook wel, in onze rouwadvertenties, maar wat in een krant staat is gauw vergeten. In steen, op een graf, hoort dit soort maatschappelijk eerbetoon niet thuis, wij zijn gewend dat af te keuren. Maar wie zijn wij dat wij dat doen?

Rudekan is een beroemde schrijver, die na zijn dood nog een tijd zal voortbestaan als schrijver van een aantal voortreffelijke boeken. Rudekan hoeft geen graftombe voor zich op te richten. Ook zijn nabestaanden zullen dat niet doen. Dat beetje onsterfelijkheid waar ieder mens naar verlangt is juist een schrijver gauw gegeven. Maar een zeekapitein of een postbeambte die veertig jaar lang zijn plicht heeft gedaan, naar eer en geweten, waar haalt die na zijn dood nog zijn eer vandaan? Hij wil, net als een schrijver, zijn leven, zijn naam nog wel een paar jaar verlengd zien.

Uiterlijk eerbetoon: juist schrijvers kunnen daar uitspraken over doen die ik geneigd ben te wantrouwen. Jean-Paul Sartre en Simone de Beauvoir zijn gaan liggen onder de allersimpelste steen die ze konden vinden en het is alsof ze daarmee willen zeggen: kijk ons hier eens EENVOUDIG zijn. Wie beroemd is zal zich kunnen permitteren 'niets om roem' te geven. Wie niet beroemd is denkt daar anders over. Sartre had als jongeman maar één doel: beroemd worden. Hij schreef een filosofie, verzon een gevoel, had het geluk een groot schrijver te zijn en boekte vervolgens zo'n ongelooflijk succes dat hij aan het eind van zijn werkzame leven de Nobelprijs voor literatuur kon weigeren, wat zijn grootheid nog eens onderstreepte – en zijn kleinheid.

EEN HEERLIJKE LELLEBEL

Vicky is op weg naar het strand. Dierbare herinneringen aan vroeger, toen ze 'nog jong' was.

'En dit is de weg naar het Lido.'

'En hier sla je af, de vlugste route.' (Een gewone winkelstraat.)

Tegen wie praat ze trouwens? Tegen haar onzichtbare gast, ze wil hem van alles laten zien.

'En hier steek je over. 's Zomers is het hier waanzinnig druk.'

'Kijk, daar is het Casino. Nu is het een supermarkt, maar toen stond het leeg. Ik heb er menige nacht doorgebracht.'

'Kijk, daar is het hotel. Het is het grootste van Italië. Kijk, de trap is er nog, en het hek. Mooi hek, vind je niet? Hier ging ik altijd langs naar boven. En naar beneden langs de achterzijde.'

'Kijk, dit is het terras. Hier zat ik wel 's te ontbijten. Poepie chic hoor.'

Ze liep een eind langs het strand.

'Kijk, daar heb je die kasten van villa's. Staan allemaal leeg. Ben ik ook wel 's binnen geweest. Prachtig. En daarachter is het kampeerterrein.'

Hier zijn we aan het einde van het strand. En met Vicky keren we ons om en kijken naar waar we vandaan gekomen zijn.

Zijn wij teleurgesteld? Is zij teleurgesteld omdat wij zeggen: is dat nou alles?

Met het vertellen van je intieme ervaringen kun je voor verrassingen komen te staan: lang niet iedereen kan ze vatten. Je moet je grenzen kennen. Het is een kunst: vertellen hoe stout je geweest bent. Je moet gewoon goed kunnen vertellen, maar kan Vicky dat?

Goed dan. Die week dat ze in een tent had geslapen en zin had in een kop koffie. Dat ze het Casino was binnengelopen, want dat was toen een café. Dat ze aan de bar was gaan zitten. En dat ze gezelschap had gekregen van twee jongens, jongemannen, en later nog twee. Heel leuke jongens, die zich met hun voornamen aan haar hadden voorgesteld.

Met z'n vijven aan de bar.

'Dat jullie tijd hebben,' zei ze.

''t Is onze pauze,' zei Basileo.

'O ja? Hoe lang duurt jullie pauze?'

'O, de hele morgen,' zei Mario.

'De hele dag,' zei Giovanni.

'Dag en nacht,' zei Rocco.

'Wij werken hard,' zei Rocco, 'maar voor een dame als u leggen wij het werk neer.'

'Wij werken zo hard,' zei Mario, 'dat we bij onze baas al vier weken te goed hebben.'

'Wij zouden makkelijk vier weken met vakantie kunnen gaan,' zei Rocco. 'Misschien voelt u ervoor met ons mee te reizen?'

'U bent de eerste vrouw in ons leven,' zei Basileo. Hij streelde haar over de arm.

Het was, zijn nervositeit niet meegerekend, een knappe man. Enigszins tot rust gekomen, toonde hij de klassieke trekken van een Griekse etalagepop. Vicky had meteen zin om hem te kussen. Wat zalig is dat toch, als je zo open staat voor contact!

Ze was een heerlijke lellebel, die ochtend. Ja, dat voelde lekker.

'O, sole mio,' zei Rocco.

'Wat spreken jullie mooi Italiaans,' had ze gezegd, 'zo ingehouden.'

'Dit is geen Italiaans, mevrouw, wij spreken Latijn.'

'Wij komen uit Rome, mevrouw. Behalve hij, Giovanni. Die komt uit Civita Vecchia. Maar wij drieën wonen in Rome. Wij studeren economie. U bent buitengewoon lief, mevrouw.'

'En ik,' had ze gezegd, 'vind jullie buitengewoon aardige jongens.'

'Wij proberen,' zei Rocco, 'u voor ons te winnen.'

'Als wij straks met u naar bed gaan,' zei Giovanni, 'dan willen wij dat u een goede indruk van ons heeft.'

Geschrokken was ze nauwelijks.

'Niemand die onze bestellingen opneemt,' zei Mario, 'een goedkoop rondje.'

Hij stond op. De anderen ook. Vicky ook.

De mannen liepen naar de deur. Ze hadden haar voor laten gaan.

Nee, ze was niet bang geweest. Behalve voor de boomlange

Rocco. 'Wees voorzichtig,' had ze gezegd, 'ik wil niet dat je me molt.'

Ze liep het gebouw in, zocht de gang waar vroeger de keuken was. Daarachter was een kamer. De kamer.

'Hier was het.'

De deur was op slot.

Daarmee was de excursie beëindigd.

'Your tour is over.'

Ze liep dezelfde weg terug, maar nu zonder uitleg.

De oversteekplaats, waar het 's zomers zo druk was – ze liep er in haar eentje.

Langs de aanlegsteigers, in de haven, lagen een paar boten. Om niet te hoeven wachten stapte Vicky aan boord van de boot die op punt stond te vertrekken. De tros werd losgegooid, binnengehaald, tezamen met haar persoontje.

Het vaartuig ging er in hoog tempo vandoor. Ze had het gevoel dat ze vloog, met een grote boog. Alsof de stuurman haar wilde laten zien waartoe hij in staat was. Die oude vaporetto's kunnen snel. Eenmaal buiten de betonning trekt hij de snuit omhoog. Het schuim vliegt je in strepen voorbij. Mogelijk dat hij nu zo meteen zijn vleugels uitgooit. Maar het eiland, in zicht, komt snel naderbij, zodat de snuit van de boot alweer terugvalt in het water. Het eiland komt langszij gevaren en Vicky kan uitstappen.

Torcello.

Bedevaartplaats voor elke Venetiëganger.

Drie toeristen.

Vicky wacht tot ze uit zicht zijn. Ze wil geen toerist zijn, neemt nochtans een aantal foto's. Misschien voor haar studie. Welke studie? Dat is nog niet bekend. Kwestie van dialectiek.

Het is een eiland van niets. Iets groter dan een voetbalveld. Wel staan er twee kerken op. Een basiliek en een dom. Tegen elkaar aan gebouwd, de ene lijkt met de andere meegegroeid. De basiliek is de grootste van de twee en heeft met zijn smalle, hoge campanile iets van een strokartonfabriek.

Ze verwonderde zich erover dat op dit drassige stukje land ooit een hele stad had gestaan, een stad zelfs die nog een stuk machtiger was dan het toenmalige Venetië. En haar verwondering betrof niet eens zozeer die stad als wel het feit dat hij verdwenen was. Hoe verdwijnt een hele beschaving?

De gedachte dat Nederland onder water staat en de Rijn weer een gewone wilde rivier is.

Rijn, Maas en Schelde, een waterklauw.

Kijk, dan zie je hetzelfde als wat je nu ziet. Een vlak stuk land met wat kerken erop die twee keer per etmaal tot hun knieën in het water staan. Het is niet zo ongewoon, want hier zie je het ook.

Je ziet in den vreemde bij voorkeur die dingen die je herkent.

Vicky keek in het rond. Open en bereid het heel mooi te vinden. De primitieve strengheid van het interieur, de koorruimte die door een elfde-eeuwse iconostase gescheiden is van de kerkruimte – prachtig, al had ze er niet die woorden voor. Jammer dat je niet mocht fotograferen.

Ze liep naar de uitgang, naar de kleine kiosk, die net ruimte bood voor een paar molens met ansichtkaarten en een verkoper. Gretig koos zij er een aantal uit, rekende af met de jongeman in wie ze – 'mijn God!!' – Basileo herkende. Maar het was Basileo niet. En ze was opgelucht. Het is goed dat onze verlangens meestal verlangens blijven. Eenmaal verwezenlijkt hebben ze gauw hun glans verloren, zijn ze zelfs tamelijk gênant.

'Je moet een geslaagd feest nooit willen herhalen.'
Wie zei dat?

'Meid, maak dat je wegkomt!'

En blijkbaar was het aan haar en niet aan het lot te bepalen welke weg zij zou gaan.

Vies = lekker
Lekker = vies

Wat kies je dan? Dat doet er niet toe. We hebben hier te maken met een dialectische lellebel.

Vicky liep zich met haar camera te verzadigen aan de waanzinnige kleuren van het eiland Burana, in een soort licht dat ervoor zorgt dat elke foto 'een plaatje' wordt. Elk huis, elke zijkant had een eigen hevige kleur. De straten waren stil. Een diepe wens kwam in haar op en niet voor het eerst: hier te wonen, voor de rest van haar leven, hier te zijn. Het scheen haar toe dat ze na een kort leven vol omzwervingen in deze stille gemeenschap – die zich niet liet zien – haar bestemming had gevonden. Op een muurtje, de handen naast zich, zat een oude man, een visser waarschijnlijk, met kort staalgrijs haar. Roodbruine trui of vest met gele knopen. Ze begroetten elkaar met een glimlach. En ze dacht: misschien kon ze iets betekenen voor hem, omdat ze, geheel alleen, geheel op eigen houtje, dit wonderlijke eiland had ontdekt.

Ze stond aan de kade en keek uit over het lage water, het lage land daarachter, de lage horizon. Ze liep terug langs de kade, het lege plein op. Een plein hoort leeg te zijn, door de eeuwen heen, leeg en eenzaam.

Ze liep langs het kanaal. De sloepen lagen alle gemeerd, sommige beschermd tegen de regen door een zeil, de andere bloot, maar alle met een krachtige, opgeklapte buitenboordmotor. Verder weg, op het water, waren twee roeiers in de weer, staande in hun boot. Ze hadden een flinke snelheid ontwikkeld, misschien met geen ander doel dan een lust te zijn voor het oog. Vicky keek ze na tot ze uit het zicht waren verdwenen en borg haar camera op.

In de aula had ik nog even een praatje met professor Mayer-Kuckuck over de Russische constructivisten. Twee van hen, Kortov en Alexandrov, had hij nog gekend. Kortov was tijdens een gewaagde zwempartij in de Zwarte Zee tegen de rotsen geslingerd en een paar dagen later levenloos aangespoeld, een kilometer verderop. Het verhaal werd onderbroken door een vrouw, een schoonheid uit de beau monde, die hem bij de arm vatte en vroeg: 'Heinz, zou jij me willen voorstellen aan deze meneer?', waarna ze haar lachende gezicht naar mij wendde.

Prof. Mayer-Kuckuck kon niet anders dan haar aan mij voorstellen: Alessandra Morosini, en zich terugtrekken.

'Bent u de beroemde meneer Pipper?'

Nou ja, beroemd. Laten we zeggen bekend. In vakkringen.

Dat was ik. Ik glimlachte niet, hoezeer ik mij ook gevleid voelde. Maar ik bagatelliseerde het evenmin. Als je op niveau wordt aangesproken, antwoord je op niveau. En ook al meent de ander er niets van, dat is niet jouw zaak.

'U bent toch wiskundige?'

'Zeker.'

'Hebt u vijf minuten voor me? Tien minuten misschien?'

'Hangt ervan af waar het over gaat.'

'Loopt u even mee?'

'Waar gaan we heen?'

'Naar mijn auto als u het goedvindt.'

'U hebt de leiding.'

Voor het eerst van mijn leven dat ik in een Ferrari zat.

'De stoel kan wel iets naar achteren.'

Ik schoot dertig centimeter achterwaarts.

'Wilt u dat ik de koeling aandoe?'

'U bent wel op mijn gemak gesteld.'

'U hebt hard gewerkt vandaag.'

'Hoe herkende u mij?'

'Van de foto. U stond in de krant. Dat heb je met bekende personen; die staan in de krant.'

Ik kon me niet herinneren dat er ooit een foto van mij genomen was.

We reden door de buitenwijken van Padua. Ze kende de weg. Dat kon je zien aan de stuurbewegingen, dan naar links, dan naar rechts; geen spoor van twijfel.

'Ik ben hier geboren en getogen.'

De zon scheen en wierp donkere vlekken op de weg, die mij verblindden. Maar eenmaal in de volle zon genoot ik van het uitzicht. Het was een kleurige route, die voerde langs prachtige jonge villa's.

Bij een brug stonden twee mannen in sportkleding. Ze trappelden, klaar om te gaan.

Alessandra stopte en sprong uit de auto, liet het portier open.

Er werd overleg gepleegd, naar de lucht gekeken, horloges werden op het volle uur gezet. En daar gingen ze, die twee. Wij erachteraan, op zo'n vijftig meter afstand.

Ik kreeg enige uitleg. Pietro, de langste, de jongste, was haar zoon. Pas terug uit Bolivia. De andere loper, Umberto, was haar man. Twee keer zo oud als de zoon. Nochtans schatte ze hem de sterkste van de twee.

We ontwikkelden een flinke snelheid. De mannen waren vers en draafden met lange, verende passen.

'Ze lopen prachtig,' vond ik.

'Ze zijn sterk. Vooral Umberto. Die loopt nog maar een maand, nog niet eens. Hij heeft veertien dagen terug een marathon uitgelopen. Mind you, hij is in de vijftig.'

De witte weg rolde onder ons door.

'Hebt u misschien ook psychologie gestudeerd?'

'Nee, hoezo?'

'U maakt een ontspannen indruk op mij.'

'Ik geef mij geheel aan u over, zoals ik al zei, en daar hoef

46

je geen psycholoog voor te zijn.'

We keken onafgebroken naar de twee renners.

'Klasse,' meende ik.

'Ik vind het zo'n prachtig gezicht,' zei Alessandra, 'die beide gekleurde kontjes. Kleine dappere kontjes. Wat kunnen mannen toch mooi zijn. Ik moet u zeggen, ik heb gewoon moeite om ze bij te houden. Ik rij veertig nu, dat mag niet eens. En zij ook, die twee, ze lopen sneller dan wettelijk is toegestaan! Vindt u dat niet hoogst komisch?'

'Ja, het mag wel in de krant.'

'Vindt u niet dat hij talent heeft?'

'Wie?'

'Allebei natuurlijk, maar ik bedoel Umberto.'

'Als hij eerder was begonnen,' waagde ik te zeggen, 'was hij nu misschien wel wereldkampioen geweest.'

'Misschien wel. Maar het is nooit eerder in ons opgekomen.'

'Hoe is het dan nu plotseling wel in u opgekomen?'

Het was enige tijd stil.

'Er zijn vragen,' zei ze toen, 'waarop moeilijk een antwoord kan worden gegeven. U moet weten, wij zijn getroffen door een groot ongeluk, groter dan een mens zich kan voorstellen. En dat ik u daarvan deelgenoot maak is omdat u een vreemdeling bent, u bent over een paar weken weer vertrokken. Ik hoop dat u de schade maar vooral de schande die ons heeft getroffen enigszins zult kunnen helpen verzachten.'

We volgden de loop van de slingerende rivier, aan de stille zijde. En als er even geen stille zijde was, reden we op de autoweg en beide mannen renden voor ons, als wielrenners beschermd tegen het verkeer door de witte streep, en door ons. Het leek, met al die villa's links en rechts, een tochtje langs de Vecht, de beide mannen een span paarden. De onzichtbare teugels in handen van een onverzettelijke Alessandra. Ze draafden voort en zwenkten toen, geheel niet vermoeid, het oprijlaantje op van een koetshuis, aan het eind waarvan ze tot stilstand kwamen, dampend. Alessandra sprong de auto uit en wierp ze elk een handdoek toe en hun sporttas. Ze gingen naar binnen.

'Zondag lopen ze in Parijs.'

Ze nam me mee de tuin in, naar een oranjerie, vanbinnen minder onherbergzaam dan aan de buitenkant met z'n witgekalkte glas. Er stond een bureau, een bed, een kast, een aantal fauteuils, een koelkast, een paspop en zelfs waren er ter versiering een paar posters aangebracht, een Titiaan en een Canaletto.

'Dit is ons tijdelijke onderkomen,' zei ze. 'Met ons vieren. Ik heb nóg een zoon, maar die draaft niet. Ik zal u straks onze villa laten zien. La Malcontenta. Niet onbekend, u zult er ongetwijfeld wel 's van gehoord hebben. Het is erg groot. Een huis met geschiedenis.'

Het paleis had inderdaad veel te vertellen. Napoleon had er geslapen, Byron had er gewerkt, en geslapen. Mussolini had er Hitler ontvangen, maar dat was allemaal nog maar de moderne geschiedenis. Als je Morosini heette, kon je je erop beroemen de gastheer te zijn geweest van Shakespeare (en beweren dat de Koopman van Venetië een Morosini was) of van Erasmus en misschien wel van Karel de Grote.

Het was een korte wandeling. Langs grote, hoge bossen rododendrons kwamen we aan op een grasveld, aan de voorzijde van het paleis.

Een kolossaal bouwwerk, monstrueus, indrukwekkend, zwaar en tegelijk met zijn zes zuilen elegant in zijn soort... Maar behalve zwaar en indrukwekkend was het met zijn grote vierkante ramen elegant op een heel andere wijze. Hoog en spichtig: het was volledig uitgebrand...

Niet alleen uitgebrand, maar ook voor een groot deel ingestort, of nog steeds bezig in te storten. Meubilair hing verkoold tussen de plafonds, lange repen hoekijzers gaven aan waar ooit het trappenhuis was geweest...

'Dit was ons leven,' zei ze. 'Hier wou ik het vandaag bij laten. Ik zal u nu naar uw hotel brengen. Hopelijk zal onze vriendschap zich kunnen voortzetten. Als u denkt dat we beter elkaar kunnen tutoyeren, dan doen we dat. En als we vinden dat u en ik met elkaar naar bed moeten – als dat onze samenwerking bevordert, dan doen we dat.'

We reden in alle stilte terug.

'U weet voorlopig genoeg.'

Bij het afscheid – haar kus op mijn lippen was koel en krachtig als een handdruk. We maakten een afspraak. Zij bepaalde tijd en plaats.

'Tot overmorgen.'

Ik ging naar de bar. Het was er niet druk, ik kon me overgeven aan nieuwe gedachten.

MEMOIRES (2), PIPPER IN GÖTTINGEN

Iets over mijn studententijd.

Ik had een manier ontdekt om sneller te studeren: rechtstreeks uit de boeken. Zonder tussenkomst van een leraar of professor en wel zo dat je, als je het niet meer begrijpt, terug kunt gaan tot het punt dat je het nog begreep en dan doe je een hernieuwde poging.

Je moet daarvoor een boek uitzoeken dat er geschikt voor is.

Of het geschikt is weet je niet van tevoren.

Ik had geluk. Net was de vierde druk uitgekomen van *Algebra*, van B. L. van der Waerden, *unter Benutzung von Vorlesungen von E. Noether.* Het werd besproken in de krant, wat zeer ongewoon is, voor een vierde druk, maar je kunt er het gewicht van het werk aan afmeten.

Er was een foto bij afgedrukt van de beide auteurs. Ze lachten naar elkaar. Een gelegenheidsfoto.

Maar zeer belangrijk! Zij zijn de auteurs – zij de spreker en hij de schrijver – van het beroemdste en invloedrijkste wiskundeboek van de twintigste eeuw. 'Hele generaties,' schrijft de recensent, 'hebben hun algebra uit dit boek van Van der Waerden geleerd.' En hij gaat verder: 'Onder Emmy's handen was een heel nieuw soort rekenkunst ontstaan. (...) Haar colleges over de ideaalgroepen waren de dageraad van een nieuwe algebra.' Over Van der Waerden schreef hij dat die 'opviel door zijn ongelooflijke snelheid van opnemen en verwerken van wiskundige stof.' En: 'Eenmaal in Göttingen raakte de jonge Nederlander al snel in de ban van Emmy Noethers abstracte algebra. Noether, op haar beurt, was zeer in haar schik met de briljante jongeman.'

Toen ik dit gelezen had, stond het voor mij vast dat ik naar Göttingen zou gaan. Niet om Emmy te ontmoeten, die was allang dood, en Van der Waerden, die zeer oud geworden is, was toen ook al zo oud dat ik zelfs niet overwogen heb hem in de Zwitserse bergen nog op te zoeken.

Nee, ik ben eenvoudig naar Göttingen afgereisd, naar 'de plaats waar alles gebeurd is'. De atmosfeer. 'Hele generaties' – daar hoor ik ook bij, maar het boek had ik nooit helemaal begrepen. Nu ging ik het begrijpen. Op locatie.

Dag in dag uit in de universiteitsbibliotheek van Göttingen. Ik was eenentwintig toen ik het boek doornam, net zo oud als Van der Waerden toen hij het schreef.

Omdat het zo'n voortreffelijk boek is, was ik er in twee maanden mee klaar.

Ik had vier weken over. Die kon ik vullen met colleges van professor Nohl over een van de meest fascinerende takken van de getaltheorie: priemgetallen. Van der Waerden is daarover erg kort en theoretisch. De wereld van de priemgetallen is zo kleurrijk dat het jammer zou zijn dat feest in louter theorie te laten verdorren. Het boeiende in de wereld van de priemgetallen is dat er nauwelijks regels zijn, niet om een getal 'in factoren te ontbinden' en niet om uit te rekenen hoeveel priemgetallen er eigenlijk zijn. Liggen ze, op de as van nul naar oneindig, steeds dichter bij elkaar, of, wat voor de hand ligt, steeds verder van elkaar af? Is daar een maat voor? En hoe gedragen priemgetallen zich als ze in het imaginaire vlak komen te liggen?

Het begint zo vertrouwd: 2, 3, 5, 7, 11, 13..., maar algauw ben je het spoor bijster. Op de lijn naar oneindig wordt de distributie van het priemgetal steeds schaarser; je komt in streken die men priemwoestijnen noemt. Daar groeit niet veel, zelfs geen priemgetal. Toch is de priemdichtheid altijd nog zo'n 6-9%, gemiddeld. Het aantal priemgetallen kleiner dan een miljoen is 78.498, om precies te zijn. Met een computer is dat zo uit te rekenen. Vroeger moest dat allemaal met de hand. Dan kwam het er op aan een slimme methode te vinden.

Euler (1707-1783), Gauss (1777-1855), Riemann (1826-1866). Ziedaar de namen der groten. Het kostte mij veel moeite hun werk te begrijpen. Sommige dingen moet je maar gewoon op hun gezag aannemen (per slot doe je dat met axioma's ook).

Riemann is de grote architect van de Zètafunctie, toegepast op het imaginaire vlak. Dit vlak kun je gewoon tekenen. En de Zètafunctie teken je als het spoor van stuiterende tennisballen, die in wonderlijke onregelmatige bogen verdwijnen naar de horizon. De plaatsen waar ze het vlak raken noemt men de nulpunten van de functie.

Elk nulpunt correspondeert met een reëel of imaginair priemgetal.

Die nulpunten blijken alle op een rechte, smalle weg te liggen. Dat is bewezen. Ze blijken, voorzover berekend, zelfs op de middenlijn van die weg te liggen. En dat is niet bewezen.

De laatste jaren heeft men met behulp van de computer laten zien dat de eerste miljard nulpunten inderdaad alle op de bewuste middenlijn liggen. Maar ondanks deze indrukwekkende numerieke evidentie is Riemanns hypothese nog steeds een onbewezen vermoeden. Een diepe grot waar al heel wat scherpe geesten 'gebleven' zijn.

De Zètafunctie heeft zich ontwikkeld tot een van de krachtigste hulpmiddelen in de wiskunde. Maar vat op Riemanns probleem heeft ze niet en dat is onbegrijpelijk. Hoe kan het dat een druppel helder water zoveel donkere gangen bevat?

Dit, in een notendop, was het avontuur waaraan ik mij had overgeleverd, de laatste maand in Göttingen. Ik volgde de colleges trouw, maar de inspiratie kreeg ik van de sterren. Ik zag, 's avonds, en 's nachts, voor mijn tentje op de Hohe Reese gezeten, in elke ster een priemgetal.

Zoals bijna elke student heb ik nog een poging gedaan het Vermoeden te bewijzen. Ik haalde daarvoor de gammafunctie van stal: $1\times2\times3\times4\times5...$, de algemene faculteitsfunctie, maar dan in het imaginaire vlak.

De Zètawaarden heb ik beschouwd als limieten, waarschijnlijkheden met de waarde 1 zodat ook het Vermoeden de waarde 1 kreeg; ik gebruikte daarvoor de Khintchine-functie.

Ik schreef het allemaal op in de vorm van een scriptie. Niet erg gebruikelijk, maar dan zou Nohl zich mij, hoopte ik, langer herinneren – 'die student uit Holland'. Omdat ik er met hem over praten wou, ging ik nog even bij hem langs. Hij was er wel, maar 'even weg'. Ik heb een kwartier zitten wachten, in de werkkamer van de professor. Rondgekeken. Hij leek mij met tien dingen tegelijk bezig...

En dan nu het delict.

Op het bureau ligt een stapeltje doctoraalbullen, voorzover ik dat kan zien. Maar reeds ondertekend door de leden van de senaat en de rector magnificus zelf. Een stuk of vijf. Ik heb er maar een nodig. Ik neem hem van het stapeltje, rol hem op zoals ik denk dat een bul eruitziet: een cilinder, en met achterlating van mijn scriptie loop ik met mijn bul de gang op. Ik vind dat ik hem wel verdiend heb, na zo'n zomer.

Ik verlaat het gebouw, verlaat Göttingen, verlaat Duitsland.

Ik vestig mij op Curaçao. Waar ik moeiteloos een aanstelling krijg als wiskundeleraar op het Peter Stuyvesant-college.

Tot zover mijn studentenjaren.

# Woensdag

Vanmorgen, onder de douche, vroeg ik me af waarom Chinezen ons vies vinden. Maar dat vinden de Japanners ook, en de Indiërs, die vinden het stuitend zoals wij bijvoorbeeld melk uit een fles drinken. En zo kunnen de vriendelijke, wellevende Ghanezen, de armoedzaaiers van Afrika, niet begrijpen dat wij, zo rijk, ons niet veel vaker per dag omkleden, dat wij 's middags met dezelfde kleren op kantoor komen als 's morgens – hoe komt het, vroeg ik mij af onder de douche, dat wij, de vieste mensen van de wereld, zo'n geweldige beschaving hebben opgebouwd? Wij. Die de stoomtrein hebben uitgevonden, twee eeuwen geleden – dat zijn wij, daar reken ik mezelf toe. Wij, de smerigste mensen op aarde, met onze auto, met onze kennis van de natuurkunde, in onze stinkkleding. Hoe is het mogelijk dat iedereen net zo gekleed wil zijn als wij?

Vicky sliep nog, of deed alsof ze sliep, en ik ontbeet in m'n eentje.

Ik was vroeg in de aula. Ik trof er prof. dr. M. A. DuToit en ik had hem beter niet kunnen treffen. Hij was geestelijk nog niet wakker, denk ik, want toen ik hem vroeg hoe deze – ik wees loodrecht naar beneden –, hoe déze beschaving was ontstaan, stak hij zijn armen ten hemel alsof ik hem de weg naar het station had gevraagd: geen idee, ik ben hier vreemd.

Wat wij een beschaving noemen, noemen zij misschien helemaal geen beschaving. Zij zullen, kennismakend met onze beschaving, hebben gedacht: hoe kan het dat wij zo beschaafd zijn en zij niet? 'Dat is de vraag,' zei ik, 'die me bezighoudt. Hoe kon er in Europa een beschaving ontstaan, een gemecha-

54

niseerde beschaving, die in China níét is ontstaan, terwijl daar toch de nodige kennis aanwezig was. En waarom deze beschaving en niet een andere?'

'Dat zijn twee vragen,' zei DuToit, 'die misschien wel interessanter zijn dan de antwoorden. Of hebt u een idee?'

'U hebt er misschien nog nooit over nagedacht?' vroeg ik zo sarcastisch mogelijk.

'Nee, maar ik stel de vraag ook niet. U bent wel een diepgraver, zo op de vroege ochtend.'

'Wat ik ook ben, aan u heb ik niets.'

DuToit grijnsde en liep verder. Ik voelde mij een colporteur op de markt met een blad in de losse verkoop. En prof. dr. M. A. DuToit moest wel denken dat ik een beetje gek was. Hij zorgde er tenminste voor mij niet opnieuw tegen het lijf te lopen. Hij begon liever met een kopje koffie en wat opmerkingen over het hotel, het weer.

Je zegt China, maar je kunt ook zeggen Hellas. Griekenland. Waarom is de Griekse beschaving, die wij zo hoogschatten, niet verder gekomen dan ze gekomen is? Waarom ging ze ten onder aan de Arabische woestijncultuur?

En waarom kwamen de Arabieren en de Nubiërs, de moren, niet verder dan precies tot aan het strand?

Waarom moet er een 'verder' zijn?

Het gaat zover als de bal rolt.

*'Wij leven nu onder een geheel nieuwe heerschappij,*
*Van een nieuwe wet,*
*Nu,*
*Voor het eerst,*
*Kunnen wij het einde van de oude heerschappij beschrijven...'*

DE VAL VAN DE NATUURWETENSCHAPPEN

Lezing door
Dr. M. Welbeke
Universiteit van Lille

Omdat de spreker niet is komen opdagen, heb ik een 'commentaar' uitgesproken over Welbekes eerste boek *Kleinste deeltjes.*

Dat boek zet in met een fraaie ouverture. Gegeven de ineenstorting van de Romeinse beschaving, in de vierde eeuw – juist toen zij op het toppunt stond van haar macht, bleek zij niet bestand tegen de opkomende macht van het jonge christendom. En gegeven de ineenstorting van het christendom, in de zestiende eeuw – juist toen het op het toppunt stond van zijn macht, bleek het niet bestand tegen de opkomende macht van de jonge natuurwetenschap. En nu... Zal in de komende eeuw de natuurwetenschap ten val worden gebracht? Hoe zal dat in zijn werk gaan en wie zal haar opvolger zijn?

De machtsovernames vinden plaats via 'metafysische omwentelingen', volgens Welbeke.

Wat daaronder moet worden verstaan is niet duidelijk. De schrijver legt dat niet uit.

Wel is het waar dat '...het christendom niet bestand [was] tegen de opkomende macht van de jonge natuurwetenschappen'. Het metafysische moet 'm dan zitten in het feit dat de grootste fysici, zoals Galilei, Copernicus, Kepler, Brahe, Newton, Pascal, Boyle, Faraday, Maxwell, Pasteur, – dat al deze genieën stuk voor stuk diepgelovige, Godvrezende mannen waren en dat God zelf tijdig kans zag zich te verbergen, onder te duiken in het souterrain van hun superieure geest.

De vraag is: kunnen wij ons een voorstelling vormen van het soort mens dat op zijn beurt erin zou slagen de macht van de natuurwetenschappen over te nemen of zelfs te breken? De volgende vraag is dan meteen: zijn er 'eerste tekenen'?

Wie weet, is de catastrofe al begonnen. Er worden in de roman van Welbeke een paar protagonisten naar voren geschoven: Michel, een geniaal bioloog, en Bruno, zijn halfbroer, een seksverslaafde.

Welbeke 'is zelf bioloog', een man die verstand van zaken heeft. Al is het verhaal 'ontsproten aan de fantasie van de schrijver', het geeft vertrouwen en maakt het verhaal geloofwaardiger, maar toch...

Welbeke voert, om te beginnen, ons langs vertrouwde paden. Hij noemt de gedenkwaardige lezing van Max Planck: *Zur Theorie des Gesetzes der Energieverteilung im Normalspektrum*, in december 1900, en het kost ons geen moeite in deze geleerde de Columbus van de twintigste eeuw te zien: de eeuw waarin de causaliteit – en daarmee de logica – als wetenschappelijke theorie lijkt te hebben afgedaan en plaats heeft gemaakt voor toeval en semantiek. Planck gaf het eerste signaal. Ongewild. Men kreeg antwoord op vragen die men niet had gesteld en nog heel lang niet heeft willen stellen. Verdere helden passeren de revue: Aldous Huxley, Werner Heisenberg, Niels Bohr, 'vertegenwoordigers van een nieuwe geestesgesteldheid', plus Albert Einstein, niet een man van geestesgesteldheden. Einstein was een eenzame, die niet in het toeval geloofde en deswege altijd, $E = mc^2$ ten spijt, een negentiende-eeuwer is gebleven. Einstein hoort in het rijtje niet thuis.

Er is dan de hoofdpersoon Michel, die ontdekkingen doet door over de golven van de zee te staren, door filosofische teksten omgeven. Maar wat die ontdekkingen zijn, daar komen we maar niet recht achter. 'Zodra men zich werkelijk met de atomaire basis van het leven zou gaan bezighouden,' lees ik, 'zouden de grondslagen van de huidige biologie in gruzelementen vliegen.' Hoe moeten we ons dat voorstellen? Dat ook ons wereldbeeld berust op een toevallige samenloop van omstandigheden? Maar dat wisten we toch al? Evolutie door klonen, meer dan door toevallige mutaties – is dat een schrikbeeld? Klonen zijn filosofisch niet interessant.

Moeilijk te begrijpen waaruit de dreiging van de aangekondigde dood bestaat. De schrijver 'rapporteert' hoe eenmaal de wetenschap loskomt van haar grondslagen, van haar 'ontologie' en zo een heel andere wetenschap wordt. In werkelijkheid echter heeft de natuurwetenschap, uitgerekend de natuurwetenschap, nooit een ontologie nodig gehad.

Grondslagen, wetenschapsfilosofieën – het zijn verbale systemen die later aan de wetenschap zijn toegevoegd, maar zelden hebben ze enig effect gehad op de ontwikkeling ervan. Als er gevaar dreigt, dan toch niet uit die hoek.

Kortom, wat Welbeke schrijft – loos alarm. Dat Copernicus een nieuwe tijd markeert, geldt meer voor de nieuwe Wetenschap dan voor de oude Kerk, die helemaal geen belang had bij een Nieuwe Tijd. En nog niet. Die heeft haar eigen kwalen. Los van elk zonnestelsel doolt de Christelijke Kerk eenzaam rond...

*

Tussen de middag nog weer 's naar de Kapel van Scrovegni geweest. Speciaal voor *De Ontmoeting van Joachim en Anna*. Een prachtige schildering van de liefde tussen man en vrouw, op het moment dat ze elkaar begroeten, de hand op elkaars schouder, aan elkaars wang. Hun beider gezichten vergleden tot één gezicht, dat de ander vol liefde in de ogen kijkt.

## HUYGENS' KLOKKEN

En dan 's middags een lezing over hoe je iets aan het draaien krijgt. Daarover sprak prof. dr. S. Eriksson van de Universiteit van Uppsala, en wát dat voor ding was deed er niet zoveel toe. Een zakmes aan een touwtje, of aan een kettinkje. Een kogel, of een ander projectiel. Of het kettinkje zelf... zoals je dat zo vaak doet. Gedachteloos, als je in gedachten bent.

Wat voor beweging maakt je hand daarbij, of je lichaam, daar gaat het om. Hoe beschrijf je dat.

Er zijn twee beschrijvingen, betoogde Eriksson: (1) om de beweging op gang te brengen en (2) om de beweging in stand te houden. Beweging 1 zet zich lineair in. Als een sleepnet. Door een krul trek je hem over de top, over zijn hoogtepunt heen (een grote cirkel) en aan die beweging voelt de hand hoe hij zich verder bewegen moet: in een kleine cirkel. Om de grote cirkel te handhaven. Aan de hand van wat hij voelt weet de hand hoe hij bewegen moet. Hoe sneller het projectiel in de rondte gaat, des te kleiner is de cirkel die hem voedt. Het draaipunt zit ergens dicht bij de hand, bij het middelpunt. Heel eenvoudig, het gaat vanzelf. Maar probeer het maar 's te beschrijven, probeer het maar 's te automatiseren of zelfs te rationaliseren – dan zult u zien: zo eenvoudig is het niet.

Eriksson betoogde dat het mechanische probleem, hoe hou je dingen aan het draaien, samenhangt met een ander mechanisch probleem, dat je gerust een raadsel kunt noemen, het raadsel van de twee klokken, dat al drie eeuwen bekendstaat als de 'Sympathie van Huygens'. Het gaat daarbij niet om een gewicht dat in de rondte wordt geslingerd, maar om een gewicht dat langzaam heen en weer gaat, als de slinger in een uurwerk – waar overigens Huygens de uitvinder van is. Hij is bovendien de uitvinder van de zeeklok, een bijzonder robuuste dubbele uitvoering van het slingeruurwerk dat bestand moet zijn tegen grote schommelingen.

Beide zeeklokken waren vastgezet in een zwaar koperen raamwerk en opgehangen aan een draagbalk. Huygens was de eerste maar niet de laatste die een vreemde waarneming aan dit toestel beschreef: dat beide slingers, vanuit welke beginstand ook, vroeg of laat synchroon gingen lopen (1) in fase met elkaar, beide tegelijk naar links en rechts of (2) in antifase, tegelijk naar elkaar toe en van elkaar af. Enzovoort...

Het verschijnsel was, volgens Eriksson, een mooi voorbeeld

van hoe de onbezielde natuur kan worden bezield door zichzelf, ofwel zich kan laten sturen naar een hoger niveau van samenwerking...

De vergadering keek er niet van op. Het was natuurlijk een moeilijk uur, zo vlak na de lunch. De meesten sliepen.

'Een biologische variant,' ging Eriksson voort, 'vindt men wel in Zweedse nachtclubs, wanneer de danseres haar kunsten vertoont en erin slaagt de Sympathie van Huygens aan zichzelf te voltrekken, hetzij in fase, hetzij in antifase. Heel effectief trouwens als ze zijn voorzien van zilveren of gouden dopjes.'

Wie sliep was nu weer helemaal wakker en volgde met de anderen nauwlettend wat Eriksson te vertellen had. 'Nogmaals, de weg die ze daarbij volgen hoeft niet een cirkel te zijn. Een ellips doet het ook, en misschien nog wel beter. Als ze maar bewegen, als ze maar door de lucht blijven gaan. Twee stralende wielen. En, u moet dan 's opletten: hoe sneller die wielen draaien, des te minder de vrouw beweegt – tot zij zich heeft teruggebracht tot een staande trilling, dan is haar snelheid het grootst. Dit vraagt een fabelachtige beheersing van het lichaam.'

'Daar hoef je niet voor naar Zweden te gaan!'

Een stem uit het publiek.

Iedereen keek om, om te zien waar die stem vandaan kwam.

Er was er één die niet keek, maar haar nagels bestudeerde.

Professor Betta Mitla.

'Ik heb het zelf veel gedaan,' zei ze glimlachend. 'Misschien wel in dezelfde nachtclubs als waar collega Eriksson het over heeft. Ach, het valt wel mee. Het gaat vanzelf, zou ik zeggen.'

'Dat is wat ik beweerde,' zo kwam de professor haar tegemoet.

'Ja, precies.'

'Het is de kleinste beweging met het grootste effect.'
'Absoluut.'
'Ik heb er serieus over gedacht zo'n danseres over te laten komen.'
'Noteert u mij maar.'
'Hè? Dat kunt u niet menen.'
Prof. Eriksson hield olijk beide handen aan zijn oren.
Prof. Mitla: 'Bepaalt u dat of ik?'
'U.'
'Nou, dan zijn we er toch? Zorgt u ervoor dat er voldoende publiek is, dan zorg ik voor de rest!'
'Nu?' riep Eriksson, bereid tot alles.
'Nee, morgen.'
'Dat zou prachtig zijn!'
'Met een korte inleiding, een samenvatting van uw lezing.'
'Prachtig!'
'Of de hele lezing. Dat maakt het tot één geheel, denkt u niet?'
'Zeker. Prachtig. En misschien dat we het artikel kunnen besluiten met een uitgebreid vraaggesprek...'

## HOEVEEL OPENINGEN HEEFT HET MENSELIJK LICHAAM?

We zaten op de Piazza dei Signori, op een terrasje en keken naar wat er zoal voorbijkwam. Studenten die zojuist hun bul gekregen hadden en vergezeld van pa en ma, omstuwd door vrienden 's even de bloemetjes buiten gingen zetten... Kantoorpersoneel, moeders die boodschappen hadden gedaan, met hun kleintjes. Een bus met naar ons wuivende passagiers.
'Toeristen,' zei Vicky.
'Alsof wij geen toeristen zijn.'
'Schat. We zijn hier voor ons werk.'
'Dat is waar. Een uurtje luieren, door de wet voorgeschreven.'

Een uurtje. Ik bekeek de kassabon, die omgekeerd op het schoteltje gelegen had. 'n Duur uurtje. Tegelijk prees ik me gelukkig dat ik niet ertoe veroordeeld was de hele dag in deze stad te moeten luieren, en slenteren, en eten en wat je ziet te vergelijken met wat je erover in reisgidsen leest, en of je niks overgeslagen hebt en dingen mooi moet vinden die niet mooi zijn of tegenvallen. Ik ga liever zonder reisgids en doe alsof ik thuis ben. Ik pretendeer wel 's een stad in één dag in me te kunnen opnemen en te weten 'hoe hij erbij ligt'. Snel opnemingsvermogen. In werkelijkheid heb ik helemaal geen snel opnemingsvermogen. Een grote stad, daar heb ik minstens een jaar voor nodig en daarom: ik woon er liever en ik werk er liever dan dat ik er rondloop als toerist.

'Ik lees hier iets interessants,' zei Vicky, die mijn gezeur langs zich heen had laten gaan. 'Hoeveel openingen denk je dat het menselijk lichaam heeft?'

Ik telde en kwam uit op vier. Of vijf.

'Zij hier komen uit op negen.'

'Welke zijn dat?'

'Dat zeggen ze er niet bij. Is een oog een opening?'

'Een oog is een opening naar binnen toe. Een zintuig.'

'Hé, Brigit!' riep Vicky, 'wat kijk je ernstig. Je loopt erbij of je werk zoekt. Kom erbij.'

Brigit, het vriendinnetje van prof. Olsen. Ze kwam erbij.

Zo ontstond er een levendige discussie tussen ons drieën over een totaal academisch onderwerp.

'Geldt een neus voor twee?'

Dat was de vraag van Brigit, die 'van niks wist'. Maar toch een heel goeie vraag.

We vonden: één. Dat de neusgaten direct na de ingang samenkomen...

'Helemaal niet. Nee, een neus, dat zijn twee openingen. Een mond één. Hoewel, binnenin zijn het er meteen twee: luchtpijp en slokdarm. Oren twee, als je tenminste de zintuigen meetelt.'

'Zintuigen zijn gaten.'

'Leuke spelletjes hebben jullie,' zei Brigit. 'Lakatos is er niks bij.'

'Wat weet jij nou van Lakatos?'

'O, daar kun je op afstuderen.'

Ik wist waar zij op doelde. Vicky niet. 'Nou,' zei die, 'wat doen we interessant. Als jij er zo op afgestudeerd bent, kom dan meteen met je antwoord, dan weten wij het ook.'

'Nou ja, man en vrouw is nog een probleem. Zijn man en vrouw gelijk?'

'Ingewikkeld,' zei ik. Vond Brigit ook. We dachten nu alle drie ernstig na.

Twee, dacht ik. Man en vrouw hetzelfde. 'Zo zijn we toch geschapen? Uit elkaar?'

'Maar wie wil dit weten,' vroeg Brigit.

'Zij,' zei ik.

'Ik,' zei zij.

'Waarom?'

'Omdat hier negen staat en we komen maar tot acht.'

'Nee negen, neus is twee.'

'En waarom wil je dat weten?'

'Ach, ik wou dat weten. Ik wou weten hoeveel gaten ik in mijn lichaam heb.'

Vraag die later opkwam.

Zijn handen zintuigen?

'Ja, handen zijn zintuigen. Hoe kon ik dat vergeten? Nou klopt het. Nou ben ik tevreden. Ik weet intussen ook wat dialectiek is. Dialectiek is het denken vanuit twee polen. Wat zeg je daarvan?'

★

We stonden bij het station.

'Een uurtje en we zitten in Bologna.'

'Of in Verona.'

'De wereld is klein.'

We gingen terug naar het hotel.

Het was een goed hotel, maar toch ging Vicky, zei ze, morgen achter een appartement aan. 'Je hebt meer vrijheid en ik wil niets met toeristen te maken hebben. In een hotel heb je voortdurend met toeristen te maken. Als ik door Venetië loop, wil ik geen toerist zien, begrijp je?'

Na het avondeten trokken we ons terug op onze kamer. Ik om te werken aan mijn Torricelli-lezing en Vicky verdiepte zich in de geschiedenis van de kruistochten. Acht kruistochten, die evenzovele vergissingen waren. Ze strekten zich uit over twee eeuwen en geen land is er beter van geworden. 'De enige die er profijt van heeft getrokken is Venetië,' vertelde ze me. 'Nu ik dat allemaal lees, heb ik zin alle kronieken open te gooien, weet je dat? En dan lezen. Met een vergrootglas, hè? Van dichtbij ziet zo'n oorlog er heel anders uit. Mijn stelling is: geen oorlog die niet van fouten en vergissingen aan elkaar hangt. Elk van die kruistochten liet zien hoe het niet moest. Haha! Kom, ik heb zin in een sprizz. Ga je mee?'

★

'Ik heb nieuwe gedachten.'

'Hou ze vast.'

En we sliepen weer in.

# Donderdag

'k Had al een paar keer vastgesteld dat we ruim op tijd waren. Toch was ik blij dat prof. DuToit de aanwezigen verzocht plaats te nemen. En toen iedereen z'n stoel opzocht, zag ik tussen al die mensen en stoelen Brodsky naar voren komen. Het trapje negerend sprong de vijfenveertigjarige dichter in één beweging het podium op. Hij liep naar prof. DuToit, gaf hem een hand – 'blijf zitten' –, liep naar mij, gaf me een hand – 'blijf zitten' – en ging toen zelf zitten. DuToit ging toen weer staan, nam plaats achter de katheder om de beroemde gast te eren met een welkomstrede. Omdat ik zo dichtbij zat, zag ik dat Brodsky al heel snel tekenen vertoonde van een merkwaardige glazigheid: hoe dun is het lijntje waaraan zijn leven hangt.

Ik was dus, toen ik hem overkreeg, gewaarschuwd.

Vlak voor zijn optreden sprak ik dr. Brodsky aan op zijn fabelachtige vermogen gedichten uit het hoofd voor te dragen.

'Dat is niet mijn vermogen, dat is een vermogen van het gedicht. Dán pas is het poëzie. Er zijn dichters, die staan hun gedichten voor te lezen uit het boekje. Ik zeg niet dat dat fout is, maar op mij maakt het de indruk dat het gedicht nog niet af is. Het is nog geen muziek. Dat moet u als filosoof toch aanspreken.'

'O zeker, dat is zeker het geval. Maar laat ik u dan in mijn kwaliteit als filosoof vragen waarom het gedicht dat zich bij u manifesteert als muziek bij de anderen zwijgt als die muziek niet wordt mee vertaald.'

'Hoe bedoelt u dat?'

Precies. Het kostte ook mij moeite die ingewikkelde zin te begrijpen. 'Neem me niet kwalijk,' legde ik hem uit, 'Russische dichters maken op het podium op een westers publiek gauw een geëxalteerde indruk.' Of je dat positief of negatief moet beoordelen liet ik in het midden. 'Dat komt,' zei hij, 'doordat in onze poëzie niet alleen de geest, en het gevoel, maar ook het lichaam deel uitmaakt van de partituur.'

'Hoe vindt u het, meneer Brodsky, als dode uitgenodigd te worden door de levenden?'

'Zolang ik gelezen word, behoor ik tot de levenden.'

'Een toegift?'

'O nee, volstrekt geen toegift. Een wandelende tak.'

'Hoe zegt u?'

'Een wandelende tak. Ik ben een boom met vele armen.'

'Heerlijk lijkt mij dat. Een politieke vraag. Dat de levenden de macht hebben over de doden – is dat volgens u terecht?'

'Het lijkt mij juist, maar het kan me niets schelen. Trouwens, hoe weet u dat? Hoe weet u zo zeker dat niet nu al de doden de macht hebben over de levenden? Wat denkt u van de Profeet?'

Zonder mijn antwoord af te wachten liet hij weten lang genoeg met mij gepraat te hebben en stond hij op.

De grote aula was muisstil toen hij aan zijn lezing begon over 'vijanden van de poëzie' en hij stelde de kandidaten achtereenvolgens aan ons voor (een samenvatting):

1. Poëzie en Geschiedenis, in het bijzonder de Toekomst. Poëzie is doorgaans tijdloos. Dat is de atmosfeer waarin zij het beste gedijt. De onvoltooide tijd laat ruimte voor vele wendingen die kunnen uitlopen in het voltooide. De toekomende tijd beschrijft wat wij vrezen c.q. verlangen. Voor de daadkrachtigen is er de wil; wordt soms gebruikt als joker.

2. Poëzie en Wetenschap. Een natuurkundige wet staat meestal in de tegenwoordige tijd, in de lijdende vorm en vaak zonder personen. Daarmee wordt aangegeven dat wat nu gebeurt ook gisteren gebeurd had kunnen zijn of morgen gebeuren zal. Voorspellingen aan de hand van tabellen. Deze kracht draagt in termen van noodlot bij tot haar schoonheid. Bijzonder fraaie gevoelens worden opgewekt door de zgn. uiterste waarden, de maxima, de minima, en de fraaiste door een samenstel van deze twee, de pas of het zadelpunt, waar men tegelijk op het hoogste en op het diepste punt staat.

3. Poëzie en Wiskunde. Wat voor een natuurkundige wet geldt, geldt in nog sterkere mate voor een wiskundige stelling. In beide gebieden heerst de waarheid, in welke tijd dan ook. Wat de wiskunde voorheeft op andere wetenschappelijke disciplines is dat zij net als poëzie gemaakt is van taal. Ze *is* een taal. Daardoor heeft ze de kans mooi te zijn, evenals de poëzie, en zien we ze herhaaldelijk met elkaar flirten, die twee. Maar de waarheden die zij dienen zijn niet dezelfde en dan is wat de een beweert uiteindelijk voor de ander een dwaasheid.

4. Poëzie en Psychologie. De eerste, tweede en derde persoon. Deze drie gecombineerd met het tweetal enkel- en meervoud zorgen ervoor dat iedereen ingelicht is. Er is in dit genre nauwelijks een geheim dat niet middels een tweede of derde persoon boven water komt, al of niet verminkt door obstetriewerktuigen. Wat in een ander literair genre een geheim blijft en onuitgesproken, wordt hier uitgesproken door de personen, maar niet door de lezer, nog steeds niet, want in een persoonlijke roman – en in het bijzonder een exhibitionistische roman – kan men open en bloot dingen lezen waar men liever met niemand over praat.

5. Poëzie en Filosofie, wetenschap van alle wetenschappen. Het is moeilijk 'namens allen' te schrijven over 'alles' of, ster-

ker, over 'het niets', zonder nu en dan de plank mis te slaan. Daarbij komt dat de plank niet alleen een meewerkend, maar ook een drijvend voorwerp is. Filosofie is in haar algemeenheid een wandelende wetenschap. In de negentiende eeuw geloofde men in andere dingen dan in de twintigste eeuw. De wereld is niet dezelfde. Door zich telkens maar weer te laten beschrijven *als een geheel* tolt en tolt hij in het rond.

6. Poëzie en Moraal. De Grote Drie: het ware, het schone en het goede, staan alle in verbinding met de moraal van de schrijver. Een zeszijdige bloem: schrijf ik erover of hoort het er niet bij? Past het of misstaat het? Voorbeeld: poëzie is per definitie mooi, kan over lelijke dingen gaan, maar die worden daardoor mooi (ook schoonheid is een wandelende eigenschap). Ze kan met evenveel recht over slechte dingen gaan, maar die worden daar niet beter van; slechtheid is geen wandelende eigenschap, maar vindt haar leven lang asiel in het huis der onwaarheid.

7. Het is aan de dichter te bepalen hoeveel hij opsnuift van het verbodene.

ALESSANDRA WINT DE JACKPOT

Een vrije middag. De zon scheen. Mijn voornemen de Galleria dell'Accademia te bezoeken liet ik varen, het was veel te mooi weer. Ik voelde me jong. Bovendien had ik een ontmoeting in het vooruitzicht waar ik me zozeer op verheugde dat ik al uren van tevoren rondzwierf op de plaats van de afspraak. Kom, dacht ik, laat ik 's naar de Fondamente Zattere gaan, daar was ik nog nooit geweest, maar net zo gemakkelijk besluit je naar plekken te gaan waar je wél eerder geweest bent. Ontdekking en herkenning wisselen elkaar af op een prettige wijze en het prettigst is de ontdekking dat je iets herkent.

En toen was het nóg maar half vier.

Vijf voor vijf zat ik op de afgesproken plaats, het terras naast de Torre dell'Orologio (paspoort meenemen, had ze gezegd) en tien minuten later voelde ik haar hand op mijn schouder.

Alessandra.

Bij afspraken met een vrouw kijk ik altijd de verkeerde kant op. Zij ziet mij reeds van verre en altijd eerder dan ik haar; dat geeft mij een weerloos gevoel: alsof ze mij in mijn onzeker-heid-of-ze-wel-zal-komen al een hele tijd heeft kunnen observeren.

Ze ging tegenover me zitten.

'Staat u me toe dat ik rook?'

Geen probleem. Ze rookte. Dat werkt kalmerend. 'Ik heb,' zei ze, 'vanmorgen de beursnoteringen gezien. Dat kun je toch beter niet doen. Vreselijk, we worden straatarm.'

'Hebt u veel aandelen?' vroeg ik.

'Helaas wel. In Canada. Ja, veel in Canada.'

'Athabaska?'

'Dat kan wel. Weet u daar meer van?'

'Athabaska heeft iedereen. Het goud van Athabaska, niet-waar? Maar als je de moeite neemt je licht op te steken door ernaartoe te reizen, ontdek je dat daarmee de teerzanden zijn bedoeld.'

Ik vertelde haar iets over de mijnbouw in Alberta. Dat deel van Canada heeft oliereserves tien keer groter dan het hele Midden-Oosten bij elkaar. De vraag is alleen: hoe krijg je het naar boven? 'Maar inderdaad,' vertelde ik haar, 'je kunt er ook goud kopen. Ik heb er ooit een paar nuggets gekocht, goud-klompen, voor thuis. Echte nuggets. Twee op een kaartje. Erg oud kaartje, de nuggets ook. Bij het lospeuteren braken ze al vanzelf doormidden. Vanbinnen waren ze zwart. Teerzand. Roken naar petroleum. En dan is er iemand die op het geniale idee komt een Athabaska Gold Mining Company op te rich-ten met aandelen en alles wat daarbij komt. Ik heb er ook wat gekocht. Ze doen het niet slecht.'

'O, ik wou ze juist verkopen. Dus u adviseert me ze nog even aan te houden?'

'U krijgt toch ook de *Athabaska Mining Post*? Krijgt u toch? Kostelijk leesvoer. Wat is er?'

'O niets. U bent boeiend.'

Dat noemde ze niets.

Ze doofde haar sigaret. Stak een nieuwe op. 'Meneer Pipper,' zei ze, 'met alle excuses voor de platheid van het onderwerp – ik praat ook liever over Dante en Vergilius –, hebt u verstand van kansspelen?'

'Kansspelen? Niet bijzonder, denk ik.'

'Gokt u wel eens?'

'Een keer per jaar...'

'Roulette?'

'Nee, de gewone fruitmachine. Die begrijp ik tenminste.'

'Begrijpt u die, meneer Pipper? Zei u dat?'

Ik zag in dat ik alweer te veel gezegd had. 'Nou ja, begrijpen,' zei ik, 'hoe je moet spelen, niet hoe je moet winnen.'

Alessandra legde haar handen op tafel.

'Meneer Pipper, wat zou u ervan denken als ik u vanmiddag het Casino liet zien?'

Ik keek in de grijze ogen van iemand die plannen met mij had.

'Ik stel voor,' zei ze, 'dat we wat gaan spelen...'

'Roulette?'

'Nee, de fruitautomaat. Dat is immers uw keus. Ook de mijne trouwens. En niet zonder reden. De fruitmachine is een persoonlijkheid. Is warm, kijkt je aan, heeft een ziel.'

'Hoe weet u dat?'

'Dat voel ik.'

'Nou, dan zijn we klaar. Dan weet u wat u voelt.'

'Nee, want ik voel iets waarvan ik weet dat het niet waar is. Dat kan niet. En daar lijd ik onder.'

'Ik kan het u zo uitleggen...'

'Weet ik. Daar heb ik niets aan. We moeten spelen. *Live*. In mijn leven is alles *live*. Of het is niet. Ik wil de machine voelen en ik wil u, de wiskundige, voelen.'

'Mevrouw Morosini, ik vind dat u nu begint te zeuren.'

'Dat vind ik ook. Laten we gaan.'

'Je moet het weten,' zei ze, 'achter een bloemenstalletje, aan het eind van een lange steeg flonkert een kroonluchter, daar moeten we zijn.'

Alessandra ging voorop en ik volgde. Met besliste stap.

Ik wilde de indruk wekken habitué te zijn; bij de garderobe gaven we onze jassen af en aan de balie onze paspoorten, die na te zijn gecheckt aan ons werden teruggegeven.

We namen de lift, waar we een paar seconden later weer uit stapten. De vierde verdieping. We gingen naar binnen. Het was maar een eenvoudig zaaltje. Niet zo romantisch als je soms in de film ziet. We begaven ons onder het niet zo talrijke publiek. Om te kijken. En om te spelen. Achter het glas van de kassa zat een man met een vlinderdasje, heel chic. Het witte plastic emmertje waarin we onze gekochte munten kregen aangereikt vond ik minder chic, maar Alessandra verzekerde me dat dit normaal was. Met het emmertje in de arm inspecteerde zij een aantal machines.

Grappig te zien hoezeer ze zich thuis voelde in deze wereld. Ze slenterde langs de machines. Soms stak ze er een munt in, drukte op een knop en liep verder zonder het resultaat af te wachten.

'Waarom doe je dat?'

'Wat?'

'Begroet je ze met een munt?'

'Kijk, die vrouw loopt weg, met een sip gezicht. Die heeft iets opgebouwd wat wij kunnen gebruiken. Het is een dure machine, ze was gauw door haar geld heen. Ik weet niet, zul-

71

len we duur beginnen of goedkoop beginnen?'

'Gij zegt het.'

'Nou, laten we dan maar eenvoudig beginnen.'

Ze ging voor een willekeurige machine staan, ik stond half achter haar en daar gingen de eerste munten. Alessandra drukte op een knop, en nog een tweede knop en ziedaar, de wielen ratelden, de muziek speelde een wijsje en we kwamen uit op nul – ter kennismaking. 'Twee ringen – het hadden er drie moeten zijn, en dat poppetje staat ook in de verkeerde hoek. Toch ga ik hiermee door.' Ze haalde een vijftigeurobiljet tevoorschijn, frommelde 't in de machine, ging over van zeven op negen winlijnen, verhoogde daarmee haar kansen. Onze kansen. De wielen snorden, keer op keer, wel soms bijna vier appels op een rij, volgens mij, maar niks, de machine bleef zo dood als een pier.

'Ze hebben 'm op slot gezet. Ze zien dat ik speel en dan zetten ze hem op slot. Of zit er misschien helemaal geen geld in de machine?' Ze greep in haar tas en voedde de machine met opnieuw vijftig euro, niet om te spelen maar om het in muntgeld uitgekeerd te krijgen en dat lukte, het geld ratelde en dat is een lekker geluid, ook al is het je eigen.

'Met twee lijnen had ik nog een spel extra gehad.'

Dus de machine deed het wel.

Ze speelde weer, won een keer – drie piramides op een rij –, tweehonderd euro, kletterend kwam het in de goot terecht en even later – 'ik gooi er toch nog even drie drietjes tegenaan' – was het spel beslecht: 1465 euro, rode lamp, bel, zwart scherm, met daarop: THE MONEY IS YOURS, CALL YOUR ATTENDANT.

De zaalwacht schoot toe en schreef van een klein blocnotje een kwitantie uit, grappen makend: het was duidelijk niet de eerste keer dat Alessandra per kwitantie werd uitbetaald. 'Ik sta hier bekend als de mevrouw van de handtekeningen,' gniffelde ze, terwijl ze het geld kreeg uitbetaald, in zodanige coupures dat er makkelijk een tientje voor de zaalwacht overschoot.

'En dan moet je ophouden' – zo luidt het advies. En dat advies meende ik dan ook aan haar te moeten geven.

Ze glimlachte. 'Je hebt nu gezien hoe het gaat,' zei ze. 'Ik heb nou gewonnen, maar de volgende keer verlies ik. Op en neer. Na een jaar spelen sta ik op nul – als ik geluk heb. Maar je begrijpt, zo schiet ik niet op. Dus, ik heb nu de grootste wiskundige van de wereld in de arm genomen en die gaat mij vertellen hoe ik spelen moet.'

'De paradox van het kansspel is dit,' zei ik, 'de uitslag is in het geheel niet te voorspellen, en tegelijk is diezelfde uitslag van tevoren volkomen bepaald. Als je twee keer van nul start, krijg je twee keer dezelfde uitslag.'

'Dat betekent,' zei ze, twee muntjes instekend, 'dat je kunt voorspellen wat de uitslag is, en dat-ie helemaal niet op toeval loopt.'

Dat had ze goed gezien.

'Ik heb wel 's gehoord,' zei ze, 'dat om die reden de machines 's nachts gewoon doorlopen, ook al speelt er niemand op.'

'Dat is best mogelijk.'

'Kijk, die man gaat weg en lijkt blij. Dat betekent dat z'n machine leeg is. Niet leeg, maar nul. Ik ga nu expres een beetje vreemd spelen. Dat ze denken dat ik er met de pet naar gooi. Denk je niet dat ik ze dan in de war breng?'

'Zou kunnen.'

Ze schoof een honderdeurobiljet in de gleuf, zodat ze een flink tegoed had.

Ze was het ook zo weer kwijt.

'Had ik nou maar op drie gespeeld,' verzuchtte ze. 'Verkeerde zuinigheid. Aan de andere kant, zou de machine dan niet tijdig zijn maatregelen genomen hebben? Kijk, op een dergelijke vraag aan het casinopersoneel heb ik nog nooit een duidelijk antwoord gekregen en dat is voor mij een van de raadsels van zo'n machine. Wat vind jij ervan?'

'Ik zou eerst de programmatuur moeten zien,' antwoordde ik stijfjes.

Al die tijd speelde ze door. Ik keek toe hoe ze bezig was het geld dat ze in het begin gewonnen had zoetjesaan weer kwijt te raken. Ze had zich in het hoofd gezet dat als je volgens een bepaald systeem speelde en daaraan vasthield – dat je dan toch wel moest winnen, uiteindelijk. Nou, zei ik, de machine speelt *altijd* volgens een bepaald systeem, die wint dus altijd. Nee, Alessandra, zei ik – en ik hoorde in mijn stem een diepe genegenheid voor deze vrouw doorklinken –, jouw grootste troef is de vrijheid die je hebt, die heeft de machine nou net niet.

Maar het grappige was – doordat zij een systeem volgde, was het systeem dat de machine volgde zichtbaar. Foutje van de programmeur. Ze kon er op inspelen door nu en dan van haar systeem af te wijken. Zij speelde 7/9/7/9/7/9 enzovoort. Ik adviseerde haar op onregelmatige plaatsen die 7 en 9 om te draaien: 7/9/9/7/7/9/7/9/9/7/7/9 – daarmee krijg je de machine in de strop. Hij spartelt nog wel, maar jouw kansen nemen toe bij elke tegensparteling. Ook voor de speler is er geen weg terug, mits hij zich aan het systeem houdt. Dan komt alles op zijn pootjes terecht. De precisie die nodig is om op de maan te landen is niet groter dan de precisie waarmee in een loterij de eerste prijs wordt toegekend. En terstond loeit de sirene, spat het blauwe licht alom en verschijnt het bedrag:

J.A.C.K.P.O.T

C 4.787 E 4

J.A.C.K.P.O.T

*The money is yours*

*call your*

*attendant*

'Is dit een jackpot?' vroeg ze me, over haar schouder naar mij omhoogkijkend. Bijna smekend: 'Is dit een jackpot? Hoeveel is het?'

Hoeveel is het. De 4 achter de E is de 4 van de 4 nullen.

Mijn god, is het waar? Het is waar!

Alessandra was opgesprongen en vloog mij om de hals, kuste mij aan alle kanten. Het blauwe licht gaf haar een zwarte, demonische kop. Waarom heeft de mens als hij lacht, van vreugde, de aanblik van een verscheurend dier?

We waren bij zinnen gekomen en stonden de *attendant* te woord, dat wil zeggen Alessandra. Ze moest tekenen, niet voor het geld dat ze ontvangen had, deze keer, maar voor het KAPITAAL dat ze sinds vijf minuten haar eigendom kon noemen. Bank en rekeningnr. Plus de aankondiging van een feestelijke overhandiging...

Opgewonden, lacherig – 'mag ik een arm van u?' – liepen we de nu al zo vertrouwde weg naar het station, beschenen door repen avondzon.

In de trein was het staan. Wij spraken niet – het waren onze ogen die met elkaar spraken, over de hoofden van de zittende, kranten lezende passagiers heen.

Ik zag Alessandra peinzen, de blik gericht op de verte. En vervolgens weer op mij. Een paar keer vlijde ze haar hoofd tegen mijn borst.

Padua is maar een kwartier sporen. Ik liep met haar mee naar haar auto. Zij gaf mij een lift naar m'n hotel.

Daar stopte ze, maar niet precies voor de ingang. Iets terug. Iets meer in het donker. 't Was immers beter niet te worden gezien.

*

Hier volgt een lezing van prof. dr. dr. H. M. M. Ort genaamd: *De kunst van het tellen of: De kunst van het rekenen.*

Prof. Ort is tweemaal gepromoveerd, tweemaal dr., welke hij dan ook allebei voor zijn naam heeft staan. Dat is typisch Duits. In Italië ben je maar één keer dr., ook als je niet gepromoveerd bent.

Van deze – lange – lezing publiceren we alleen het slot.

## DE AARZELING VAN EUROPA

Over één, twee en meer; over kraaien die tot vier kunnen tellen en een mensheid die dat nog niet kon; over hoe de mens het nodig vond te leren rekenen; over de uitvinding van het grondgetal; over de hand als rekenmachine, over de buitengemene bedrevenheid van de Chinezen; over de eerste cijfers (het geschreven getal); over Griekse en Romeinse cijfers ('een impasse'); over de ontdekking van de nul (India); over 'de gouden tijd van de islam'; over 'de aarzeling van Europa'.

Europa aarzelde op vele fronten. Italië bijv., dat de wereld heeft leren boekhouden, in Arabische cijfers, cultiveerde tegelijk het idee dat het voornamer was het met Romeinse cijfers te doen. Zo heeft het oude werelddeel nog zeker twee eeuwen gewerkt met dit ongelukkige rekenschrift, waar de Arabische en oosterse landen allang hun zaken via het tiendelig stelsel regelden.

Waar omstandigheden verschillen, floreert de tolhandel. Venetië had op de invoer van deze 'kostbare oosterse kennis' jaar in jaar uit een embargo rusten – ten voordele van de stad zelf. Immers:

*Hij is de ware handelsman,*
*Die het snelste rekenen kan.*

Zo werd Europa steeds armer en Venetië steeds rijker.

Na de verovering van Constantinopel door sultan Mehmed II van Turkije in 1453 kwam er een einde aan Venetiës machtspolitiek en konden de Europese landen gaandeweg profijt trekken van 'het nieuwe rekenen'.

De geschiedenis van de nul loopt hieraan evenwijdig.

Oezbekistan is het geboorteland (800 n.C.) van Abu Ja'far Muhammad ibn Musa al-Khwarizmi, wiens naam in het woord 'algoritme' (rekenwijze) is blijven voortbestaan. Zijn hoofdwerk *De kunst van het overbrengen en het wegstrepen* heeft als Arabische titel *Ilm aljabr wa'l muqabalah*, waarin we het vertrouwde woord 'algebra' zien blinken. Het is de onsterfelijke verdienste van al-Khwarizmi geweest dat hij de Arabische getalnotatie met de nul heeft uitgerust en verrijkt.

Men kan niet beweren dat de toevoeging van de nul aan het westerse denken 'in de lucht hing'. Het rekenboek van al-Khwarizmi moest drie eeuwen lang in de bibliotheek van Bagdad liggen voordat het, in het Latijn vertaald, zijn weg vond naar Europa. Zo zien we de nul als een knikker door de historie rollen, via de Italiaanse wiskundigen Fibonacci (1200, Sicilië), Tartaglia (1500, Venetië) en Cardano (1500, Rome), naar de Fransman Viète (1550) tot hij, aangekomen bij Descartes (1625), in de analytische meetkunde zijn uiteindelijke plaats krijgt.

HET ANTWOORD VAN EUROPA

Rond 1650 hadden de 'virtuosi' – Galilei, Descartes, Torricelli, Huygens, Boyle en vele andere artiesten in hun voetspoor – begrepen dat ons begrip van de wereld en van de natuur in het bijzonder sterk werd bevorderd als we die natuur gingen *meten* en haar door onze metingen lieten *spreken*. Het is een wonder dat dat kan. Het is onbegrijpelijk dat getallen in staat zijn de natuur – die uit zichzelf niet spreken kan – te laten spreken.

Zo is Europa begonnen zijn achterstand in te halen.

Het spande in betrekkelijk korte tijd een netwerk over de Wereld inclusief het Heelal, inclusief het kleinste wat het oog vermag te zien. Dit netwerk, opgezet en onderhouden door een leger van geleerden en correspondenten, geeft van elk gewenst ding of verschijnsel:

- plaats
- tijd
- temperatuur
- druk          Dit zijn de acht verborgen zuilen van
- volume        de Europese beschaving.
- massa
- kracht
- snelheid

'Meten is weten,' zei Galilei.

- Om te meten, heb je een meetlat nodig.
- Om in de ruimte te kijken, heb je een verrekijker nodig, of een microscoop.
- Om je plaats te bepalen, gebruik je een kaart.
- Om je plaats te bepalen, bepaal je lengte en breedte.
- Om de breedte te bepalen, bepaal je de stand van de zon.
- Om de lengte te bepalen, bepaal je de stand van de zon, en de tijd.
- Om tijd te meten, gebruik je de zon.
- Om tijd te meten, gebruikte Galilei zijn eigen polsslag als stopwatch.
- De seconde werd uitgevonden door Huygens (1656).
- De verrekijker werd uitgevonden door Zacharias Janse (1605).
- Om warmte/kou te meten, heb je een thermometer nodig.
- Om kracht te meten, gebruik je een hamer (Huygens).
- Om massa te meten, gebruik je kracht.
- Om druk te meten, heb je een barometer nodig.
- 76 centimeter kwik weegt 700 kilometer lucht.
- Om snelheid te meten, moet je plaats en tijd meten.

78

- Om versnelling te meten, moet je snelheid en tijd meten.
- Om een meter te meten, heb je een meter nodig.
- Om volume te meten, heb je lengte, breedte en hoogte nodig.
- Om volume te meten, kun je met een badkuip volstaan (Archimedes).
- De thermometer werd uitgevonden door Boyle (omstreeks 1656).
- De barometer werd uitgevonden door Torricelli (1643).
- Gewicht is massa op aarde.
- Om gewicht te meten, heb je een spiraalveer nodig.
- De weegschaal werd uitgevonden door Hooke (1658).
- De microscoop werd uitgevonden door Malpighi (1660).
- De kunst van het rekenen met breuken werd uitgevonden door Stevin (1580, decimalen).
- De kunst van het rekenen met zeer grote getallen werd uitgevonden door Napier (1594, logaritmes).
- De kunst van het rekenen met oneindig kleine getallen werd uitgevonden door Newton en Leibniz, onafhankelijk van elkaar (±1670, infinitesimalen).

Zo lag Europa opeens mijlen voor.

Hoe zeker kun je zijn van een meting?

Het doel is: zeker te zijn van de natuur.

De zekerheid van de natuur is de som van vele onzekerheden, die allemaal te meten zijn. Hoe meer onzekerheid je meet, des te zekerder ben je van de uitkomst.

Als je tien keer je eigen lengte meet vind je, als die metingen maar precies genoeg zijn, tien verschillende lengtes. Toch heb je een idee van wat je lengte is, met een lage waarschijnlijkheid voor de uitschieters en een hoge waarschijnlijkheid voor het gemiddelde van je metingen. Het is een vreemd verschijnsel, dat zijn prototype heeft in de zekerheid die de dobbelsteen biedt: als je maar vaak genoeg gooit weet je – en je kunt dit bewijzen – dat je even vaak een zes gooit als een één. Waar hebben we die zekerheid aan te danken? Aan de formules of aan de dobbelsteen? Aan de wiskunde of aan de wereld?

'Iedereen gelooft erin: de wiskundigen omdat ze denken dat het een feit is dat ze waarnemen en de waarnemers omdat ze denken dat het een wiskundige stelling is.'

Het cijfer nul had zijn oorsprong in India. Het diende als telmiddel in de handel.

Om de rekening van een koopman te begrijpen, moet je willen begrijpen dat je ruimte maakt voor iets wat er niet is. Dat is het geheim van het tellen als je het niet met je vingers, maar met een schrijfstift doet.

Waarom zijn de Indiërs er niet verder mee gekomen? Waarom hebben ze niet, als later de Europeanen, er de wereld mee veroverd? Omdat zij een poëtisch volk zijn. Om het rekenen te vergemakkelijken gebruikten ze de volgende ezelsbruggetjes:

Voor de eerste vinger gebruik je het begin.

Voor de tweede vinger gebruik je beide ogen.

Voor de derde vinger gebruik je de drie ogen van Shiva.

Voor de vierde vinger gebruik je de vier windstreken.

Voor de vijfde vinger gebruik je de vijf zintuigen.

Voor de zesde vinger gebruik je de zes klinkers.

Voor de zevende vinger gebruik je de zeven ledematen.

Voor de achtste vinger gebruik je de acht olifanten of de acht gedaanten van Shiva.

Voor de negende vinger gebruik je de negen planeten of de negen openingen van het menselijk lichaam.

Voor de tiende vinger gebruik je de leegte.

Gebruik je de symbolen, dan zijn de berekeningen makkelijker te onthouden dan wanneer je alleen maar de cijfers gebruikt.

Tot slot: waarom hebben de Chinezen niet de auto uitgevonden? Omdat ze niet een weg hadden waarop hij kon rijden? Zou de auto in Europa een kans hebben gehad als er niet eerst een trein had gereden? Als niet, met andere woorden, de Europeaan gewend was aan snelheden en afstanden, groepsgewijs? Wat zouden een miljoen Chinezen hebben gehad aan één auto? Ze zouden er een tempel van hebben gemaakt.

Professor Ort bedankte de aanwezigen voor hun aandacht. Waarop een warm applaus volgde.

## PROFESSOR MITLA IS POPULAIR

Op de Via Dante stond een touringcar op ons te wachten. We liepen er tenminste allemaal naartoe.

Ik vroeg waar die bus heen ging.

'Naar Venetië. De Betta Mitla Show.'

Aha. Ja, daar wou ik ook heen. Ik was het wel van plan, ja. Huygens' Sympathie. Het menselijk horloge te zien werken in fase en antifase, als quotiënt van slingergewicht en systeemgewicht, dit alles uitgevoerd door de lenige borsten van dr. Betta Mitla. Alleen, die mensen om mij heen kende ik niet, erger: ze stonden me niet aan. Ze waren niet van het colloquium, maar waren van de straat geraapt om de bus vol te krijgen. Er stonden intussen drie touringcars en er liepen zeker wel honderd mensen heen en weer die opeens allemaal mee wilden... Misschien moet je voor zoiets in Italië wezen. Maar hier wilde ik niet bij horen en ik ontworstelde me aan de menigte.

Jammer. Een demonstratie ergens in een bovenzaaltje voor vijftien genodigden, dat had ik passend gevonden.

Nu liep ik opeens in m'n eentje door het drukke Padua. Een tijdje doorgebracht in de basiliek van de heilige Antonius, in volle bewondering voor de zonsondergang die zich in deze ontzaglijke ruimte voltrok. Aan het einde van de dag waan je je er in een donker woud – en dan gaan de lampen aan, de luchters die vanuit de hemel neerhangen.

Terug in het hotel kreeg ik de sleutel overhandigd, wat betekende dat Vicky nog aan de zwier was. Wachten met het diner zou wel zo aardig zijn van mij, ze kon elk ogenblik binnenkomen. Ik volstond met een pilsje, met wat nootjes.

Ik las een artikel dat mij schilderde hoe de aarde er zou uitzien nádat de mens uitgestorven was: leeuw, tijger en andere grote roofdieren zouden ook uitgestorven zijn en plaats hebben gemaakt voor kleinere, in groepen levende dieren zoals de stekelstaarteekhoorn, de trompetoorwroetmuis, de zwemmende vinvoetbaviaan – dit alles geschetst tegen de achtergrond van een vredig landschap. Helaas, ik geloof dit niet. Bovendien is het niet interessant. De vraag die ik wel 's beantwoord zou willen zien is: hoe, langs welke weg sterft de mens uit? Of: hoe krijgen wij het voor elkaar dat de mens uitsterft?

Ik liet de kaart komen. Ik had wel trek in iets.

★

Ik had heerlijk gegeten, veegde m'n mond af en stond op.

In een hoekje bij de bar zat een viertal van mijn collega's. Ze keken naar me, ongegeneerd. Alsof ik een wereldwonder was. Ik groette ze. Een van hen, de grote Goormaghtigh, kwam mij achterna en ik was bang dat ik wel wist waarom. Paspoort. Hij had mij er al eerder naar gevraagd.

Ik bleef staan, stond hem te woord. Het punt was: ik had een moeilijk paspoort – een Pools – en het was alleen maar bedoeld om aan het hotel in bewaring gegeven te worden. Maar omdat het een Pools paspoort was, zou het ook nog naar het Poolse consulaat worden gebracht, ter inzage – daar had ik absoluut geen belang bij. (Ik had ook een Duits paspoort, maar dat ging ik hem niet aan zijn neus hangen. In mijn situatie was dat niet verstandig.) Eenmaal binnen de EU hoefde ik aan niemand te vertellen wie ik was, dat was ik aan niemand ver-plicht. 'In Augsburg had ik ook trammelant,' riep ik zonder enige samenhang uit, 'en dat hoef ik niet nog weer 's.'

Al met al sloeg ik daar een toon aan die op zich al verdacht was. 'Bovendien,' zei ik, 'verwissel ik morgen mijn hotelka-mer voor een appartement in Venetië, dus waar praten we over.'

Het lied gezongen in het zaaltje naast ons leek een slotkoor:

> *Zij roepen ons*
> *Zij fêteren ons*
> *Zij zijn vol van ons...*

Ik stak mijn hand op naar dr. Goormaghtigh en nam de lift naar boven.

## VICKY EN DR. KIIK

Het paste helemaal bij de man, zo'n misverstand.

'Ohne Milch' – specificeerde hij zijn kopje koffie.

Only milk – verstond de juffrouw en hij kreeg een plens melk toe.

Dit plus dat hij er niets van zei.

Vicky zat een tafeltje verder, had het zien aankomen en verslikte zich bijna in haar sodawater. Ze zat schuin achter hem. Ze kon hem zien, hij haar niet.

Een grote, onhandige man. Misschien ook wel een heel lieve man.

De Bette Mitla Bus was gearriveerd. Mannen en vrouwen – meest mannen – verdrongen elkaar bij de ingang. De rit was gratis, het doel bijzonder aantrekkelijk en er waren zo te zien meer liefhebbers dan zitplaatsen – drie redenen om je ellebo-gen te gebruiken. De lange onhandige man kwam er niet aan te pas. Hij mocht niet mee.

Vicky was met hem opgelopen en troostte hem met te zeggen dat hij niets miste: 'Een ordinair bezoek aan een sekstent. Ik begrijp die mensen niet. In welk hotel logeert u? Rembrandt?'

'Ja, Rembrandt,' zei hij.

'Bent u hier wel 's eerder geweest? Kent u deze stad?'

'Nee, mevrouw. Ik ken hier niets en niemand. Ik ben voor het eerst van mijn leven in West-Europa.'

'Waar woont u dan?'

'Estland.'

'Estland bestaat weer.'

'Ja, Estland, Letland en Litouwen staan weer op de kaart. Godzijdank.' Hij keek haar goedig lachend aan.

Een grote, sterke vis meekrijgen, het water uit krijgen aan een heel, heel dun snoertje, dat was de kunst.

'Kom,' zei ze, 'het begint te regenen. Gaat u mee naar binnen, wat drinken?'

'Da's een goed idee,' bromde hij.

Ze zaten aan de bar, achter een tweede glas, pratend over van alles. Tom Kiik heette hij. Chemicus. Bijna Nobelprijs. Twee kinderen, allebei de deur uit, en een lieve vrouw die, nu het huis leeg was, haar roeping had gevonden in de fotografie. Ja zeker, ze kon er wel wat van, ook al zei hij het zelf. En zij? Vicky? Zij zat ook in de fotografie. Wat toevallig. Ja, heel toevallig.

'Maar nog niet zo lang hoor. Nog maar een halfjaar. En misschien kan ik er wel niks van.'

Dat vond hij een lieve opmerking en van tederheid legde hij zijn grote hand op haar knie.

'Da's mijn knie,' zei ze.

'En da's mijn hand,' zei hij.

'De hand van een bezitter.'

'Hoezo bezitter. Dat bedoel ik er niet mee.'

'Jammer. Ik word graag bezeten.'

Hij haalde zijn hand weg en grinnikte. 'Weet je wat ik wel zou willen?'

'Nou?'

'Een bed.'

'O ja?'

'Ja. Een luxueus, schoon bed. Met koele, krakende lakens... Een uurtje.'

'Nou, schat, dan doen we dat toch?'

Hij glimlachte, ongelovig.

Maar zij stond op en zei: 'Kom mee. Jíj kunt er wat van, nou, ík kan er ook wat van. Kom.'

'Misschien is hier een hotel in de buurt,' zei hij hulpvaardig.

'Aan de overkant van het park,' zei ze, 'laten we naar de overkant gaan.'

Hij betaalde en liep achter haar aan naar buiten.

Het was donker geworden. Bij het aanfloepen van de straatverlichting nam ze hem bij de arm.

'Wat denk je daarvan,' zei ze.

Ze staken schuin de weg over.

Hotel Giotto. Een fin de siècle villa waar het huren van een tweepersoonskamer geen probleem kon zijn.

Hij bleef op straat staan. Ze wenkte hem mee te komen, naar binnen.

'Zouden we de kamer even mogen zien?'

Hoort allemaal bij het voorspel. Evenals het schrijven van ansichtkaarten. Het hotel is chic genoeg om eigen kaarten te offreren. Tom schreef zes keer zijn naam onder die van haar, postzegels erop, hup, op de post gedaan en zo kon een aantal van Vicky's vrienden lezen dat het goed ging met haar. Wie deze Tom-in-blokletters was moesten ze dan maar raden.

Kamer 31. 'Mijn geluksgetal. Het omgekeerde van 13.'

Hun bed was opgemaakt met teruggeslagen punt. Er was nauwelijks tijd voor een douche. Ze deed het grote licht uit, de bedlampjes op schemer en de rest... 'Meneer Kiik, ik zou zeggen, ga uw gang. Een man die mij kust mag verder alles met me doen. Dat is mijn regel. O god, we hebben elkaar nog niet eens gekust...'

★

'Nee, je had meteen zin in mij. Nieuwsgierig, zodra je me zag. En toch... je was ook een beetje bang voor mij. Ik moet je zeggen, dat vind ik altijd wel een prettig gevoel. Je bent geen macho, want macho's moet ik niet. O, het is tien uur. Ik moet Pippertje even bellen.'

Ze haalde haar mobieltje tevoorschijn en tikte mijn nummer in.

'Ja?' Ik wist dat zij het was.

'Darling, it's me. Ik lig hier met Tom op een fantastisch mooie kamer in hotel Giotto. We zijn klaar. Ik wacht tot deze vreselijk lieve man opgehoepeld is en dan kom ik naar je toe. Alles goed? Ja? Tot zo... Ja, tot zo.'

'Heb jij nog wat beleefd?'
    'O ja. Maar dat vertel ik je morgen.'
    'Heb je slaap?'
    'Allerminst.'

'Nou, ik vind als ik mij tien keer fatsoenlijk gedragen heb, mag ik de elfde keer wel 's uit de band springen.'

★

# Vrijdag

...liep ik prof. dr. Dijksterhuis achterop. Ja, dat moest hem zijn. Bontmutsje. Armen in elkaar gestrengeld op de rug. Scheve schouders.

De grote Dijksterhuis.
Voor één dag uit Nederland overgevlogen.

Je kon je vermaken met de gedachte dat alles wat er deze dag werd gezegd of beweerd al 's eerder door deze Dijksterhuis naar voren was gebracht: de man over wiens werk geschreven is dat het 'voortkomt uit een duizelingwekkende eruditie op natuurwetenschappelijk, filosofisch en taalkundig gebied'... 'Elke vaagheid ontbreekt. Elke zin is het resultaat van een ongewoon grote kennis.' In elk geval was het zo dat wie op dit colloquium aanwezig was en het werk van Dijksterhuis niet had gelezen zich kon afvragen wat hij er eigenlijk deed.

Ik kwam door mijn snelheid naast hem te lopen. Ik groette hem en hij groette mij vluchtig terug, zijdelings. Uit beleefdheid vertraagde ik mijn pas. Ik ging deze breekbare man niet met grote stappen voorbij, maar ik had niets te zeggen, of te vragen. Hij ook niet. Misschien wilde hij wel iets aardigs zeggen maar schoot hem niets te binnen.

DE ACHT BOOGMINUTEN VAN KEPLER

'...de strijd tussen de natuurwetenschappen en het christendom was geen strijd, maar een voortdurende poging het nieuwe in te passen in het oude.' 'Het was de Grieken welbekend dat de zomers langer waren dan de winters; als men dat vertaalde in cijfers, was de zonnebaan niet langer een cirkel. De astronoom Ptolemaeus, ook een Griek, repareerde deze oneffenheid door in zijn model de waarnemer enigszins ter zijde van het middelpunt op te stellen, zodat de zonnebaan om de aarde een echte cirkel bleef.'

Aldus sprak mijn rechter buurvrouw, die ik nu eens van een heel andere kant zag, n.l. de voorkant, de voorzijde. Een bescheiden decolleté, waarin een gouden kruisje hing...

Ze keek naar opzij, naar Dijksterhuis. Die zette de lezing voort waar Nowotny hem citeerde. Hij nam het van haar over en las het stuk dat hij lezen moest, hij deed het trouwens uit het hoofd:

'Toen echter Tycho de nauwkeurigheidsgrens van de metingen omlaag had weten te drukken tot twee boogminuten en soms zelfs tot een minuut of tot dertig seconden en hij dus van de theoretische verstelseling deze zelfde mate van nauwkeurigheid in de aansluiting aan de waarneming moest gaan eisen, namen de moeilijkheden van de kinematische afbeelding gestadig toe; het bleek al spoedig nodig te zijn, de excentriciteiten van de planetenbanen veranderlijk te denken en hun afmetingen pulserend te laten variëren en nog wilde de aansluiting der waarneming niet gelukken...' 'Precies,' zo viel Nowotny hem bij. 'Met slordige, ruwe cirkels ben je aan het hemelgewelf gauw klaar, maar gaat het object pulseren – is ook mijn ervaring – dan is de waarheid wel nabij, maar naderbij komt ze niet.'

Dijksterhuis vervolgde: 'Tycho streefde een ideaal na, dat hij door zijn eigen werk hoe langer hoe onbereikbaarder maakte. Er zou een jonger genie nodig zijn, minder geremd door traditie, rijker aan fantasie en onversaagder in het denken, om deze vicieuze cirkel te verbreken. Weer heeft de astronomie het geluk gehad, op het juiste moment de man te zien verschijnen, waaraan ze behoefte had. We zullen over hem dadelijk uitvoerig spreken en zullen dan zien dat hij het door Tycho verzamelde materiaal gebruikt heeft om niet Tycho's eigen ideaal, maar dat van Copernicus tot definitieve voltooiing te brengen en algemeen te doen aanvaarden...'

Het woord was nu aan prof. Nowotny, die het juiste moment had afgewacht, zoals een zangeres op het podium klaarstaat voor het teken van de dirigent.

Kepler, aldus Nowotny, zou min of meer hetzelfde proces over zich uitroepen door te proberen Tycho's tienduizenden metingen te laten passen op het stelsel van de vijf regelmatige veelvlakken: hexaëder, tetraëder, dodecaëder, icosaëder en octaëder, de planeten in hun omgang te plaatsen op de omgeschreven bollen van deze vijf om hiermee de klassieke harmonie der sferen te herstellen, geheel in Plato's geest.

En dat lukte wonderwel, zoals het ons wel lukken wil het deksel te laten passen op een doos die even groot is: drie van de hoeken passen, waardoor wij denken dat ook de vierde hoek zal sluiten en dat doet hij dan niet...

Men kan nu het model forceren maar ook hier geldt weer: juist de extreme nauwkeurigheid staat een passende sluiting in de weg. Kepler kwam acht boogminuten te kort. Dijksterhuis: 'Elke andere astronoom, zelfs Copernicus, zou met een oneffenheid van tien boogminuten al genoegen hebben genomen, maar Kepler was er de man niet naar tevreden te zijn. Kepler was nooit tevreden...'

'Deze acht boogminuten alleen hebben de weg gewezen naar de totale hervorming der astronomie.'

Dr. Nowotny nam het woord van hem over. 'Kepler kwam uit waar hij helemaal niet uit wilde komen: bij ellipsen, als vertaling van de door Plato verschoven en uitgerekte cirkels. Ellipsen waren ongewenste dingen in die tijd, mislukte cirkels. Enkele eeuwen later voelt dat heel anders aan. Dan zijn ellipsen ovale bellen waarin de planeet tussen zon en 'niets' heen en weer slingert. Zo heeft hij meer ruimte. Zo blijft hij draaien...' voegde Nowotny er wat onzeker aan toe. En na een knikje in de richting van de oude professor vervolgde zij haar bijdrage met het verbluffende verhaal van Horrocks.

'Jeremiah Horrocks,' aldus Nowotny, 'was hulppredikant in een klein dorpje ten noorden van Manchester. Geboren in 1619, bekwaamde hij zich in het vak dat zovele amateurs heeft aangetrokken, de astronomie. Hij nam kennis van het werk van Kepler, dat hem in staat stelde de omlooptijden van planeten te berekenen en te voorspellen dat op 24 november 1639 de planeet Venus voor de zon langs zou gaan – een zeldzame gebeurtenis die gemiddeld maar eens in de honderd jaar plaatsvindt. Om het verschijnsel waar te nemen had hij zijn voor een halve kroon op de kop getikte telescoop gemonteerd aan het raamkozijn; van zijn kamer had hij een camera obscura gemaakt, met een scherm waarop te juister tijd de zon zou staan geprojecteerd. Horrocks had enerzijds de pech dat de gebeurtenis plaatsvond op een zondag: hij had dienst, maar anderzijds het geluk dat het – 24 november, in Engeland! – mooi weer was. Het herfstzonnetje scheen. Hij schrijft: '...om 3 uur 15 in de middag, toen ik weer vrij was om mijn waarneming te vervolgen, zag ik iets prachtigs, het voorwerp van mijn meest hartstochtelijke verlangen: een *stip* van geringe afmeting en een perfect ronde vorm verscheen op de zonneschijf aan de linkerzijde. [...] Ik was er onmiddellijk van overtuigd dat deze ronde stip Venus was en zette mij ertoe mijn waarnemingen te vervolgen met de grootst mogelijke zorg.'

Horrocks had een vriend en medeonderzoeker in William Crabtree, die dertig mijl verderop woonde en ook die kreeg in zijn telescoop een glimp te zien van de voorbijtrekkende Venus – zij het dat zijn hemel tot ongeveer half vier bewolkt bleef. Horrocks en Crabtree zagen als eerste stervelingen de t.o.v. de zon 'ware' grootte van Venus.

Het is ontroerend te bedenken dat beide vrienden, die elkaar vaker schreven dan zagen, hun meest intense contact moeten hebben beleefd gedurende het uur dat ze 'samen' die zwarte knikker voor de zon langs zagen schuiven.

Het was de eerste bevestiging van een geheel nieuw wereldbeeld. (Vóór Newton. Die was nog niet eens geboren.)

Horrocks was geen lang leven beschoren. Hij stierf een jaar
later, nog geen tweeëntwintig jaar oud.'

'Ik hou van dit soort droeve verhalen,' zei prof. Kemenyfy.
'Jonggestorven genieën. Wij oudjes hebben de kans gemist.'

'Dat komt,' zei professor Wood, 'omdat wij op ons dertig-
ste nog niets gepresteerd hadden.'

'Komt omdat wij professor zijn. Horrocks, gelukkig maar,
is nooit professor geworden. Dan was het niet goed met hem
afgelopen. Was hij nooit meer jong gestorven.'

'Ik ben het niet met u eens.'

'U hebt gelijk, ik maak een geweldige denkfout. Kom, ik
ga 's een kopje koffie halen.'

GALILEI EN TORRICELLI

Galilei dan beklom de toren van Pisa, met twee stenen, een
kleine steen en een grote. Er heerste een algemeen geloof dat
een grote steen sneller valt dan een kleine en dat, als beide
stenen tegelijk worden losgelaten, de grote steen de aarde eerder zou bereiken dan de kleine. Galilei dan liet ze beide tegelijk los, zodat ze vielen en beide stenen bereikten de aarde op
hetzelfde moment.

De filosoof Spinoza, die kennis had genomen van deze
handelingen, oordeelde dat een zuivere redenering voldoende
was geweest om tot hetzelfde resultaat te komen. Immers,
veronderstel dat een grote steen sneller zou vallen dan een
kleine. Dan zouden deze twee stenen samen sneller vallen dan
elk der stenen afzonderlijk. Dit nu is een ongerijmdheid, welke onze veronderstelling tenietdoet. Derhalve valt een grote
steen niet sneller dan een kleine. Dat kun je zien, maar je kunt

het ook inzien, door logische redenering.

Valt dan, wilde Galilei weten, ook in te zien hoe het komt dat een steen, geworpen van een hoge toren, sneller valt dan een steen geworpen van een kleine toren? En deze weer sneller dan een steen die men gewoon uit zijn handen laat vallen? Is door logisch inzicht te begrijpen dat een steen, op weg naar de aarde, steeds sneller valt?

Ten derde. Is door logisch inzicht in te zien dat een steen in zijn val versneld wordt en rook, in zijn val omhoog, niet?

Valt alles?

Is dus alles reeds gevallen? Wat is er waar van het gerucht dat de toren van Pisa *met opzet* scheef gebouwd is om G. gelijk te geven?

De maan, waarom valt-ie niet?

'Alles goed en wel,' sprak de inquisiteur, 'maar u zult nu wel met mij willen inzien dat een eigen atmosfeer en een eigen beweging niet samengaan. Door de grote snelheid die de aarde zou hebben in zijn gang rond de zon zou hij in korte tijd zijn wapperende atmosfeer achter zich hebben gelaten. Welnu, dit is geenszins het geval. Evenmin zien wij de bladerdos van de bomen niet dan toevallig de ene keer naar het westen, de andere keer naar het oosten wapperen en ten derde, meestal 's avonds, roerloos aan de bomen hangen. Immers er zijn momenten dat het uitspansel roerloos boven onze hoofden hangt. Uit dit alles leiden wij af dat de aarde en zijn uitspansel een roerloos punt in de ruimte zijn en dus niet om de zon draaien en dat daarentegen, als er beweging wordt waargenomen, deze aan de zon moet worden toegeschreven. Hetgeen niet zo moeilijk is te begrijpen, want we kunnen het met eigen ogen aanschouwen, elke dag.'

'Het is allemaal waar,' mompelde Galilei, maar hoe zag hij dan de stenen op het vrachtschip – in beweging of in rust? Voor de wereld bewegen zij, maar voor het schip zijn zij in rust. In dat opzicht lijkt het vrachtschip op de aarde. Maar als het schip in aanvaring komt met een ander schip, of met een bruggenhoofd, dan opeens zouden de stenen naar voren glijden, evenals de matrozen... Hij was dicht bij een antwoord aan de inquisiteur, toen deze door Galilei's aarzeling aangemoedigd bewezen achtte dat feit en geloof hier op een wonderbaarlijke wijze samenkwamen in het woord van Aristoteles: als de aarde draaide, hetzij om zichzelf, hetzij om de zon, dan zou de harmonie der sferen zijn verstoord en daarmee het bestaan van God tot een vraagstuk zijn teruggebracht en dat is onmogelijk.

Om een steen in 'alle rust' te zien vallen, liet Galilei een goot maken van hout, ongeveer tien meter lang, een mooie gepolitoerde glijbaan. De stenen waren zware houten bollen. Op de glijbaan waren streepjes aangebracht, als bij een gitaar.

Bij het rollen van de bal naar beneden nam het tikken van de bol in snelheid toe. Wat je misschien niet goed kon zien, kon je goed horen.

Een val in vertraagde beweging.

Dan zie je veel duidelijker wat er gebeurt.

Zo zie je duidelijker dat een zware bal niet sneller valt dan een lichte bal.

Wanneer je het eenmaal begrijpt, begrijp je het ook precies.

Elk lichaam volhardt in zijn eigen snelheid.

Elke kracht gedurig op het lichaam uitgeoefend, zoals de aarde, brengt het in een verhoogde beweging.

Heb ik het begrepen?

Nee, helemaal begrepen heb ik het niet.

't Schijnt dat Galilei het ook niet helemaal begreep.

Huygens, die had het begrepen.

'Wat?'

'Waarom de maan niet valt.'

Newton ook, die had het ook begrepen. Maar zoals Newton het begreep, zo had Huygens het niet begrepen.

Wie het ook begrepen had, was Torricelli.

'Men tekent,' zei hij, 'makkelijker een worp dan een val. Terwijl een val gewoon een soort worp is. Dus ik teken alles als een worp. Ik teken het algemene geval.'

'Beste Torricelli,' sprak Galilei, 'u werkt niet met de dingen zelf, maar met figuren en lijnen. Maar hoe onderscheidt u in uw tekeningen licht van zwaar?'

T: 'Lijnen hebben lengte, maar geen dikte, geen zwaarte.'

G: 'U tekent dus iets wat niet bestaat.'

T: 'Neen, waarde Galilei, wat ik teken bestaat in werkelijkheid niet. Maar op papier bestaat het wel.'

G: 'Waarde Torricelli, wat wint u daarmee? Ik ken uw antwoord, maar ik wil het nog 's horen. Nog 's op een andere manier.'

T: 'Welnu, hier is mijn nieuwste antwoord. De leer der dingen waarvan men zeker is levert altijd de waarheid op. Voor onwaarheden is namelijk geen plaats.'

G: 'Dat begrijp ik. Maar waar u wint, zult u denk ik ook iets moeten laten gaan.'

T: 'Dat is juist. Het is het verschil tussen dingen zoals ze zijn en die wij kennen enerzijds en dingen die, of ze nu bestaan of niet, zijn zoals wij weten dat ze zijn. We kiezen voor het laatste.'

Dijksterhuis nam plaats achter de lessenaar, die hij met beide handen beetpakte, stevig, alsof hij nog leefde, en sprak:

'Opnieuw zien we hier een leerling onversaagd conclusies trekken die in de woorden en vooral in de daden van de

94

meester impliciet opgesloten lagen, maar die de laatste nooit zo openlijk en onverhuld zou hebben kunnen of durven uitspreken. De tendentie tot een dergelijke mathematisering van de mechanica is bij Galilei duidelijk genoeg aanwezig, maar hij ziet zwaarte toch nog te veel als een inwendig streven van een fysisch lichaam, zich naar het aardcentrum te bewegen, om haar te kunnen beschouwen als een per definitie aan een mathematisch lichaam toegekende grootheid en hij is nog te veel bevangen in de voorstelling van de eindige kosmos, om de heterogene fysische ruimte met de homogene oneindige ruimte der meetkunde te identificeren en daarin een balans naar het oneindige te brengen. Er was een zuivere mathematicus als Torricelli voor nodig om voor dergelijke gedachten niet terug te schrikken.'

Het gesprek ontwikkelde zich verder in de richting van de 'dampkring'.

'Is de dampkring oneindig? Zo ja, dan dragen wij op onze schouders een oneindig gewicht. Zo nee, is hij eindig, dan dragen wij op onze schouders de last van het vacuüm dat het heelal regeert, de leegte. Ik ben bang, meneer Torricelli, dat u daarvoor geen teken hebt, in uw wiskunde.'

'Ik schilder u, meester, met een enkele vergelijking de tekens voor het oneindige en het vacuüm beide – als u dat wilt.'

'Ik zal het zien, beste Torricelli, als het zover is.'

★

...wordt hij door bedreiging met folter gedwongen 'deze vervloekte en verachtelijke' waarheden die hij had gepubliceerd in het openbaar te herroepen...

Voorts krijgt hij huisarrest. Hij mag vrienden ontvangen, maar staat onder permanente bewaking van twee leden van de inquisitie. Die staan als schildwachten dag en nacht in een nis, om de brutale Galilei te betrappen op ketterijen. Soms menen we in een van de inquisiteurs de geleerde Torricelli te herkennen.

## GESPREK IN EEN WANDELGANG

Sommige mensen probeer je te ontwijken, omdat ze je onsympathiek voorkomen, verwaand of doen denken aan iemand met wie je ruzie hebt gehad – zo deze prof. dr. Victor Planiać uit Kroatië. We liepen op elkaar toe, ik slingerde elegant langs hem heen, maar neen. Hij had zijn arm uitgestoken als een spoorboom en mij zoals hij lachend opmerkte 'gevangen'. Ik keek in een – nu het lachte – open, prettig gezicht en mijn argwaan jegens hem verdween als sneeuw voor de zon.

'Ik wil u iets vragen,' zei hij en hij veegde mij naar de zithoek bij het raam. We gingen zitten en, nadat we ons eerst hadden voorzien van een cappuccino en een glaasje likeur en aldus ons wat hadden geconformeerd aan elkaar, vuurde hij zijn vraag af, een citaat van mij uit de brochure: 'Wat eenmaal begrepen is wordt niet gauw weer onbegrijpelijk'. Ja, dat waren mijn woorden – die hij uiteraard zelf heel goed begreep: begripsvorming is een onomkeerbaar proces. Ja, zo kun je het ook zeggen. Maar doorgaans gaat het er niet om wat je zegt, maar wat je ziet. Precies. Een beeld. Precies, dat was het, maar dan in een andere volgorde, want het ging natuurlijk om dat gesproken woord, precies, dat moest van dit bon-mot de klap zijn. Precies en zo ouwehoerden we nog een paar minuten voort, totdat hij, terug bij zijn uitgangspunt, mij op het hart bond: dit. Veel mensen die verlangen naar betere tijden denken dat die tijden lijken op vroeger. In hun strijd voor een betere wereld vochten zij tegen alles wat nieuw was en slecht, en voor alles wat oud was en goed. Hun strijd was tot mislukken gedoemd. Als je leeft leef je voorwaarts, van het begin tot het einde. Niemand kon dat einde voorspellen, hoe en wanneer. En wat hem nog het meest bezighield was de vraag: hoe

96

oud kon een beschaving worden? Hoe lang hield onze beschaving het uit? Legt onze beschaving het loodje door tegenstrevende krachten? Evenmin. Een beschaving gaat haar eigen gang, haar eigen weg, bezwoer hij. Wat je wél kon doen is achteraf nagaan hoe deze rivier gelopen had, wat de logica, wat de oorzaken waren van deze willekeur...

Vraag nooit waarom, maar altijd waardoor. Waardoor, bijvoorbeeld, kon het gebeuren dat in de schoot van het christendom zijn – later – grootste vijand, de technologie, de ratio van de natuurwetenschappen tot bloei waren gekomen? Door de monniken. Zonder de ijver en de vaardigheid van de monniken, zonder de robuustheid van hun vindingen als klokken, waterkracht en de grote kennis van hun reizende geleerden zouden allerlei nieuwigheden zijn gereduceerd tot geloofskwesties, aanleiding hebben gegeven allerlei dogma's aan te scherpen. Nee, binnen de muren van hun zo nuttige leven konden deze 'bijen Gods' ongestoord hun gang gaan. Ze vielen niet onder enig gezag van de paus. 'Geen andere maatschappijvorm heeft ooit deze kans gehad.'

Hij citeerde voortdurend, alsof hij college gaf, zichzelf, omdat hij vooral zijn eigen werk goed had gelezen. 'Noemt u mij de titel van het boek en de schrijver,' zei ik. Nou ja, dat was hijzelf dus. *De bijen Gods.* 'Komt mij niet bekend voor,' zei ik. 'Klopt,' zei hij, 'het is nog niet uit. Volgende week woensdag lees ik er uit voor, ter kennismaking.'

'Dat is dan 's morgens, want 's middags ben ik aan de beurt.'

'Ik kijk ernaar uit,' zei hij. 'Ik persoonlijk probeer, als ik een lezing geef, altijd iets nieuws te brengen. Iets wat ik zelf ook nog niet precies weet.'

'Waarover gaat u het hebben?'

'Kleur. Ik ga het hebben over kleur. In het bijzonder over de kleuropvattingen zoals men die bij Wittgenstein kan aantreffen. Wittgenstein heeft twee boekjes over kleur geschreven. Als u die goed leest en u niet laat meeslepen door de vele vraagtekens, dan zult u ontdekken dat de schrijver van kleuren geen bal verstand had. *Bemerkungen über die Farben*, deel I en deel II, IG Farben.'

'Pardon?'

'IG Farben.'

'Wat wilt u daarmee zeggen?'

'Alles. Deze woorden brengen mij terug in de Tweede Wereldoorlog.'

'Dat is hier niet aan de orde.'

'Geheel met u eens. Wittgenstein zelf was waarschijnlijk nog te jong om de oorlog te hebben meegemaakt.'

'Hij heeft volgens mij beide wereldoorlogen meegemaakt. De eerste als luitenant, de tweede als soldaat. Slaapt u?'

'Welnee.'

'U hebt uw ogen gesloten.'

'Dat komt omdat u zulke interessante dingen aanroert. Wittgenstein in oorlogstijd. Heeft hij erover geschreven?'

'Hij heeft nooit over oorlog geschreven. Hij heeft ons niet verveeld door, als zovelen, het in zijn boeken over zijn oorlogen te hebben.'

'U praat wel heel gemakkelijk over de dood. Als was het een optie.'

'Dat is het ook.'

'Dat is het niet.'

'Over honderd jaar is het een optie.'

'Over vijftig jaar al!'

'Nou, kijk 's aan, wat denkt u snel.'

'Ja, ik heb haast.'

'Maar dan wil ik u niet langer ophouden.'

'Nee, ik u evenmin. Maar ik vond dat wij zo'n spiritueel gesprek hadden. We kletsten maar raak. Dan maak je veel fouten, praat onzin, maar sommige waarheden zeg je voor het eerst en daar gaat het om. Nu moet ik werkelijk gaan.'

'Ja, gaat u maar. Anders krijgt u misschien ruzie met uw vrouw.'

'Dat heb ik al. Ik ga het juist goedmaken. Kan ik nog 's bij u langs komen om te praten over het evidente in de wiskunde? Ik heb daar een aantal dia's van. Leuk misschien te weten dat ook ik in Göttingen gestudeerd heb, een aantal jaren na u. Wat ze niet over u te vertellen hadden! U bent werkelijk een schilderachtige figuur.

'Ja, toen wel,' bracht ik daartegen in, 'als je jong bent...'

'Is het werkelijk waar dat u al uw studiejaren in een tent gewoond hebt?'

'Ja.'

Ik glimlachte, als bij een weemoedige herinnering, maar waakte ervoor eraan toe te voegen dat mijn studie, hoewel met succes voltooid, maar enkele maanden geduurd had. Je had toch geen geld in die tijd? Nee, daar wist hij alles van. Maar nu moest ik gaan. Dat deed Planiać eraan herinneren dat hij ook niet veel tijd te verliezen had.

Ik had geluk. De taxi die mij naar het hotel kon brengen stond klaar.

FONDAMENTE NUOVE

'We moeten opschieten,' zei Vicky, 'ik wil voor het donker verhuisd zijn.'

's Middags naar Mestre gereden, naar de silo tegenover het station, tienhoog, daar was nog een plaatsje. Elk een loodzware koffer, de rest blijft in de auto, ten prooi aan dieven en inbrekers, daar moet je wel op rekenen, voorspelde ik. Vicky liep een eind voor mij uit, bilspieren als van een karrenpaard en ook hoe ze even later bij de trein die op punt van vertrek stond haar koffer tussen de deuren naar binnen wrikte, zij zelf erachteraan, mij de hand reikte – geheel onnodig, ik had gewoon op de volgende trein gewacht, maar vrouwen beschikken in speciale gevallen nu eenmaal over een grotere hoeveelheid adrenaline.

Venetië ligt vijf minuten verder, en hier pas, op het eind-station, zag ik de tienvoudige stekker van de treinen in het twintigvoudige contact van de boten steken. En die duizenden mensen! Het was niet de eerste keer dat ik de brede trappen af liep naar het water. Maar de eerste keer ben je meestal te bevangen om alles meteen in je op te nemen. Ik ben wel 's langs de Eiffeltoren gereden zonder dat ik een Eiffeltoren zag, de eerste keer namelijk, dat is heel goed mogelijk. Maar nu zag ik het fenomeen 'Venetië' in al zijn glorie, zij het dat ik meende een zeventiende-eeuwse gravure te zien, met honderden zeilschepen – ik zie vaak wat anders, loop de verkeerde kant op, maar Vicky is bij me en zij weet de weg.

We moeten lijn 1 hebben, of 42? We nemen 42. Wat is het adres? Vicky heeft het precieze adres. Cannaregio, Fondamente Nuove 5099, Zon, Zee en Water. Het allerlaatste huis, de allerlaatste deur zelfs. Het eind van de kade biedt bovendien onderdak aan een benzinestation. Typisch een plek waar geen toeristen rondhangen, dus we zijn tevreden.

We hadden een vrolijke kamer met een aanrechtje. Aan het plafond een ventilator die zojuist was begonnen te draaien en ons welkom heette met wat koele lucht. En van de zon, de zee en het water kregen we de volle lading toen we de luiken hadden opengestoten, een gouden plens waar mijn oude ogen even aan moesten wennen. Al die dukdalven die in het water stonden, ik zag ze aan voor minnende paartjes en de zeiljachten met hun glanzend glas voor auto's – 'wat doen die hier!'. Maar de wereld herstelde zich snel. De 'kleine' ruimte viel mee.

Vicky was blij met mijn reactie en hing aan mijn schouder.

'Goed, hè?'

Ja, want leunend uit het raam had je een heel mooi uitzicht over de haven, de rijen benzinepompen en het water van de lagunes. En verderop, als je een nek had van een halve meter, kon je het *cimitero* zien liggen, het kerkhof in zee, omringd door een oude stenen muur die, op dit moment van de dag, in brand stond. Vicky nam onmiddellijk foto's, voor de zon verdwenen was.

## EEN WEEMOEDIGE EERSTE AVOND

We gingen nog even een eindje wandelen, 'om de buurt te verkennen'. De straten en de straatjes, de kanalen. Vicky meende te weten waar we waren, maar voor we het wisten stonden we op het San Marcoplein. We liepen door, vanwege de drukte – 'hier moet je 's morgens vroeg zijn,' adviseerde Vicky, 'dan is het nog stil.' We liepen door, richting station. Het ligt allemaal vlak bij elkaar. We kwamen opnieuw uit op het San Marcoplein, dat intussen ondergelopen was. Niet erg, een paar centimeter maar en ook niet overal. Langs de kanten was het droog, maar toch. De toeristen zaten op stoeltjes, op hun eigen spiegelbeeld, alsof er niets aan de hand was. De kelners liepen in laarzen.

We gingen richting Fondamente Nuove. Het was donker geworden. Er was nog een terrasje open. Vicky was al gezeten. Ik schoof aan. Vroeg een sprizz, via Vicky, die nooit moeite heeft de aandacht van een kelner te trekken. Ze licht een vinger en men zwenkt op haar aan.

We aten inktvis, zoals wij ze het liefst naar de mond brengen: zacht en zwart, je moet er speciaal om vragen en ook moet je vaak vragen om meer. In Venetië eet je mondjesmaat. Later, toen de zon achter de huizen verdween, werd het kil en gingen we naar binnen.

We praatten levendig en deden alsof we jong waren. Dat maakte ons blij. En al was het spel, het was ook ernst. Mijn dankbaarheid accepteerde ze door mij dankbaar te zijn en mijn afhankelijkheid door te bezweren dat zij net zo afhankelijk was van mij. Maar waar was dan onze vrijheid? Glimlachend haalde ze haar schouders op, had het over een fuik...

Of zat ze, de benen over elkaar geslagen en een slingerend onderbeen, mij een beetje voor de gek te houden?

'Ik heb geen keus.'

'Gelukkig maar.'

Als we eerlijk waren zouden we moeten vaststellen dat ik lelijk ben en oud, maar zolang we dat met een leugentje kunnen verbergen, zullen we dat zeker niet laten. En we zullen het allebei geloven. 'Dus ijdel, denkend dat zij mij jonger schat, hoewel zij weet dat ik mijn beste jaren heb gehad en dan het slot, o liefde gedijt het best als je elkaar vertrouwt, en liefde op leeftijd wordt liever niet gezien als oud. Daarom jok ik tegen haar en zij tegen mij. In onze leugentjes voelen we ons gevleid en zo heeft Shakespeare het laatste woord...'

De zaak sluit en we stappen op.

Een late voorbijganger vragen we de weg naar Fondamente Nuove. Nou, die is gelukkig dichtbij en wij lopen in de aangeduide richting. Vragen daar opnieuw en horen wat ik al vreesde: dat we 'helemaal' verkeerd zitten.

Het begint te regenen en we lopen terug naar waar we vandaan komen. De armen om elkaar heen geslagen. Gezegend en zichtbaar door het lamplicht. Wie schreef dat? Dat liefde is: de drift samen een zo klein mogelijk oppervlak in te nemen? Wat je bereikt bijvoorbeeld door elkaar op te eten?

We gaan naar huis in wat voor een gezwinde pas moet doorgaan.

Even later staan we weer op een pleintje fronsend om ons heen te kijken. De huizen zwijgen. De straten lijken van karton. Hier moeten mensen wonen, maar we zien geen licht dan dat van een enkel peertje, vierhoog. Van een werkstudent die over Venetië waakt.

'Zonet waren we hier ook,' zei Vicky, 'toen zijn we deze kant op gegaan. Dat bleek fout, dus dan moeten we nou de andere kant op. Volgens mij moeten we díé kant op.'

'We zijn alle richtingen uit geweest, maar onze richting is er niet bij.'

# Zaterdag

Vicky liep op de Calle Lunga de Santa Caterina – een weidse naam voor wat niet meer dan een steeg was. Een lange steeg die, gezien de enkeling die ze tegenkwam, naar de markt voerde. Vóór haar liep een jonge vrouw, die op weg was naar de vismarkt. Vicky sloeg rechts af door een poortje. Vervolgens liep ze een stuk terug, langs een kade, genaamd de Kade van de Misericordia, die doodliep, op één meter na. Ze ging linksaf en... keek uit op een rode ochtendzonovergoten Rio della Sensa. Links en rechts wat blauwe vissersschuiten. Blokken roze huizen waaruit bossen rode geraniums hingen. Een diorama waarin het haar vergund was af te dalen.

Ze liep door de stad, door onbekende straten en stegen, waarvan ze de namen las en dacht te kunnen onthouden – om ze straks, terug op de basis, op de kaart te kunnen opzoeken en te zien waar ze allemaal geweest was.

Ze zag waar ze liep: op een brug over een recht kanaal aan het eind waarvan, ruim honderd meter verder, een raam werd opengegooid door niemand minder dan mij.

Maar dat ziet ze niet. Dat zou een *gebeurtenis* geweest zijn. Nu loopt ze gewoon door.

De kerken staan open en ontvangen haar graag.

Zij brandt een kaars en denkt aan haar vader.
Zij brandt een tweede kaars en denkt aan haar moeder.
Ze koopt ansichtkaarten die haar later vertellen in welke kerken ze is geweest.

En waar ze niet is geweest. Genoeg kaarten om weg te sturen, naar vrienden en familie. Met zorg koos zij ze uit. Minstens tien adressen telde haar lijst, maar waarom moesten daar tien *verschillende* kaarten bij? Tien keer dezelfde kaart is voor de ontvanger geen probleem en voor de afzender een opgelost probleem: dat de een een mooiere kaart kreeg dan de ander.

De vraag was nu alleen nog – terwijl ze langzaam om de stander heen sloop: welke. Tot ze hem gevonden had: Ca' d' Oro, 12 x.


### HET KORTE LEVEN VAN TORRICELLI

Over het leven van Evangelista Torricelli is minder bekend dan over zijn werk. Hij werd geboren in 1608 in Faenza, in de buurt van Ravenna. Hij studeerde wiskunde aan de Universiteit van Rome en werd aldaar benoemd tot hoogleraar in de theorieën van val en worp, in het bijzonder in de leer van de kogelbaan. Hij kreeg, later dan men zou hebben gedacht, kennis aan het werk van Galilei, die aan de Universiteit van Florence doceerde. Wederzijdse bewondering voor elkaars werk bracht de achtenzeventigjarige, bijna blinde Galilei ertoe Torricelli te benoemen tot zijn opvolger. Vier jaar later overleed Torricelli, slechts negenendertig jaar oud.

In den beginne schiep God hemel en aarde. In den beginne schiep God een sluitend wereldbeeld dat alles verklaart. Zijn secretaris was Aristoteles, wiens werk een zuivere weerspiegeling was van de grootheid van zijn Heer: Zijn alomtegenwoordigheid. Er was geen ruimte voor 'overige'. Waar de aarde eindigde, daar begon de zee; waar beide eindigden, daar begon de lucht; waar de lucht eindigde, daar begon het vuur – het licht – en waar het licht eindigde, daar begon de duisternis. Goed. Dit alles is door God geschapen en Hij scheidde wat Hij geschapen had in het Al en het Niets en niets in het Al is niets en niets in het Niets is ook maar enigszins zichtbaar of anderszins verwant aan het Al. Zo gaat het Niets verloren aan zijn loze bewoordingen. Er is niets waar het ook maar enigszins achter zal kunnen blijven haken.

'En nu heb ik hier,' schrijft Torricelli, 'een stukje Niets dat licht is omdat het vanuit het licht beschenen bekeken kan worden en dat ruimte heeft omdat het wordt begrensd. Het is niet ver weg, niet aan het eind van een beverige telescoop. Nee, het staat in een reageerbuis vlak voor uw neus.'

U ziet dat het vacuüm zich niets aantrekt van de hoogte van de buis.

U kunt zonder enige inspanning het vacuüm zo groot maken als u wilt. 76 centimeter kwik is net zo zwaar als 10,6 meter water of 12 meter alcohol en elk van die drie is even zwaar als een oneindig hoge luchtkolom. Alle vier zijn even zwaar. Daaruit leiden wij af dat de aarde door leegte is omgeven.

Sterren wegen niets.

De Kerk: niet op zoek naar de waarheid, maar op zoek naar macht, opdat alles blijft zoals het is.

Ik ben, in mijn onschuld, op zoek naar de waarheid, de eerste, tweede, derde waarheid, naar allerlei waarheden, want er zijn er vele soorten. Je hebt wiskundige waarheden, die hun basis hebben in een aantal meetkundige axioma's. Je hebt algebraïsche waarheden, die zijn gebaseerd op het getal. Maar je hebt ook waarheden die een relatie aanhouden met de natuur. Sommige waarheden zijn evident, die zie je zo. Andere waarheden vind je door redeneren, die zie je door inzicht.

Zo zat ik aan tafel, voor mijn vacuüm. Het eerste vacuüm op aarde.

Ik zat daar aan die tafel, een beetje als een bouwkundig teke-
naar, muziekje op – toen ik plotseling even adem te kort
kwam. Even maar. Ik sloeg er geen acht op. Ik was fijn aan
het werk en schreef.

De oude denkers kunnen gerust zijn: als ergens niets is, komt
er iets voor in de plaats. Als ergens een lege stoel staat, komt er
iemand die er plaats op neemt.

Maar nu heb ik een niets geschapen en er komt niet iets in
zijn plaats. Het blijft leeg. Je kunt er naar kijken. Je ziet niets.
    Het verdwijnt ook niet. Het blijft.
    Het is een prachtig gezicht...
    En toen weer: adem te kort, even. Als daarnet, maar dieper.
En niet verontrustend, integendeel. Het was een heerlijk gevoel en de oorzaak van alles zat tegenover mij: Alessandra.
Het ene been over het andere geslagen. Handen gevouwen
om de knie en, zonder dat ze een woord zei, die onvoorstel-
baar lieve glimlach...
    Kom. Ik ga weer aan het werk.
    Het is een prachtig gezicht, schreef ik. Prachtig – door de
idee die eraan ten grondslag ligt.
    Zeker, maar vooral ook door de ideeën die het oproept.
Spinoza heeft gelijk: de ene idee brengt langs een logische
weg de andere voort.
    Maar niet zonder een reageerbuis.

Mijn reageerbuisproef roept een reeks van ideeën op die antwoord moeten geven op de vraag: waar is God?
    (1) De blauwe lucht is niet blauw, maar zwart.
    (2) God huist ver weg in het niets, dat, zoals we weten, wel
licht doorlaat zodat we Hem kunnen zien, maar geen geluid.
Horen kunnen we Hem niet. Misschien spreekt Hij tot ons,
maar Hij krijgt geen gehoor.
    (3) Misschien staat het heelal aan het einde in brand.

(4) Misschien zijn daarom de sterren tezamen wel God.

(5) Misschien is de zon een ster. Deze gedachte, dat je zo dicht bij de sterren zit, maakt mij duizelig.

(6) God, die oneindig maal nul is, is 76 centimeter kwik.

(7) Mijn weten is mijn vrees, want ik denk dingen die niet gezegd mogen worden.

Ik weet het niet, moet ik dit alles verborgen houden of prijsgeven aan de openbaarheid?

Of beide?

Of zet ik een masker op?

Naschrift.

Een lange brief uit Clermont-Ferrand.

Het blijft me verbazen. Het verschijnsel, maar ook de drukte eromheen, de tijd aan het verschijnsel gewijd. De een begrijpt het beter dan de ander.

Als je de proef uitvoert met water in plaats van met kwik, heb je buizen nodig van meer dan tien meter. De heer Pascal werkte met water. Dat het water in de afgesloten buizen niet hoger kwam dan tien meter zestig, kwam omdat de luchtdruk ter plaatse niet groter was. De toeschouwers daarentegen dachten dat de vloeistof werd tegengehouden door de spanning van de waterdamp. Als dat zo is, bracht Pascal naar voren, moet het effect met alcohol nog veel groter zijn, want alcohol verdampt sterker dan water. Hij verving het water door wijn en vroeg de toeschouwers te voorspellen of de rode vloeistof hoger, lager of op gelijke hoogte zou komen te staan. De meesten voorspelden 'lager' ('een grotere dampspanning'), een minderheid voorspelde 'gelijke hoogte' ('luchtdruk is onafhankelijk van gebruikte vloeistof') en een enkeling voorspelde 'hoger' ('alcohol is lichter dan water'). De proef die volgde toonde aan dat deze enkeling gelijk had.

'Allicht. Hoe zwaarder de vloeistof, des te lager het zwaartepunt. Daar hoef je geen experimenten voor uit te voeren. Het bewijs is evident.'

Daar had je Spinoza weer, de filosoof die vermaard was door zijn stelling dat elke waarheid door redeneren op de natuur kan worden veroverd. Zelfs het bewijs dat God bestaat, zomede inzicht in het verschil tussen Goed en Kwaad kan met wiskundige middelen worden verkregen. Toch heeft hij nooit een wiskundig bewijs, een natuurkundige wet, een ethisch voorschrift geformuleerd waar de mensheid wijzer van werd. Dat komt omdat de dingen eerst moeten gebeuren voordat ze worden beschreven en geformuleerd.

'Daarom,' zei Pascal, 'gaan wij morgen of binnenkort over op een nieuwe reeks metingen en ik zou Signore Spinoza willen vragen ons te vragen wat voor metingen dat zouden moeten zijn.'

Spinoza glimlachte verontschuldigend. Nee, dat wist hij niet.

'Ik namelijk wel,' zei Pascal.

En inderdaad, hij wist het. Hij wist het precies. Hij bracht apparatuur in gereedheid, zijn meters en zijn gedachten. Een week later kon men het zien. Hij begon op zeeniveau. Hij mat de hoogte van de kwikkolom. Die was, zoals bekend, 76 centimeter, ongeveer. Vervolgens beklom hij de berg, met een ladder. En bij elke sport mat hij de lengte opnieuw want die werd steeds korter. Net zo lang tot hij boven op de berg stond.

Boven op de aarde.

En toen weer naar beneden.

Hij liet zijn meetresultaten kopiëren, alsmede zijn methode van werken, en stuurde de gegevens onder lak en zegel naar de wetenschappelijk correspondent Mersenne, die zorg droeg voor de verzending naar alle natuurfilosofen van Europa, en in het bijzonder naar Dottore Evangelista Torricelli, 'groot intellect aan de universiteit van Firenze' – de man die de wereld tot deze wonderlijke luchtmetingen had aangezet.

Torricelli, de meteoroloog.

Staand op de helling van de Monte Venere schatte hij de hoogte van de atmosfeer deze keer op 52 mijl en de verte van het land onder de groene hemel op 100 mijl. Het was daarbij of hij aankeek tegen de onderkant van een zee, met strepen en stromingen zo duidelijk dat het leek alsof God zelf daar Zijn aantekeningen had achtergelaten. Hij bleef een uur lang in aanschouwing en dacht daarbij het volgende:

– aannemende dat bij mooi weer de wolken geel zijn en bij slecht weer grijs,

– dat gele wolken zelfstandig zijn in een zee van blauw en dat bij slecht weer het blauwe zelfstandig is in een zee van grijs,

– dat gele wolken stilstaan en grijze wolken, in beweging, hun vormen snel verliezen,

– dat een stilstaande wolk zijn gewicht vermeerdert,

– concluderen wij dat een gele wolk zwaarder is dan een grijze en dat bijgevolg de druk die wij meten bij mooi weer hoger is dan die gemeten bij slecht weer.

Gegeven vervolgens de snelheid der wolken, de lage snelheid van de gele wolken en de hoge snelheid van de grijze,

– concluderen wij dat snelheid en druk omgekeerd evenredig zijn: hoe hoger/lager de snelheid, hoe lager/hoger de druk.

Voorts, aannemende dat het slechte weer door zijn hogere snelheid zich sneller verplaatst dan het mooie weer, dat geneigd is te blijven waar het is,

– concluderen wij dat het slechte weer, dat zich verplaatst, maar niet de plaats zal kunnen innemen van het mooie weer, de plaats inneemt van zichzelf en derhalve, om zich te handhaven, een draaiende beweging aanneemt.

Staande op de helling van de Venere zien wij het mooie weer op de bergen, terwijl wij door het slechte weer een aantal andere bergen niet zien.

Aannemende dat de verschillen in druk de verschillen in het weer verklaren en de verschillen in druk van gisteren en vandaag onze verwachtingen van morgen,

– concluderen wij dat het mogelijk moet zijn, door snel te rekenen, de veranderingen te kunnen voorzien en voorzeggen.

Torricelli, de meesterauteur van deze aantekeningen, voorzag dat er in de komende eeuwen veel gemeten en gerekend zou worden.

Hij stond op de helling van de Monte Venere, de blik gericht op het westen. Onder water stond hij, op de bodem van de zee. De groene golven dreven naderbij en in rijen van vier over hem heen. Zo ver dat hij, rekenend met de kromming van de aarde, de zon in de diepte zag en de onderkant van de wolken boven zijn hoofd verlicht. Later werd die verte oranje, lila, paars en tenslotte purper...

Hij stapte in en de anderen volgden zijn voorbeeld.

Hij reisde per karos terug naar Padua, via Florence, waar hij overnachtte.

De volgende dag zette hij zijn reis voort naar Padua, dat hij deze keer niet heeft bereikt. Niet bekend is hoe hij aan zijn einde is gekomen. Hij werd negenendertig jaar. Hij was lid, lees ik, van de Accademia del Cimento te Florence. Dit genootschap heeft maar een korte tijd bestaan: van 1657 tot 1667. Torricelli leefde van 1608 tot 1647. Hij is dus geen lid geweest. Zijn vroege dood roept vragen op. Maakte hij deel

uit van de inquisitie? Mag ik dramatiseren? Of moet ik volstaan met 'we weten het niet'?

## TINE

Ik was klaar met het kopiëren van dit verhaal toen Vicky
thuiskwam. Ze had wat gebakken vis meegenomen, die koud
was geworden en die ze even opwarmde. Ondertussen vertelde ze waar ze geweest was en wat ze had gezien.

's Middags zat ze met de plattegrond op tafel uitgevouwen
om precies haar gangen na te gaan. Je slaagt daarin doorgaans
maar ten dele. Een stadskaart is te vol om elk straatje recht te
doen, maar je hebt een idee waar je geweest bent, een idee
van de afstand die je gelopen hebt.

Ze was naar de begraafplaats San Michele geweest, het do-
deneiland. Ze had het graf van Strawinsky gevonden, en van
een aantal andere beroemdheden van wie ze niet wist dat ze er
lagen, zelfs van een Nederlander, Tine Douwes Dekker, pro-
minent op de eerste rij.

'Ik moet je zeggen, het klonk mij vertrouwd in de oren,
maar ik zou niet weten wie het was.'

Ik wist haar te vertellen dat Tine de minnares was van Multatuli.

'Multatuli, Multatuli,' zei Vicky, alsof ze op een zuurtje
sabbelde. 'Beroemd schrijver. Van de *Camera Obscura* toch?
Nee, niet *Camera Obscura*. *Woutertje Pieterse*. Mooi boek. En
dan had je de *Max Havelaar*.'

'Eduard Douwes Dekker, nou weet ik het weer,' riep ik.
'Had Multatuli als schuilnaam.'

'Dan was Tine,' volgens Vicky, 'niet zijn minnares, maar
zijn zuster. Of zijn vrouw. Of zijn moeder. Maar niet zijn
minnares.'

'Je hebt gelijk. Het was zijn vrouw. Baronesse van Everdin-
gen, ze was van adel.'

'En nou ligt ze in d'r eentje in Venetië.'

'Ja, op weg naar Indië. Ze waren op weg naar Indië. Al geef ik toe dat Venetië bepaald niet op de route lag...'

Ik haalde de boel aardig door elkaar. Zo wist ik me niet meer te herinneren hoe het *boek* heette dat hem beroemd heeft gemaakt. Koffieveilingen der Nederlandse Handelmaatschappij, maar hoe heette het boek nou? Lauriergracht 37, maar hoe heette nou de hoofdpersoon? Niet Sjaalmans. Iets als Haveloos, maar ik kon er niet op komen. Stik in de koffie en verdwijn! 1820-1887. Ja, jaartallen onthoud ik wel, maar hoe nou de hoofdpersoon heet, de makelaar... 'Max Havelaar,' zei Vicky. Precies, zo heet het boek. Maar dat ik nou niet op de hoofdpersoon kon komen...

'Een eilandje dat mij niet toestaat aan land te gaan.'

'Ja, geef er maar een mooie poëtische draai aan. Je wordt ouder, jongen!'

Maar goed ook. Want tegen de hemel zag ik de ster van Alessandra staan. Een rood licht, ten teken van gevaar. Wat verlangde ik opeens naar haar!

# Zondag

Zondag was een vrije dag, die we gebruikten om iets van de omgeving te zien. Daarvoor moesten we terug naar Mestre.

Daar stond hij, op de tiende verdieping van de silo, helemaal alleen, waar we op vrijdagavond maar nauwelijks een plekje voor hem hadden kunnen vinden.

In zijn eentje. Wachtend op ons.

Het geheel ontroerde me. De groene koplampen tegen de gele hemel, vier harde banden. En die zondagochtendstilte.

Symmetrie, van voren gezien.

Van opzij zie je in een auto altijd nog wel iets van een koets.

En in de motor een fiets.

Maar vooral de symmetrie, die een symbool is van snelheid.

Struiken, bomen zijn niet symmetrisch – omdat ze niet van hun plaats komen.

Mensen en dieren zijn symmetrisch, van voren gezien, omdat ze in korte tijd op snelheid moeten kunnen komen. En op eigen kracht (automobiel). Deze mobiliteit draagt aan de overleving van het individu zoveel bij dat je je kunt afvragen of hier het dier niet de mens de baas is.

En of beschaving niet is bepaald door automobiliteit (minder) en symmetrie.

Snelheid krijgt in de loop der tijden stroomlijn, en stroomlijn de symmetrische vorm over zich.

Dat verklaart waarom symmetrie bij mens en dier zich alleen maar manifesteert aan de buitenkant. Een mens heeft twee oren, twee ogen, twee armen/handen, twee benen/-

114

knieën/voeten, twee ballen, twee borsten, terwijl – en dat begint al bij de aderen onder de huid – de organisatie binnen volstrekt asymmetrisch is. En de vraag blijft: is symmetrie een uiting van automobilisme?

Vogels beoordelen elkaar op symmetrie. Eén veertje verkeerd en de huwelijkskandidaat is afgekeurd.

Welnu, al deze grappen zullen wij straks, als we eenmaal over de zonnige wegen van Noord-Italië rijden, door het open dak naar buiten gooien.

## ROMMELMARKT IN PIAZZOLA

Op naar het plaatsje Piazzola, waarover wij in een folder gelezen hebben. Kaart erbij, want die dorpen en die wegen lijken wat op elkaar. De kerktorens zijn veelal eender en lijken op een hoge witte sigaar. De velden zijn vlak (Povlakte!), de boerenbehuizingen groot en nieuw.

De kerken lopen uit, de bevolking is op haar paasbest. Er wordt gepraat en overlegd, de families zijn volledig. De kleine kinderen hebben een cadeau gekregen, de zon schijnt...

Ga op een zondagmorgen, op het uur dat de kerk uitgaat. Je moet die mensen gezien hebben, de mannen in hun beste *completo*, de vrouwen in hun mooiste *tailleur*, om te weten hoe de dood kan worden overwonnen.

Maar we moeten verder. Naar Piazzola. De houten pijlen aan de bomen opgehangen wijzen de weg. De auto's staan in de groene bermen: we zijn er al.

We betreden een door platanen doorsneden vlakte van zon en bont gevlekt herfstlommer – tweedehands spullen uitgespreid over de wereld zover het gretige oog reikt.

Ik heb er nooit veel verwachtingen van, maar 't is mijn ervaring dat als ik iets oppak omdat het mijn aandacht vraagt, bekijk en weer terugleg – ik later op weg naar huis tóch spijt heb dat ik het niet heb gekocht, voor zo weinig geld.

Wat koop ik? Een spotprent van Hitler, in een roeibootje op weg naar Engeland. Een mooie gekleurde plaat, maar alweer: wat moet ik ermee? En ik leg hem terug op z'n plaats.

Loop verder, keer terug op mijn schreden, terug naar Hitler, om 'm tóch maar te kopen, Hitler weg. Ik heb hem omhooggehouden en iemand verderop heeft het gezien. Zo gaat dat.

Vicky heeft het beter geregeld. Ze heeft het oog laten vallen op een grote glazen lamp. Ze heeft hem achteruit laten leggen.

Ze komt over een halfuur terug, met mij, om te overleggen. Hij ligt er nog, in een doos... Een prachtlamp, geheel van glas: van vele ringen, maar gedreven of gegoten uit één stuk. Voel hoe zwaar. Hoe duur. Duur? Het geld dat je eraan uitgeeft ben je over een paar maanden kwijt aan het gewone huishouden en de lamp blijft. Dus we kopen hem. En we zijn blij. Je zou haast denken dat wij al een stel zijn, voor wie de aankoop van zoiets monumentaals als deze lamp misschien wel het begin is van een 'gemeenschap van goederen'. In welke kamer zal deze lamp komen te hangen? In wie z'n huis?

★

Om even tot ons zelf te komen streken wij neer bij een patatkraam, op een paar houten stoeltjes die daar stonden, tafeltje tussen ons in.

Ik was moe, zag aan Vicky dat ze ook moe was en stelde voor naar de auto te gaan. Daar wou ze niets van weten en ze stond alweer op om de rest van de markt te doen, 'we hebben nog niet de helft gezien'.

Ze ging. Ik mocht blijven zitten, 'op de spullen passen'. Dat vond ik een goeie deal. Ik hou wel van zulke markten – 'mensen bekijken' – als ik er maar bij kan blijven zitten.

Je moet het van het toeval hebben in het leven, want ik zat daar net vijf minuten, alleen, mensen te bekijken, toen ik merkte dat ik zelf bekeken werd, door een man die ik vagelijk herkende. Maar ik kon hem niet thuisbrengen – tot hij, op mij toe gekomen, zich bekendmaakte: Sven Eriksson. Aha! Professor doctor Eriksson – in korte broek. Vandaar dat ik hem niet meteen – 'Kom zitten,' nodigde ik hem uit en vroeg hem, na wat heen-en-weergepraat, hoe het geweest was, donderdag, met de danseres...

'O! Formidabel. Groot succes! 'n Opmerkelijke vrouw.' Hij had haar gecontracteerd voor een aantal optredens in Zweden. 'O, dan hebt u de Zweedse nachtclubdanseressen niet meer nodig,' zei ik. Nee, dat klopte, maar jammer alleen dat ik er niet bij was geweest, donderdag. 'Ja, ik kon niet, geloof ik, weet niet meer...' 'Doet er niet toe,' zei hij, 'ik wou u iets heel anders vragen. Bent u de bekende J. J. Pipper?'

'Nou, ik weet niet hoe bekend ik ben, maar Pipper – ja, ik heet Pipper. Maar dat weet u toch?'

'Is het waar dat u gevangen hebt gezeten?'

'Ja.'

'Hebt u in Cayenne gezeten?'

'Nee.'

'Een vriendje van me beweert dat u twaalf jaar in Cayenne hebt gezeten.'

'Nou, gelukkig niet.'

Hij bleef mij geamuseerd aankijken.

'Het Vermoeden van Riemann, zegt u dat iets?'

'Ja zeker.'

Ik begon nu toch nieuwsgierig te worden, maar gevraagd naar 'het laatste nieuws', bleek hij niet meer te weten dan ik. En ik niet meer dan hij. Hij dacht dat ik het Vermoeden bewezen had. Waardoor ik nieuwsgierig werd naar zijn bronnen. Hij had het, geloofde hij, eens in de krant gelezen. Wanneer? O, een jaar of wat geleden. Vijf jaar, tien jaar terug. En dat hij mijn naam onthouden had was omdat hij ooit een boek gelezen had, een jongensboek, vertaald in het Zweeds natuurlijk, met de grappige titel *Pipper valt door de aarde*.

'Zo onthou je dingen,' glimlachte hij.

'Maar verder herinnert u zich niets.'

'Nee, behalve dat u het probleem met z'n tweeën hebt opgelost. Wie die andere was? Weet ik niet meer. Geen idee. Een Duitser. Een Duitse naam. Misschien wel Riemann zelf?'

'Riemann is al honderd vijftig jaar dood.'

'Dat zal wel.'

Je kunt ook niet alles onthouden. En zelfs al ben je professor in de wiskunde, dan nog is de ene wiskunde belangrijker dan de andere.

Hoe dan ook, ik bedankte hem voor het nieuws.

Ik keek uit over de eindeloze markt. Ik zocht Vicky. Waar is mijn Vicky, riep ik uit in mijn hart en toen zag ik haar, in velerlei gedaanten, maar elke keer met dezelfde gele hoed, want ze droeg op deze zondag een gele hoed en dat was het wonderlijke: ik zag zoveel gele hoeden als plaatsen waar ze stil had gestaan voor wat er aan haar voeten lag uitgestald, in overweging nemende... en dan weer doorliep. Tientallen gele hoeden stonden stil in de lucht om mij te vertellen: Vicky is hier geweest.

Maar waar was ze nu?

Ik kreeg van achteren een hand voor mijn ogen geslagen en toen zag ik even niets. Moest ik raden wie zij was...


HET HUIS VAN PETRARCA

Aan de overzijde van de weg – dat zie ik nou pas – ligt een uitgestrekt paleis. Het is leeg, maar open voor het publiek en ik kan Vicky geen groter plezier doen dan het samen met haar te gaan 'bezichtigen'. Die aanhalingstekens slaan op de lichte wanhoop waarmee ik, meegaand in de stoet, aan zo'n bezichtiging begin. Meestal heb ik dan al een boekje gekocht waar alles in staat. Het complex, begin zeventiende eeuw gebouwd door de schatrijke familie Contarini, heeft achtentachtig kamers of zalen en is daarmee het op één na grootste paleis ('villa') van Italië, en van die achtentachtig zalen zijn er geen twee aan elkaar gelijk. Dat moet gezegd: het is groot, maar het is geen kazerne, elk vertrek is een kunstwerk, maar daarvoor zijn we, zeg ik tegen Vicky, daarvoor zijn we dan ook in Italië.

Terug reden we langs de kronkelende Brenta, de streek waar de meeste villa's staan. Wat je ziet is een Utrechtse Vecht, maar dan drie eeuwen eerder.

De meeste villa's zijn onbewoond, en gesloten. En in de verwaarloosde tuin een bord dat aan nieuwsgierigen als wij vermeldt wanneer met de restauratie zal worden begonnen.

We naderen Arquà Petrarca, het dorp aan de rand waarvan, naast een bron, de dichter Francesco Petrarca zijn zomerhuis had, een 'klein, bescheiden, maar statig' huis waar hij, ver van de stad met zijn herrie, stank en vuilnis, in de klare lucht van de natuur tot een heldere formulering van zijn gedichten kwam. Petrarca is de grondlegger van het sonnet.

Ik voel mij juist met dichters altijd zeer verwant: zij zijn het die onsterfelijke regels schrijven.

Het was makkelijk te vinden, het huis. We zetten de auto aan de kant van de weg en liepen met de benodigde eerbied naar het 'statige' huis, een kleine villa. Gebouwd in 1370. Uitzicht over de groene heuvels van Euganei. Hier, onder dit dak, met dit uitzicht, werden voor het eerst sinds eeuwen de oude Grieken weer gelezen en bestudeerd. Hier werd de grondslag gelegd van de renaissance.

Het huis is open en te bezichtigen, zonder aanhalingstekens. Het zijn maar een paar vertrekken, sober ingericht. Manuscripten liggen opengeslagen, onder glas. Aan de wanden zijn, op reikhoogte, fresco's aangebracht die episoden uit het leven van Petrarca verbeelden.

Tot mijn verbeelding sprak de schouw, de vuurplaat. 'De uren dat hij met zijn vriend Boccaccio in de vlammen heeft zitten staren.'

'Op het scharnierpunt van de wereld.'

'Daar heb ik altijd van gedroomd,' vertelde ik haar op de terugweg. Een scharnierpunt van de wereld te zijn. En dan niet als een Napoleon, of een Hitler, of een Churchill of een Contarini, maar zonder publiek, bij het licht van een kaars. Dat je dat ene boek schrijft waardoor de wereld zich omgooit in z'n slaap. Een Newton. Een Erasmus. Een Petrarca. Een Maxwell. Een Stendhal.
    'Zijn dat de grootsten?'
    'Dat zijn de grootsten.'
    Ze glimlachte. 'Het lijkt me heerlijk, zo te kunnen bewonderen.'


THUIS BEST

We liepen over de dijk naar het zuiden. De grijze najaarswolken zeilden over de wereld, sinds Torricelli, maar volgens Vicky waren ze geel. Grijs met gele randen.
    'Zover gaat Torricelli niet.'
    'Kijk, een palm!'
    Inderdaad, daar stond een palm, in de zon. In de schaduw van de wind.
    Het huis was nieuw, en nauwelijks een boerenstee, eerder een villa met wat machinerie. Geen mens te zien – op deze zondagmiddag.
    Graanvelden – geschoren – zo ver als het oog reikte.

'Een welvarende streek,' zei ik, 'werkt meestal niet op ons gevoel voor schoonheid. Een oude boerenhut, die zetten wij op de foto, willen we een schilderij van hebben. Dat is kunst. Maar een spiksplinternieuw huis, daar kunnen we geen kunst van maken.'

'Iets moet oud zijn, geleefd hebben,' meende Vicky. 'Een oude boom, waar vele seizoenen overheen zijn gegaan.'

'Jong is niet interessant.'

'Behalve dan die miljoenen jonge vrouwen, telkens weer op de foto of geschilderd. Spiksplinternieuwe vrouwen – verklaar dat 's.'

'Voor alles is een verklaring,' meende ik en opeens, zomaar, stond ik aan het Spaanse Water, met Frits en Hanna, Vicky en haar broertje. We droogden ons af, kleedden ons aan, afgewend zoals het hoorde – staat daar Vicky voor me, vanboven bloot, haar borsten opduwend terwijl ze riep 'o, lieve oom Jan, ik ben helemaal gek van u!'. Haar vader sommeerde haar 'daarmee te stoppen' en ik deed ook alsof ik niets gehoord of gezien had – tot dit ogenblik.

Ik vroeg haar of ze het zich nog herinnerde.

'Welnee, ik deed wel vaker gekke dingen.'

We stonden aan de oever van de Po, al heet hij daar anders.

Midden in het land lag een vlakke kade, alsof er gebouwd ging worden, of aangelegd, bij hoogwater. We voelden ons door dit mooie lange stuk beton uitgenodigd tot een wedloop: wie het hardst kon lopen. Ik wou dat wel 's zien, ik had haar nog nooit zien rennen. Nou zag ik het. Ze rent als een locomotief, als een standbeeld zo rechtop. Net als die olympiër, Johnson.

Ze heeft niet eens zoveel mannen gehad. 'Wat is veel?' Hoe dan ook, ik meen te beluisteren dat ik 'de eerste' ben. Is ze ooit getrouwd geweest? Nee. Wel heeft zij samengewoond met een tandarts in opleiding. Zelf studeerde zij politicologie.

Je hoeft geen politicologie gestudeerd te hebben om politicus te worden. Vicky maakte haar studie niet af. Ongeduld dreef haar. Ze werd lijsttrekker van een Hilversumse splinterpartij, die geen enkele zetel haalde. Vicky dook onder, en kwam vervolgens in de PP, de Pacifistische Partij, weer boven water als nummer 8 op de landelijke lijst. De verkiezingen brachten de PP geen succes. De partij verjongde zich en kwam na vier jaar terug met Vicky de Winter als lijsttrekker. De partij kwam uit op 0 zetels. V(Vicky) de Winter dook opnieuw onder en kwam vervolgens weer boven water als nummer 1 van de CPN, (de Communistische Partij Nederland). Dat was na 1989, het jaar van de communistische nederlaag: de CPN eindigde met 0 zetels.

'Zo heb ik,' zei Vicky, 'met alle kracht die mij gegeven is minstens twee politieke partijen naar de filistijnen geholpen. Het volgende karwei, Pippertje – ben jij.'

In de verte zagen we de auto staan. Eenzaam kleurtje op de vlakte.

★

We kwamen thuis met natte voeten. De boot had ons afgezet in het water, dat over de kade heen spoelde.

De benzinepompen waren afgesloten en verlaten. Stonden tijdelijk in zee.

We gingen naar binnen. De hal stond blank. De kamer, daarvan gescheiden door een drempel, was nog droog.

'Laten we de laarzen maar aandoen,' zei Vicky benauwd.

Er trok een vrachtboot voorbij. We voelden de golven klotsen, het huis schudden. 't Werkte Vicky op de zenuwen, maar dat deed het gisteren ook 'en het staat er nog steeds'.

Ze bracht haar hand achter het oor: hoorde ze in de verte niet een sirene?

'Nou, als die begint, hoor je hem echt wel.'

Ik nam een kijkje, buiten. Wist te melden dat de benzinepompen al bijna weer op het droge stonden. Dat viel dus allemaal nogal mee. En van opluchting deed Vicky al haar kleren
uit onder het motto 'eindelijk thuis'.

Moest ik me ook niet uitkleden?

'Dat lijkt me wel zo attent.'

'Ben ik hier in de salon 't Klavertje Vier?'

'Nee, meneer Pipper, u bent opgenomen in het Academisch Ziekenhuis.'

'Ben ik ernstig ziek?'

'Wij denken van wel. Gaat u eens op de grond liggen. Zeg
's a.'

'A.'

'En b.'

'B.'

'Goed zo. Voelt u zich al een beetje beter?'

'Ja hoor.'

'Hij ook? Hij stond zonet mooi rechtop.'

'Ja.'

'En nou hangt hij alweer slap.'

'Misschien moet hij wat water hebben.'

Ze was begonnen mij te liefkozen en ik kwam weer overeind. Moeizaam, doch vastberaden.

'Ja hoor,' zei ze, 'hij doet 't voor de tweede keer.'

Ik geloofde daar natuurlijk niets van. Gezien de spreuk
CAPSTAN. Kende zij CAPSTAN? Nee? Wist zij niet wat CAP-
STAN was? Nooit van gehoord? Wat dom. Luister dan. Hier
komt het. 'Can A Pick Stand Twice A Night?'

'Nou?'

'No.'

'Leg 's uit?'

Wist ze het alweer niet? Wat een dom zustertje was zij toch
aldoor.

'No, A Twice Standing Pick Always Capsizes.'

'Dat geloof ik dus niet.'

'Nee, het is niet waar, zoals we hier huizenhoog voor ons zien. Maar als acroniem is het waar. En achterstevoren gelezen is het ook waar.'

Ze ging het na en lachte. Leuk. 'Maar dan weet ik er ook een. Van drie nonnen die bij een priester op bezoek gaan. Maar daar heb ik een servetje bij nodig...'

En terwijl wij, Vicky en ik, elkaar vermaakten met een acroniem, deed elders in de stad prof. dr. Mayer-Kuckuck de vreselijke ontdekking dat zijn lezing, waaraan hij een jaar gewerkt had en waarover hij vele keren zijn controlerend oog had laten gaan en die het hoogtepunt van het colloquium had moeten zijn – mislukt was.

Zijn vrouw Ira, reeds te bed, las een pornografisch romannetje met het heerlijke gevoel dat ze de vrouw was van de knapste professor van Europa. En nu kwam Heinz haar zeggen dat de lezing niet doorging.

Hij stond in de deur, in een afgezakte broek, met een afgezakt gezicht, waarin twee peervormige wangen hingen, twee elliptische treurogen en een afhangende mond die waarschijnlijk nooit meer zou lachen. Die mond zei dat de lezing niet doorging en dat er voor hem, om z'n gezicht te redden, niets anders op zat dan te vluchten.

'Ben je mal,' zei zijn vrouw, 'en ík dan? Laat mij 's lezen, dat verhaal van je.'

Professor Mayer-Kuckuck ging naar zijn werktafel en kwam terug met twee reistassen vol, '550 bladzijden'.

'Makkelijk geschreven, met die tekstverwerkers van tegenwoordig, maar te veel om allemaal voor te lezen, dat is waar. Heeft het een inleiding? Dan lees je de inleiding voor. Geef 's hier. En knoop dat nou 's in je oren, Heinz: ons mislukt nooit iets.'

Ze las de inleiding, maar na twee alinea's legde ze het papier naast zich neer. ''t Is inderdaad niks,' zei ze, 'niet geïnspireerd. Naatje. Jammer. We hebben niet veel tijd meer.'

124

Ze stapte uit het weelderige hotelbed en ging naar de badkamer nadat ze haar Heinz had gezegd dat hij eveneens een douche moest nemen, na haar.

Met de handen in de zij stond hij naar buiten te kijken.

'Ik heb al een ander onderwerp,' zei hij, toen ze weer tevoorschijn kwam.

'Hoezo, een ander onderwerp?'

'Nou, terwijl jij het las, kwam ik op een nieuw idee! En terwijl je je waste, heb ik het uitgewerkt.'

'Wat voor idee?'

'Zeg ik niet. Het beste idee dat ik ooit gehad heb.'

'Daar ben je dan wel laat mee.'

'Maar niet té laat. Schenk mij een flinke whisky in als je wilt. Ik ben zo terug.' Hij verdween in de badkamer. Was binnen een minuut weer terug.

'Dat is vlug,' zei ze.

''k Heb ook maar een kleine piemel,' mompelde hij.

Het leek één bed, maar het waren er twee. 'Kom maar bij mij,' zei ze en hij streek bij haar neer.

Het was een ervaren echtpaar dat, door allerlei interessante ontwikkelingen enigszins uit elkaar gegroeid, teruggeworpen op één bed, automatisch samenkrulde tot wat altijd hun favoriete houding was geweest: de vierzijdige symmetrie.

Twee keurige mensen. Je zou het niet zeggen als je ze samen op straat zag: zij wat hooghartig, hij met het hoofd naar de grond, maar zo gaat het. Je hebt onder mensen de vreemdste gewoontes.

Toen ze na zo'n tien minuten onder de woelige dekens vandaan kwamen, deden ze alsof er niets gebeurd was, uitdrukkingloos als dieren.

'Als ik morgen om vijf uur opsta, heb ik om acht uur mijn nieuwe verhaal geschreven. Prosit.' Hij hief zijn whisky, zij haar gin-tonic.

'Op je slechte idee.'

'Nee, op mijn goede idee.'

'Nee, schat, als je het slechte idee niet had gehad, had je het goede idee ook niet gehad. Niet vanavond.'

'Dat is zo.'

# Maandag

## DE BOOM DER KENNIS / BOOM DES LEVENS

Nadat Padua een week lang gastheer geweest is van het geleerde gezelschap, is nu Venetië aan de beurt. De symposiumgangers en hun aanhang hebben allemaal een kamer naar wens.

De zittingen vinden plaats in de Scuola Grande di San Rocco, op de eerste verdieping, de onlangs bijna geheel in goud gerestaureerde Sala Maggiore. De vloer had door zijn weerspiegeling de kleur van goud aangenomen. Venetië wilde voor Padua niet onderdoen!

De eerste lezing in deze balzaal zal worden verzorgd door prof. dr. Mayer-Kuckuck. Het zal de meest bizarre lezing zijn ooit in Venetië, misschien zelfs ter wereld uitgesproken. U krijgt een verkorte versie.

'De natuur,' aldus dr. Mayer-Kuckuck, 'is een vrouw met een blinddoek voor. Ze is omringd, omgeven door duizenden en duizenden natuurvorsers die om haar heen sluipen, kijken, waarnemen, springen, dansen, zingen, roepen en vragen, haar beschrijven, terugvallen in maandenlang diep gepeins, schoolborden volschrijven en uitvegen, hun hele vaak vergeefse leven lang, en soms geeft zij antwoord en was de vraag niet vergeefs: omdat zij de vraag begrepen heeft.

De onderzoekers hebben haar als leermeester, maar ook leren zij elkaar en van elkaar. Er is bijna geen enkele onderzoeker die in zijn eentje werkt. Ze vormen met z'n allen een netwerk. Het doel van het Padua Program is een beschrijving te leveren van dit netwerk. Het geeft niet met wie we beginnen – Einstein, Newton of Carnot... Laten we daarom maar beginnen met een van de ouderen onder ons... Pythagoras.'

'Pythagoras dan leerde Anaximander en zij beiden leerden Eudoxus en Empedocles. Deze leerde Aristoteles, die na Jezus Christus de tweede hoeksteen werd van onze beschaving. En Aristoteles leerde Theophrastus, Strato en Archimedes. En Archimedes leerde Eratosthenes, Apollonius en later Galilei en Stevin. Archimedes leerde van Plato, en deze van Euclides. En Zeno leerde Democritus. En Eratosthenes, Aristarchus en Eudoxus, zij leerden Hipparchus. En Hipparchus leerde Heraclides en Ptolemaeus. Aristarchus leerde Copernicus. Ptolemaeus leerde Kepler. En Kepler, Copernicus en Galilei, zij drieën leerden Newton.

Van Helmont haalde zijn kennis van Thales, van Paracelsus en hij leerde Leibniz en Lavoisier.

Pythagoras dan leerde Euclides en al-Kharismi. En al-Kharismi, Oresme, Fibonnacci, Tartaglia en Vieta, zij allen leerden Descartes. En Descartes leerde Bernoulli, Leibniz en Euler. Euler leerde veel van zichzelf.

Newton dan leerde van Copernicus, Kepler, Galilei, Descartes, Grimaldi, Boyle, Hooke, Huygens en Leibniz, zij allen leerden Newton en Newton op zijn beurt leerde Euler, Cavendish, Roemer en allen die na hem kwamen. Cavendish leerde Coulomb, Priestley, Volta, Lavoisier en Maxwell. Volta leerde Davy en Ohm. Davy leerde Faraday, Gay-Lussac en Avogadro. En Avogadro leerde Ampère en deze leerde van Oersted, en die leerde Henry, Faraday en Ampère en Davy leerde van Watt.

En Descartes, Bacon en Galilei, zij alle drie leerden Boyle. En Galilei leerde Torricelli. Torricelli leerde Pascal. En Boyle leerde Hooke, en zij beiden leerden Papin. En Papin leerde Saveny en deze leerde Newcomen en deze leerde Watt. En Watt leerde Fitch en Fulton, Trevithick en Stephenson. Boyle leerde Gay-Lussac en Van der Waals. En Boltzmann. En Maxwell. Van der Waals dan leerde met terugwerkende kracht Boyle en Gay-Lussac. En Kamerlingh Onnes. Deze leerde Casimir en Sakharov. En Boltzmann leerde van Maxwell. En Maxwell leerde Clausius. Van der Waals leerde van Joule en Kelvin. En Kelvin leerde van Carnot. En Carnot leerde van Watt. En Lenoir, Otto, Daimler en Diesel, zij alle vier leerden van Carnot. Daimler leerde Taylor en deze, samen met Lilienthal, leerden de gebroeders Wright.

Galilei dan leerde van Kepler, die de zon zijn ellipsen gaf, Kepler van Tycho, Huygens van Kepler en Papin van Huygens. En Torricelli leerde Von Guericke en deze leerde Boyle, Leibniz, Franklin, Halley en Lavoisier. En Avogadro leerde Cannizzaro en deze leerde van Dalton, Berzelius en Gay-Lussac. Kekulé leerde Van 't Hoff. Cannizzaro leerde Mendelejef en deze leerde allen die na hem kwamen.

Euler, Wallis en Leibniz, zij leerden Gauss. Leibniz en Fresnel leerden van Huygens. Wallis van Newton. Gauss leerde Hamilton, Fourier en Poincaré. Kummer leerde van Hamilton en Kronecker. Fourier leerde Shimora. En Shimora leerde Wiles. En Wiles leerde van Fermat, die leerde van Diophantes.

Lobatsjefski, Bolyai, Riemann, zij leerden Euclides.

En Abel en Galois, de jongsten van het heelal, leerden Gauss.

Gauss leerde Riemann. Riemann leerde Minkowski en deze leerde Einstein.

En Young, Helmholtz, Ampère, Cassini, Bernoulli, Herschel, Rumford, Van der Waals, Faraday, zij allen leerden Maxwell. En Maxwell leerde Faraday, Thomson, Gibbs, Michelson, Morley, Einstein, Hertz. Kirchhof en Helmholtz leerden Hertz. Hertz leerde Marconi en Zworykin.

Röntgen dan leerde Becquerel en Curie. En Thomson.

En Brown, Lenard, Svedberg, Planck, Fitzgerald, Lorentz, zij allen leerden Einstein. En Einstein leerde Bohr, Thomson, Rutherford, Chadwick, Heisenberg, Schrödinger, Pauli, Gamov, Dirac, De Broglie, Fermi, Hahn, Meitner, Szilard. Boltzmann en Röntgen leerden Sommerfeld. Deze leerde Bohr, Von Laue en Pauling. De laatste leerde van Lewis en leerde vervolgens Crick en Watson – waarmee wij zijn aangeland in het land der levenden...'

Hier onderbrak dr. Mayer-Kuckuck zijn indrukwekkende zang. Hij nam een slok uit het gereed staande glas water. En ging verder.

'Onze aan deze boom opgehangen kennis is niet consistent. De euclidische ruimte bijvoorbeeld komt hoe dan ook niet overeen met de Riemann-ruimte en niet met de hyperbolische ruimte van Lobatsjefski en Bolyai. Wij denken dat we in de euclidische ruimte leven en dat de niet-euclidische ruimte een luxe verzinsel is, maar er zijn werelden die beter beschreven kunnen worden door niet-euclidische dan door euclidische taal.'

Als men met iets nieuws komt, brengt men graag enig decorum aan en de discussie verliep als die voor een promotie. En de eerste vraag luidde: waarom wel Gauss in het Program opgenomen en niet Darwin? Wel Maxwell en niet Vesalius?

'Omdat, hooggeleerde Olsen, door de wetenschappen een lijn loopt die exact onderscheidt van niet-exact, of minder exact.'

'Hooggeleerde Mayer-Kuckuck, wie was Van Helmont?'

'Hooggeleerde Eriksson, een korte biografie van deze merkwaardige man vindt u opgenomen als bijlage.'

'Hooggeleerde Mayer-Kuckuck, moet ik op uw gezag aannemen dat de studie der medicijnen niet bijdraagt tot de Boom der Kennis?'

'Hooggeleerde Olsen, ik zou me geen zorgen maken over enige bijdrage aan de Boom der Kennis, als deze al bijdraagt aan de Boom des Levens. Van de Boom des Levens geef ik u nu een overzicht.'

'Te beginnen met Hippocrates, de "vader der geneeskunst". Hippocrates dan leerde van Aminhotep, van Alcmaeon en van Democritus en hij leerde Empedocles, Aristoteles en Theophrastus. En Aristoteles leerde Erasistratos, die ook leerde van Herophilus. Erasistratos leerde Galenus en –'

'Wordt dit net zo'n opsomming als de vorige?' (Stem uit het publiek.)

'Ja.'

'Heerlijk. Gaat u verder.'

'Galenus dan leerde Luzzi, Plinius, Eustachius en Avicenna, met Averroës en Maimonides leerling van Hippocrates en Aristoteles. Galenus werd bestreden door Servetus, Paracelsus en Vesalius. Dezen leerden Van Helmont, Sylvus en Fallopius en deze leerde Fabricius. Fabricius leerde Harvey, die onze bloedsomloop beschreef. Harvey leerde Sanctorius, die op zijn beurt Malpighi leerde, de uitvinder van de microscoop. Malpighi dan leerde Van Leeuwenhoek, Swammerdam en Spallanzani en vervolgens Appert, de uitvinder van het conservenblik (1795). Zo was Ray de voorloper van Linnaeus, die leerde van Alpini, Celsius. Hij, op zijn beurt, leerde Candolle, Jussie, Cuvier en Lamarque, welke laatste leerde van Buffon, Hutton, (de 'vader der geologie'), Lyell en Werner. Al dezen leerden Darwin. Darwin voorts leerde van Linnaeus, Humbolt, Brown, Malthus, Schwann, ontdekker van het enzym, Sedgewick, Semmelweis en hij leerde allen die na hem kwamen.

En Darwin leerde Virchow, Haeckel, Huxley, De Vries, Bernard, een leermeester van Pasteur. Pasteur leerde niet van Darwin. Hij leerde Nicolle, bestrijder van de tyfus, Koch, ontdekker van de tuberkelbacil, Beyerinck, die de mensheid liet kennis maken met haar nieuwste vijand, het virus, Eyckman, ontdekker van de vitamine en velen die na hen kwamen. Onder hen: Pavlov, Liebig, Baeyer, Cohn, Van 't Hoff, Helmholtz, Stanley, Pauling. Pauling dan leerde Crick en Watson, de ontdekkers van het erfelijkheidsmolecule en zij leerden allen die na hen kwamen.'

Dr. Mayer-Kuckuck besloot zijn rede met een wat hij noemde 'relativistisch' woord: 'Het Boek der Kennis en Het Boek des Levens zijn twee pijlers van de westerse beschaving. De pijler van de islam is een berg zand, vormgegeven in de Piramide van Cheops, die ouder is dan de oudste Griekse filosoof, jonger is dan God, ouder dan Mohammed en de laatste, modernste Amerikaanse fysicus vele eeuwen zal overleven.'

## WIE WAS VAN HELMONT?

Jan Baptista van Helmont (1577-1644) was een zeventiende-eeuwse onderzoeker die met één been in de achttiende, misschien wel de negentiende eeuw stond en met één been nog in de Middeleeuwen. Hij geloofde dat muizen voortkwamen uit tarwe, kikkers uit slik en dat het leven zich niet voedde met vruchten, vlees en water zoals iedereen dacht, maar met lucht, in het bijzonder met zijn beide brandpunten, de zon en de maan. Zijn ontologie was hoogst verrassend, van een bijna buitenaardse signatuur en in het Europa van de zeventiende eeuw niet erg bruikbaar. Zijn plaats in de rijen der westerse onderzoekers verdient hij door zijn proefnemingen op botanisch terrein. Hij kweekte een jonge wilg, gepoot in een houten kuip, op tot een grote sterke boom en stelde de vraag: als het sterke hout waaruit deze boom bestaat niet afkomstig is van de aarde, want deze is in de kuip niet verminderd, en niet van het water, want dat heeft hij nodig voor de kracht van zijn bladeren, en niet van het vuur, want het vuur zal hem tenslotte vernietigen – dan moet het afkomstig zijn van de lucht die hij elke dag heeft ingeademd. Van Helmont was de eerste die oog had voor de huishouding binnen een plant en in die hoedanigheid staat hij in de natuurwetenschap te boek als 'de vader der biochemie'. Hij was de eerste die begreep dat lucht bestaat uit allerlei soorten lucht die door elkaar heen zwem-

132

men. Hij noemde dit naar het Grieks 'chaos', een woord dat hij schreef op z'n Vlaams: gas. Van Helmont is de ontdekker van het gas, in het besef dat een element een vaste stof, een vloeistof of een gas kan zijn. In het bijzonder heeft hij het gas bestudeerd dat je krijgt als je hout verbrandt tot 'sylvestre', houtgas, het tegenwoordige $CO_2$. Hij schijnt een slechte rapporteur van zijn eigen ideeën geweest te zijn. Wat wij van hem weten, weten wij van anderen.

### BUSKRUIT

'Er zijn dingen waarvan wij weten dat we ze niet weten. En er zijn dingen waarvan wij niet weten dat we ze niet weten.'

Amerika is omgeven door een grote stilte. Zoals je je adem inhoudt op het moment dat je denkt dat je niet langer alleen bent.

Of als je fluit: om de ander te laten weten dat je niet gevaarlijk bent.
   'Waarom ben je er weggegaan?'
   'Om meer van de wereld te zien. Amerika is de wereld niet.'
   'Maar dat is toch een heel oppervlakkige reden?'
   'Misschien was het de echte reden niet. Misschien was er een oorzaak.'
   'Hoe oud ben je?'
   'Doet dat ertoe?'

U moet zich voorstellen dat deze scènes zich afspelen op het Lido, op het strand en in het zand.
   Steeds dezelfde achtergrond. Als coulissen in een tekenfilm.

Later op de avond, bij het vuur, nam het gesprek speculatieve vormen aan. Weer ging het over hetzelfde: de techniek. De technologie als beschaving. De noodzaak. Had bijvoorbeeld het kanon, en in het bijzonder het musket of het geweer, ook níét kunnen bestaan? Of het buskruit? Wat is een beschaving zonder buskruit?

'De formule. Wat is de chemische formule van buskruit?'

Niemand van het gezelschap die dat wist, of het van belang vond. Nee, dat dacht ik wel. Maar hoe kun je dan denken dat je het hebt uitgevonden?

'Niemand van ons heeft het buskruit uitgevonden,' zei Olivia.

### PYTHAGORAS SPREEKT

'Van mij is niets met zekerheid bekend. Ik ben geboren op het eiland Samos – en zelfs dat is niet zeker, maar iemand moet toch ergens geboren zijn. Ik leefde van ongeveer 600 (voor Chr.) tot ongeveer 500. Ik heb, lees ik in de Encyclopedie, tijdens mijn leven veel gereisd, wat niet ongewoon was voor een Griek in die dagen. Ik heb vele jaren in Italië gewoond. Ik heb daar een school gesticht waar we de leer van de zielsverhuizing uitleg hebben gegeven.

Mijn eerste ontdekking was de octaaf. Als u twee snaren neemt waarvan de ene twee keer zo lang is als de andere – u verdeelt hem in 2:1 – en u strijkt beide snaren aan, dan hoort u de octaaf. Bij een verhouding van 3:2 hoort u de kwint en bij een verhouding van 4:3 de kwart. Zo kwam ik ertoe aan te nemen dat elk ding, elk verschijnsel een getal was of een samenstel van getallen en dat twee verschillende dingen een en hetzelfde ding zijn als ze hetzelfde getal hebben.

Mijn naam is verbonden aan de beroemdste stelling uit de wiskunde. De vraag is of ik die stelling wel zelf gevonden heb. Ze is ouder dan ik. Maar als ik het merk moet dragen – met genoegen. Zo denkt iedereen dat het cartesisch assenkruis

134

een uitvinding is van Descartes, terwijl het al vanaf de veertiende eeuw veelvuldig is gebruikt, o.a. door Oresme. Maar
omdat die niet zo populair is geworden als Descartes, een paar
eeuwen later, is Descartes de drager van de desbetreffende
trui. En zo ben ik, Pythagoras, de drager van de trui van een
of andere Babyloniër.

Waar ik ook bekend door geworden ben, is mijn voorspelling
dat de wereld rond is.'


## HET GEVAL MEITNER

Hij zag Meitner niet voor het eerst: een schim langs de wand,
een schim op de eerste rij. En voor haar geldt natuurlijk hetzelfde als voor hem: eenmaal in het rijk der doden kon zij,
terug in de herinnering, van elke leeftijd zijn. Hij paste zich
aan.

Ze had een vluchtig, wat wrang glimlachje over zich en hij
hoopte dat zij hem de moeite waard vond, ze wist natuurlijk
heel veel meer.

Ze zette een ernstig gezicht.

Interessant leek het haar, nu ze hem toch zag, te horen hoe,
onder welke omstandigheden, hij zijn beroemde stelling had
gevonden.

Daar moest hij om glimlachen.

'Het is,' vertelde hij haar, 'niet zeker of ik haar wel gevonden heb. Ik denk het niet. De Babyloniërs waren ook al met
het bestaan ervan bekend. In de bouw werd de stelling overal
toegepast. Wel is het zo dat ik de stelling langs een aantal heel
verschillende wegen bewezen heb.'

'Daar moet je wiskundige voor zijn.'

'Ja, misschien wel. Maar wat is een wiskundige? En wat is
een bewijs, waar ga je van uit? En het ene bewijs is overtui-
gender dan het andere. Ik ben met m'n bewijzen trouwens

altijd overtuigend geweest, dat is waar. Maar wat mij nog altijd verbaast is dat er zovéél bewijzen zijn, al zo'n zeshonderd en er komen elk jaar nog wel een paar nieuwe bewijzen bij.'

'Je kunt gerust vaststellen,' zei ze met een lachje in haar ogen, 'dat de stelling waar is.'

'Ja maar in het niet-euclidische vlak bijvoorbeeld geldt zij alweer niet.'

'Wanneer zeg je,' zei ze, 'dat twee bewijzen eigenlijk dezelfde zijn en wanneer zijn ze per se niet dezelfde?'

'Dat is een kwestie van smaak.'

'Denkt u dat u er zelf nóg wel 's eentje zal vinden?'

'Nee, ik werk niet meer.'

'Ik evenmin. Maar dat doet er niet toe. Ik heb overigens geen idee wat ze met me voorhebben. Hebt u dit eerder meegemaakt?'

'Ja, ik word vaak opgeroepen. Te pas en te onpas, kan ik wel zeggen.'

'Als er maar plaats voor ons is. Zolang ze zich ons maar herinneren.'

'We zijn allebei dood. Dat schept een band.'

Kemenyfy: omdat Meitner in de bouw van de bom geen enkel aandeel had gehad, werd ook haar aandeel in het allereerste begin, het aansteken van het licht, het artikel in *Nature* 6 januari 1939, gemarginaliseerd, ten gunste van Otto Hahn, die de werkelijke auteur van het artikel zou zijn geweest.

De reden, aldus Kemenyfy, om dit twistpunt nog weer 's nieuw leven in te blazen was de volgende. Aan het artikel dat Lise Meitner aan *Nature* had opgestuurd was een tekening toegevoegd, die niet is geplaatst. Het artikel zelf, de tekst dus wel, maar de tekening of het schema – het was een vierdimensionaal schema van een driedimensionale gebeurtenis – niet.

De tekening stond groot geprojecteerd op het scherm.

Een mooie, vlotte schets.

Het was bekend: Meitner kon niet tekenen. Ze had van het

136

proces dat ze zo goed begreep geen duidelijke ruimtelijke voorstelling. Hahn daarentegen had, zo bleek uit zijn brieven, wel een goede ruimtelijke voorstelling. Maar de tekening was geschetst op een Zweeds agendablaadje en waarschijnlijk dus niet van zijn hand. 'Misschien,' zei Kemenyfy, 'verlies ik mij in mijn hypothese, maar als deze tekening niet van Hahn is... van wie is ze dan wel?'

Pythagoras vroeg haar, Lise, wanneer háár het licht was op-gegaan. Wel, twee weken eerder, vlak voor de kerst, toen ze met haar neef en collega Otto Frisch een sneeuwwandeling maakte in de buurt van Göteborg. Langs de zee. Dat ze zich in een cafeetje verdiept hadden in een schema dat zij niet be-greep en hij wel, omdat hij in staat was zijn begrip een vierde dimensie te geven. En toen kon zij, mét die tekening, uitreke-nen hoeveel energie ervoor nodig was om een groot atoom te splitsen in twee kleinere en hoeveel gewicht het daardoor ver-loor. En wennen aan de gedachte dat daarmee protonen ver-loren gaan. Die zitten, legde zij uit aan de hand van de teke-ning, op elkaar gepakt als in een soort springslot. Bij beschie-ting met neutronen rekt het atoom zich uit als een waterdrup-pel die van de kraan afbreekt – zo springt het slot uit elkaar.

Meitner: 'Ik heb het artikel zeer snel geschreven (in vier uur tijds). In tweevoud. Het origineel heb ik op de post ge-daan, samen met de tekening. De doorslag heb ik meegegeven aan Otto, niet Otto Hahn, maar mijn neef, Otto Frisch, die nog dezelfde avond het vliegtuig nam naar Kopenhagen (waar hij werkte) om het te overhandigen aan Niels Bohr, die op het punt stond zich in te schepen op de oceaanstomer Drott-ningholm, op weg naar New York.'

Dr. Goormaghtigh sprong naar voren en zette het apparaat af.

'Dat is dus duidelijk,' zei hij.

Een wat haastige conclusie, die prof. Kemenyfy nog wel iets steviger onderbouwd wilde zien, dat plezier liet hij zich niet ontnemen.

Je lost één kwestie op, je krijgt er twee voor terug. ('Da's nou wetenschap.')

## VICKY ONTMOET EEN OUDE VRIEND

Vicky kwam terug uit Chioggia, waar ze foto's had genomen, in het bijzonder van de blauwe vissersvloot. Wat ze op een ansichtkaart had gezien, daar nam zij nu foto's van. Maar de tijden veranderen en in de bus gezeten dacht zij aan de mogelijkheid een digitale camera te kopen. Dan krijg je de kleuren zoals je ze hebben wilt, of: zoals het publiek ze hebben wil.

Een gedeelte van de rit sta je, zittend in de bus, op een veerpont en Vicky verbeeldde zich dat het ingewikkelde uitzicht van chroom, glas en hout, weerspiegelingen en vergezichten haar een aantal bijzonder leuke plaatjes had opgeleverd. Wie weet...

Ze stak de straat over – nee, de beide mannen staken de straat over, mannen van de bouw. Ze stonden even stil en keken naar de dakrand, een hand voor de ogen. Ze maten de hoogte van de zeespiegel, inclusief de horizon, inclusief de waterplanten.

'Ik heb het vanmorgen geprobeerd,' zei de een. 'Een zee vol bloemen is prachtig, maar voor zeer korte tijd. Ze hopen zich op en verwelken snel.'

'Dan nemen we zeeanemonen,' zei de ander, 'die verwelken niet.'

Ze liepen het restaurant in, aannemers die een klus bespraken. Ze zorgden ervoor dat de stoelen en tafels aan kant werden gezet. En kwamen weer naar buiten.

'Ik heb het contract getekend,' zei de een.

'En aangezien jij zowat elke dag een contract sluit,' zei de ander, 'weet ik even niet over welk contract jij het nu hebt.'

'De douches en de wc's.'

'O ja, da's belangrijk. Daar kan een mens niet zonder.'

En al die tijd had Vicky staan kijken. Het is 'm, dacht ze, het moet hem zijn.

En hij, aan de overzijde, hij herkende haar meteen, holde de straat over, stond tegenover haar, noemde haar naam: Fiki.

'Rocco.'

Hij lachte breed. Het was geen wraakgodin die tegenover hem stond en dat luchtte hem op.

'Ik heb je nog een brief geschreven,' zei hij.

'Die heb ik dan nooit ontvangen.'

'Dat kan. Ik heb hem nooit verstuurd.'

'Je wist mijn adres niet.'

'Ook dat.'

'Een mooie brief?'

'Een vreselijke brief. Veel te lang. Ik heb me vaak afge-vraagd: hebben we je met een kater laten zitten?'

'Totáál niet!'

'Het was wel een grote zonde.'

'De grootst mogelijke. En toch, het was goed.'

'Ja, gelukkig. Het was goed. Fijn te horen. Maar ze staan op mij te wachten. Sorry, lieve Fiki. Ik moet verder.'

'Doe de anderen de groeten. Zie je ze nog wel 's?'

'Ja, niet allemaal. Mario is verongelukt, in Spanje. En de andere twee hebben elkaar gevonden, meteen na onze ont-moeting.'

'Ach, de schatten.'

'Ik zal ze de groeten doen. Sorry, Fiki. Sorry. Addio.' Hij stak zijn hand op en zij ook.

'Vaya con Dios!'

Ze keek hem na tot hij in het gebouw verdwenen was.

Kort, mompelde ze, maar we kunnen er lang mee toe.

Venetië is wonderlijk gebouwd. Je kunt een ziekenhuis in lopen en, eenmaal weer in de buitenlucht, omkijkend ontdekken dat je een kerk hebt bezocht. Dat komt door de architectuur en door de aankleding. Er worden, net als in Rome, veel oude materialen gebruikt. Je weet niet waar je bent, soms. Maar het verplegend personeel was zeer behulpzaam. Het was maar een kleine ingreep, daardoor hadden we voorrang. We wisten niet of we de volgende dag terug moesten komen. Men spreekt in Italië over het algemeen te vlug, je kunt ze niet volgen. Maar verder niets dan lof.

Toen we dan buiten kwamen, was het nacht, met sterren waar bij nader inzien lampen schenen – een kolossale kerk. Zuilen die de hemel droegen. Een woud dat zich in de kruinen boven onze hoofden aan het oog onttrok...

Op de eindeloze vloeren, diep in de verte, stonden kaarsen, was beweging van witte bladen. Zangers en sopranen die het blad van hun partituur omsloegen. Hoger dan iedereen stond de dirigent, begeleid door een pianist. Dat waren de geluiden die vanuit de verte tot ons doordrongen.

Het was geen regelmatige zang. De dirigent sloeg voortdurend af. En dan ging het opnieuw. Totdat hij eindelijk op de grond sprong, met z'n paperassen naar de trap liep en de kansel besteeg, om niet alleen gehoord, maar ook beter gezien te worden. De aanzet van telkens een nieuwe melodie werd door hemzelf gezongen, geroepen en ik kreeg het vermoeden dat wat hier werd opgebouwd wel 's het veertigstemmige Te Deum van Tallis kon wezen. De gewone luisteraar zal dan die veertig stemmen niet allemaal kunnen onderscheiden, maar de dirigent zal ze moeten kennen en kunnen zingen. En dat was het wat hij deed, de oude baas. Hand omhoog, elke stem is nieuw – hij kent en herkent ze alle.

Tranen om de muziek, om de mensen, hun overgave, maar vooral de muziek die zij zingen. Natte-wangenmuziek.

Vicky heeft er minder last van. Terwijl zij toch een dieper gevoelsleven heeft dan ik. Maar ze is jong en hard.

Ze is nog steeds even komisch, maar zo mogelijk nog liever. Kin gesteund in hand. Waar denkt mijn Vicky aan?

'Je moet,' zegt ze, 'nog wat meer over Venetië schrijven. Je bent zelf persoonlijk een wat saaie man. Niet romantisch. Dat ik in je boek voorkom is een goede beslissing van je, maar je moet ook jezelf wat oppoetsen. Geen loser zijn. Aan het einde van het boek moet jij de winnaar wezen. Gouden spitsen. Een boek met gouden spitsen moet het worden.'

We liepen door de avondlijke straten terug naar ons appartement.

Vicky ging nog even snel een kerk binnen, als een insect dat vluchtig een bloem bezoekt.

Een nachtbloem.


Waarom wilden we bij elkaar blijven? Om van het verhaal geen woord te missen. Van één schilderij was de deurpost meegeschilderd. Daartegenaan geleund stond de heilige Sebastiaan met een paar pijlen in zijn buik rustig toe te kijken.

'Die mensen hadden geen emoties.'

'Andere emoties.'

'Maar welke kerk was het nou? De grote Santi Giovanni e Paulo.'

'Die ken ik niet. Die komt in mijn boekje niet voor.'

'Jawel, onder de naam Zanipolo.'

Dus wat wij dachten dat twee kerken waren is er één, en dat noteren wij.

Wij verzamelen namelijk Venetiaanse kerken, zodat wij, eenmaal weer thuis, kunnen zeggen: die en die kerk kennen we.

We noemen de naam en de ruimte gaat voor ons open, want we zijn er in geweest. (Of althans Vicky is er geweest.)

Onze kerken dan zijn:

– Santa Maria degli Scalzi

- Santa Maria Gloriosa dei Frari
- Santi Redentore
- San Giorgio Maggiore
- Santa Maria della Salute
- San Zanipolo
- Santa Maria Formosa
- Santa Maria Asunta dei Gesuiti
- San Nicolò dei Mendicoli
- San Trovaso
- Santa Maria del Rosario
- San Sebastiano
- Madonna dell'Orto
- San Alvise
- Sant' Angelo Raffaele
- Santa Maria del Giglio
- Basilico di San Marco
- San Salvatore
- Santa Maria del Miracoli
- Santa Maria della Pietà
- Santa Barnaba
- San Silvestro
- San Vidal

Drieëntwintig kerken. Als het waar is dat Venetië 136 kerken telt, kunnen wij (Vicky) in deze stad nog 113 keer een kerk betreden die nieuw is voor ons.

Ik moet haar beloven in elk geval de Frarikerk te bezoeken, want daar ben ik nog niet geweest.

'Je weet niet wat je ziet.'

Wat drijft de mens?

Op een eenvoudige vraag wil wel 's een eenvoudig antwoord passen. Zoiets bevordert de economie van het denken. Splits de vraag in stukjes en beantwoord elk stukje apart. Ik vraag in mijn aanhef:

−wat (1)
−drijft (2)
−de mens (3)

en ik begin bij (3), de mens. Hij is ons welbekend: twee armen, twee benen, een romp, een hoofd, twee ogen, twee oren plus nog wat andere bijzonderheden, welke alle bijzonder zijn. De mens had er namelijk ook heel anders uit kunnen zien. In plaats van twee benen had hij twee wielen kunnen hebben, in plaats van een hoofd twee hoofden. Of nog een oog erbij, of een flinke staart. Enzovoort, in de natuur is niets onmogelijk. Daarom mogen we als filosoof blij zijn met de huidige relatief eenvoudige vorm, die ons toestaat de mens op drie verschillende manieren in tweeën te snijden:

(1) een bovendeel en een onderdeel
(2) een voorkant en een achterkant
(3) een linker- en een rechterzijde.

Dit is zeer simpel. Als ik God was geweest en ik had de mens geschapen, had ik het ook zo gedaan. Drie vlakken die loodrecht op elkaar staan, eenvoudiger kan het niet, niet in een driedimensionale wereld.

Om nu aan te geven in welke richting de mens drijft, gedreven wordt, gebruiken we pijltjes:

(1) ↑
(2) → ←
(3) ← →

De eerste pijl tekent de drift van de mens naar boven. Superieur aan de voeten zijn de handen en superieur aan de handen is het hoofd. Dat is bij sommige dieren ook zo, maar in het algemeen heeft een dier (en zeker een zoogdier) vier voeten en geen handen en kent het geen drift naar boven.

De tweede drift is de seksuele. A wil B en B wil A. Zij onderscheiden zich van elkaar door hun voorzijde. Aan de voorzijde zie je pas goed of iemand man of vrouw is (vergeet het gezicht niet!).

De derde drift betreft de zijkanten van de mens. Die zijn gelijk. Van voren of van achteren gezien is de mens symmetrisch. Dat geldt ook voor de meeste dieren, maar nauwelijks voor planten. Alles wat uit zichzelf beweegt (automobilisme) heeft blijkbaar een symmetrische vorm nodig, met het snijvlak door de neus. De pijlen naar links en rechts geven aan dat het de mens in principe niet uitmaakt of hij naar links of naar rechts gaat en wat hij op zijn weg tegenkomt. Is het sterker dan hij, dan gaat hij het uit de weg; is het zwakker dan hij, dan gaat hij erop af. Sterk/zwak, koud/warm, goed/slecht – mensen kunnen niet zonder tweedelingen, misschien juist doordat ze tweezijdig symmetrisch zijn. De symmetrie van de derde drift werkt door haar vrijheid tweedeling en daardoor polarisatie in de hand. Dieren hebben daar geen last van, mensen wel. Maar die kunnen daarin worden gecorrigeerd door de driften genoemd onder 1 en 2.

Wat die driften verder precies inhouden, daar valt heel wat over te zeggen, maar meestal zal wat men erover beweert niet meer zijn dan een voetnoot bij bovengeschetste driedeling.

Is dit een geschikte slotlezing? Beter dan 'Torricelli'?

De volgende dag overleg ik met de voorzitter, dr. DuToit, die de voorkeur geeft aan 'Torricelli'.

'Levendiger,' oordeelde hij.

## MENS EN MUIS (I)

Half twee. Vicky slaapt en ik neem nog wat post van haar door. O.a. een pamflet dat onder de slogan 'Man & Muis' oproept tot 'verdergaande integratie van beide diersoorten'. De achterliggende gedachte is dat een muis in principe hetzelfde recht op leven heeft als een mens. Het primaat van de rede wordt ter discussie gesteld. Dat begint echt een beetje mode te worden. Het heeft reeds de aandacht van opinieleiders en politici, waardoor het idee, dat op zich nog wel vermakelijke aspecten bood, al snel alle kleur verliest. Dus daar schrijf ik dan, op verzoek, een stukje tegenin.

Ik breng mijzelf op een idee. Op een vraag: wát als de mens was uitgerust met een flinke staart? Zo eentje die bij je stuit begint, polsdik en anderhalf keer je lichaamslengte – hoe zou je dit lichaamsdeel gedragen hebben? Opgerold in je kleding of naakt buitenboord hangend? Elegant om je nek geslagen – als een stuk cultuur? Stoelen. Je zou heel andere stoelen hebben. Je zou als je hem niet met zorg bij je houdt voortdurend op de staart getrapt worden. Je zou je staart kunnen laten knotten en bij gelegenheid, als de mode of het uur van de dag dit voorschrijft, gebruik kunnen maken van een kunststaart.

Een staart tussen je benen als je zit?

De staart als schaamdeel?

Twee staarten?

Er zijn vogels die twee staarten hebben.

Ik moet zeggen, ik heb meer op met de vogel dan met de muis.

De muis kent ons beter dan de vogel.

Het zingen van de vogel – weet je wat ze zingen? Ik niet. Maar ik weet wel dat 't oneindig veel gevarieerder is dan het armzalige, angstige gepiep van de muis. Maar ook voor de vogel geldt: aansluiting bij de mensheid ligt nog héél ver weg.

Ik weet niet. Ik denk dat we tamelijk optimistisch kunnen zijn.

Is de muis zindelijk?

In principe is de muis zindelijk.

U houdt van muizen, dat is duidelijk.

Ik heb de muis heel hoog.

### MEMOIRES (3), PIPPERS JAREN OP TRINIDAD

Begin jaren '80 verhuisde ik naar Trinidad – om een nieuw leven te beginnen – nadat ik een jaar eerder daartoe al aanstalten had gemaakt. Aanleiding was het bezoek van de Inspecteur van het Onderwijs. Voor het eerst dat het onderwijs op de Antillen vanuit Den Haag aan een inspectie werd onderworpen en het zweet brak mij uit. In geen geval mocht hem mijn Göttinger diploma onder ogen komen. In mijn verwarring brak ik de vloer van mijn huis open om het corpus delicti aan het daglicht te onttrekken. Planken en vloerkleed kwamen terug op de oude plaats en niemand, niemand ter wereld, buiten mij, kon weten waar mijn geheime papieren verborgen lagen.

Niemand ook die ernaar vroeg. En een week later, toen de inspecteur vertrokken was, haalde ik het papier weer tevoorschijn. Ik hing het op de oude plaats, achter de bar, zodat het leek alsof er niets gebeurd was.

Maar het zaad der onrust was gezaaid. Er gingen praatjes. Of ik verbeeldde me dat er praatjes gingen. Voor iemand die na zoveel jaren het Papiamento nóg niet beheerst is dat niet aangenaam, maar bovenál, vertelde ik mijn collega's, wilde ik 's wat anders. En zo ben ik vertrokken, en op Trinidad terechtgekomen. Ik leidde daar het rustige leven van een landmeter, woonde in een rustige buitenwijk in Port of Spain en bekwaamde mij – dat was het idee dat mij leidde – in mijn vrije tijd in het schrijven van romans. Dat was nieuw!, in mijn leven. Het leek mij zinvol. Een schrijver te worden van sucesvolle romans die over de hele wereld gelezen zouden worden terwijl – en daar ging het mij om – niemand wist wie de auteur was. Het baantje als landmeter bij de overheid hielp mij mijn anonimiteit te vergroten: niemand, niemand zou weten of ook zelfs maar op het idee komen dat ik, onopvallend mannetje, die beroemde auteur was. 'Bannister' zou mijn schuilnaam zijn, zonder voornaam. 'Heb je de nieuwe Bannister al gelezen?' De hele wereld weet wie Bannister is, maar niemand weet waar hij woont, werkt of uithangt. Zelfs je uitgever niet. Geen royalty's, want geen bank. Het rekeningnummer zou jou verraden. Nieuwe manuscripten doe je op de post in wisselende plaatsen: Barbados, Recife, Jamaica, en soms, als brutale uitdaging, in de plaats waar je woont.

Dit hardnekkige incognito is een uitnodiging aan de pers op jacht te gaan, de honden rukkend aan de ketting. Ze komen op je af, maar lopen je voorbij. Ze hebben je niet geroken, niet gezien. Je staat voor de etalage van een boekhandel. Je ziet daar je nieuwe roman liggen en je loopt naar binnen, om 'm te kopen. En niemand die daarin een aanwijzing ziet dat jij de meester bent. Een zoet gevoel van onkwetsbaarheid bevliegt je. Je bent onzichtbaar. Aanwezig voor iedereen en toch onzichtbaar.

Mijn roman echter kwam maar niet af, ook na drie, vier jaren niet. En beroemd was ik ook nog lang niet, op deze manier. Ik hoefde me niet te verbergen, alhoewel, je verbergen als je beroemd bent is misschien makkelijker dan je verbergen als niemand je kent.

Ik neem graag een voorbeeld aan de bekendste van alle onbekende schrijvers, B. Traven. Auteur van *Het dodenschip*, *De schat van Sierra Madre*. Beroemde avonturenromans, die bijna iedereen kent. Maar de schrijver kende men niet. Niet omdat Traven een schuilnaam was, maar omdat Traven er zelf nooit was. Hij is zijn leven lang praktisch onvindbaar geweest. Travens identiteit is pas na zijn dood in 1969 onthuld, lees ik. Het geeft te denken. Wat onthuld wordt is zijn biografie. Foto's vormen daarvan een interessant onderdeel. Foto's van het onduidelijke, amateuristische soort: 'Traven links, op de rug gezien'. Of, nog geheimzinniger: een Mexicaans paspoort plus foto, plus de informatie dat de man van beroep *fruticultor* was, in de tuinbouw werkzaam, 1,68 meter lang en geboren in Chicago, Illinois. Terwijl uit andere bronnen zou blijken dat Maagdenburg, Duitsland zijn geboortestad was. Ik zou, zijn voorbeeld volgend, me gesteld zien voor de noodzaak een vals paspoort te laten maken. Ontmaskerd worden als oplichter is minder erg dan herkend worden als schrijver.

Ik was heel wat tijd kwijt, aan iets wat niets had opgeleverd. Maar moest ik mij daarover zorgen maken? Tijd? Wie bepaalt wat tijd is?

Al mijn 'vergeefse tijd' is een aanloop tot iets wat ik nog niet ken. Onthoud dat maar. Kracht put ik uit het volgende woord (van Nietzsche). 'Windstilte der ziel', noemt hij het, 'die aan een voorspoedige vaart voorafgaat; hij moet haar verdragen, moet haar uitwerking bij zichzelf afwachten en juist dat is het wat geringere naturen onder geen beding over zich kunnen verkrijgen!'

Het was goed wat ik deed. Hoe langer ik het uithield op dat Trinidad, des te beter.

Ik las veel. Romans om mijn ziel te voeden, én de krant. Want er gebeurt elke dag wel iets. Er gebeurt elke dag wel iets wat niet elke dag gebeurt. Het belangrijkste is dat wat elke dag gebeurt. Maar dat staat niet in de krant.

Eenzaam, maar niet alleen.

Een jaar of vijf geleden troffen de Amerikanen tijdens een verkenningsvlucht boven Mars op de bodem van een oude waterbron een vorm van leven aan die de eigenschappen had van een kolonie bacteriën.

Een mijlpaal in de geschiedenis van de mensheid.

Een proclamatie waard. President Clinton riep een paar dagen later de wereld toe: wij zijn niet langer alleen! Dat riep 's werelds machtigste man, bewoner van het Witte Huis – waarvan wel wordt gezegd dat het de eenzaamste plek op aarde is.

Die eenzaamheid is te dragen, mits men niet alleen is. Clinton zorgde voor gezelschap. Zo ook heb ik, eenzaam op Trinidad, ervoor gezorgd dat ik niet alleen was. Van de zestien jaar daar had ik tien jaar gezelschap van een zekere Rose. Ik was zelfs met haar getrouwd. We hadden zelfs kinderen, drie, maar die waren niet van mij.

Rose was afkomstig uit Nigeria. Een goedlachse, hardwerkende Ibo-vrouw, die de Biafra-oorlog was ontvlucht en via Jamaica was terechtgekomen bij familie op Trinidad. We hebben elkaar leren kennen via een advertentie in de krant. We hadden hetzelfde gevoel voor humor; ook na jaren sleet dat niet. Ze had een volledige baan als receptioniste en een *nanny* voor de kinderen en de keuken. Na vijftien jaar werd ze ontslagen, zonder kans op nieuw werk. Ze werd humeurig. We hadden steeds minder hetzelfde gevoel voor humor en op een dag vloog Rose met haar kinderen (de oudste was intussen volwassen) terug naar haar geboortegrond.

Daarmee leek mij ook een einde gekomen aan de windstilte in mijn ziel.

# Dinsdag

'Ik bel je dinsdagochtend om tien uur, zorg dat je me kunt ontvangen.'

Dat waren de woorden die ik almaar hoorde, en steeds luider.

Het gevoel dat ik onverhoopt verliefd was geworden was zo opwindend dat ik alle moraal opzij schoof en sprak: jongen, laat de feiten spreken.

Maar wat zeurde ik. Een verliefdheid kon ik toch allerminst gebruiken?

Als ik verstandig was, zou ik haar a.s. telefoontje negeren.

Maar zou ik haar dan niet de rest van m'n leven met me meedragen als de Ewige Geliebte?

Was ik wel tegen haar opgewassen?

Wat zouden haar plannen zijn, met mij? Een vraag met de diepte van een afgrond.

Alleen dat komende telefoontje – of zou ik haar nog zien ook?

De gedachte dat ik haar niet meer zou zien, nooit meer zou zien – maakte mij bijna ziek van verlangen.

Vicky was druk in de weer met haar foto's. Haar toewijding vertederde me. Haar eenzaamheid. We hielden allebei iets voor onszelf, die morgen, we gingen allebei onze eigen gang. Hadden onze eigen plannen. Maar haar plannen waren het onschuldigst: shoppen. Winkels in en uit lopen. Mijn spel, als ik niet uitkeek, kon verkeren in een verschrikkelijke ramp.

Wat Vicky nodig had, op een bepaald moment, was mijn creditcard.

150

Wat ik nodig had, straks, was de bescherming van een of twee engelen.

Het was kwart voor tien, en Vicky was al een tijdje geleden de deur uitgegaan. Om tien uur was ik nog steeds bij machte de a.s. verleiding aan mij voorbij te laten gaan, de verzoeking niet te beantwoorden en in mijn eigen herinnering voort te leven als een rechtschapen man die de vrouwen om hem heen heeft weten te weerstaan.

Maar wat heb je daaraan, als 't je de rest van je leven bezig-houdt?

Toen ik haar, flink over tijd, aan de telefoon kreeg, een zwoe-le stem, een tikje achter adem, was ik zo geroerd door haar inspanning mij te behagen dat ik zonder meer ja zei, ik kom.

Een hotelkamer, naast de Madonna dell'Orto.

*

We hadden allebei haast, ook toen we ons weer aankleedden. De voldoening is daardoor groter: je bent allebei aan je trek-ken gekomen. Zij heeft haar 'celebrity' in bed gekregen en jij, je hoeft je niet de rest van je leven te martelen met vragen die nu alle beantwoord zijn.

Was ze lief? Ja, een vrouw die bij je op schoot gaat zitten is lief.

Was ze een loeder? Ja, een vrouw die jokt is een loeder, in principe.

Zou ze jouw vrouw hebben kunnen zijn? Je minnares? Ja, een vrouw die bonbons heeft gekocht, speciaal voor jou, zou heel goed je minnares hebben kunnen zijn.

Die bonbons waren heerlijk. Vond zij ook; hoe ze er met haar roodgelakte nagel eentje tussen je lippen duwde, naar binnen. Zoals je soms een brief post: met een laatste tikje.

Wat is het heerlijk op deze manier een bonbon binnen te krijgen.

Afz. je liefhebbende vrouw.

'Zo zal, waar onthouding slechts vragen oproept die een leven lang niet zullen worden beantwoord, men, toegevend aan vleselijke verlangens, in het algemeen direct beloond worden met plezier en daaraan geen al te lange memorie hebben anders dan de zekerheid dat men zichzelf én de ander een keer niet tekort heeft gedaan.'

Waar heb ik die regel ooit gelezen? Hanna? Wie is Hanna?

Alessandra keek op het horloge dat tussen haar borsten hing.

'Ik moet ervandoor.'

'Ik ook.'

En toen we klaar waren, ons hadden aangekleed, moesten we ons nog haasten ook en was er nauwelijks nog tijd te horen hoe haar mannen het in Parijs hadden gedaan.

Geweldig. Pietro was geëindigd bij de eerste vijf en Umberto was bij de veteranen nummer één geworden. En dat had alles bij elkaar flink wat in 't laatje gebracht.

Ik geloofde niet dat ze helemaal de waarheid sprak, maar dat hoefde ook niet, – een wegwerpwaarheid.

We stonden op het winderige pleintje-met-de-kranten en wuifden elkaar 'vaarwel' toe. Ik zal me haar herinneren als de vrouw met de wapperende zwarte haardos.


EEN MIDDAG EN EEN AVOND MET ANTONIO

Ik ging ervandoor, verkwikt en gesterkt. 'k Had een afspraak met Antonio, 12 uur voor het station.

Hij stond er. En dat ontroerde mij: dat hij er eerder stond dan ik.

Hij stond er niet alleen overigens. Hij had gezelschap van een jongeman, studentenbrilletje, die aan mij werd voorgesteld. Maar die jongen kénde ik...

'Serge Morosini.'

Precies. Kom net bij je moeder vandaan, dacht ik – zei ik niet.

Hij gaf een slappe hand, wat vaak wordt uitgelegd als: zwak karakter, maar in wezen superioriteit uitdrukt. Hoe meer macht, des te slapper de hand. Napoleon gaf altijd een heel lullig handje. Mijn handdruk is stevig. Slaat nergens op.

Maar dit was dus Serge.

We liepen naar de boten.

De waslijn van water, redeneerden wij, is een interessant wapen: hij is onzichtbaar voor oog en oor. En we zeggen wel water, maar het mag ook keukenzout zijn. En we zeggen wel lijn, maar het mag ook een cirkel zijn. In feite kan elke letter in onze hersens worden ingebrand of uitgewist. (Vgl. een typemachine waarvan een bepaalde letter ontbreekt.)

Sommigen zijn bezig uit te vinden hoe de menselijke soort kan worden uitgeroeid. De dieren niet, die mogen blijven. Maar beschrijf 's, zet 's op papier in rationele termen (want je voert een wetenschappelijke oorlog): wat is het verschil tussen een mens en een dier?

'We weten niet,' zei Serge, 'of we haast moeten hebben.'

'Misschien kunnen we op een elegante wijze onderscheid maken tussen moslims en ongelovigen,' meende ik.

'De vraag is,' zei Antonio droog, 'hoeveel weet J. J. Pipper van de islam?'

Gegrinnik.

'...ik heb daar mijn kleine laboratorium,' zei Antonio. 'Laten we er even heen gaan, dan heb je een idee.'

Ik dacht met z'n drieën, maar gelukkig, Serge nam de trein en wij gingen met ons tweeën.

We namen een watertaxi, voeren kalm door de grachten,

scheurden toen in een grote boog over de Lagune naar het Lido en meerden af aan de steiger van een van die oude, onbewoonde villa's.

'Ik heb,' zei Antonio, 'erg moeten lachen om dat verhaal van Sokal en die brief van Lacan, waarin hij duidelijk imaginaire getallen met irrationele getallen verwart. Op die manier komt de man tot zijn opmerkelijke uitspraken. Ik wist niet dat hij zo dom was. Maar vooral dat lange stuk van Sokal... Als je dat nog niet gelezen hebt, moet je dat gauw doen...'

We stonden in de achterkamer. Hij zette de apparatuur aan en toonde me wat nieuwe dingen. Voor mij was alles nieuw.

Een kunstmatig heelal – gestemd door licht pianospel. Hij deed dat door simulatie. Nog niet eerder had hij een simulatie kunnen bijhouden, maar nu had hij zo'n snelle machine dat het spel *real time* verliep. Wat je zag kon ook in werkelijkheid gebeuren.

We zaten voor het scherm, voor een bijna leeg heelal waarin soms wat kubussen bewogen. Ze draaiden niet, het waren geen bollen. En ze bewogen langs rechte lijnen. Soms rekten ze zich uit tot langwerpige bakstenen en sloegen ze tegen elkaar, gleden ze door elkaar heen of stuitten alleen maar om er in snelle vaart vandoor te gaan. Het was fascinerend te zien hoe aarzelend zo'n ontmoeting verliep. Eén keer bleven ze aan elkaar kleven in een ogenblik van maximale zwaartekracht.

'Nou neuken ze,' verzekerde Antonio mij. Uit zijn mond had ik dit woord nog niet eerder gehoord.

Het was sterke programmatuur.

Omdat de machine *real time* werkte, *on line* met de wereld, en gelijke pas hield met de lichtstraal die door het systeem heen 'wandelde', zou zij een staande golf moeten kunnen genereren – opperde ik.

'Daar ben 'k mee bezig.'

Antonio Apolloni. Afstammeling van Apollonius, heer over

de kegelsneden, 200 jaar v.Chr.

Ik had alle vertrouwen in hem.

*No errors.*

Ik was benieuwd.

Hoever waren we nou? Als je niet zelf de touwtjes in handen hebt ontgaat je veel en ben je afhankelijk van de ander.

'Alles is oké,' zei Antonio met enige nadruk. 'Nu moet er toch iets te zien zijn. Maar laten we niet overmoedig zijn. Ik geef onszelf tien procent.'

Hij stond op, liep naar de deur, haalde zichtbaar adem en trok toen de sleutel uit het slot. Met deze sleutel tussen duim en wijsvinger liep hij plechtig naar het midden van de kamer... 'Let op.'

Hij had de sleutel losgelaten.

Die lag nu op de grond.

Dat was niet wat wij gehoopt, maar dus wel verwacht hadden.

De bedoeling was geweest dat de sleutel, als een helikopter, blikkerend in het licht – tenminste zo zag ik het voor me –, omhoog cirkelde om via een fraai berekende duikvlucht terug in het sleutelgat te vliegen. Te landen. In één keer goed.

Nu ging het in één keer fout.

We gingen naar beneden, naar de keuken. Hij maakte koffie van wat zakjes, de rug naar mij toe. De beste houding om te zeggen wat hij zeggen wou.

'Ik hoorde dat je al hevig kennis hebt gemaakt met Alessandra?'

Ik was verbaasd. Hij grijnsde. 'Padua is een kleine stad,' zei hij 'en ik moet zeggen, ik vond het een heel interessant nieuwtje. Zo kort hier – je weet de weg.'

Ik vertelde hem het verhaal, in een paar zinnen. In alle

ernst. Ik wilde 'm niet afvallen, maar haar ook niet. De laatste akte, dat hield ik voor mezelf uiteraard.

Hij stond op en kwam terug met een kommetje groene olijven.

Ik zei dat ik de vorige week in *Science* iets gelezen had over de ontwikkeling van zwarte gaten voor militair gebruik.

Had hij ook gelezen.

Een huis staat in de zon. Dat houdt in dat de achterkant in de schaduw staat.

Die schaduw is absoluut.

Steek je er je arm in, ben je 'm kwijt. Haal je hem terug, zit-ie er weer aan.

Je kunt met één been in de nacht staan.

Je kunt op je bord een stuk nacht opscheppen, de punt van een taart.

'Kunstenaars zouden een nieuwe wereld ontdekken als ze van een appel of een vaas alleen de verlichte voorkant te zien krijgen. De schaduwzijde neemt, net als de halvemaan, de kleur van de omgeving aan. Een wonderlijke wereld: waar kleuren gecamoufleerd zijn.'

'En de schaduwen op straat peilloos diepe afgronden.'

'Mag ik een arm van u?'

Daar moesten we om grinniken.

We aten van de olijven.

'Je maakt steeds gekkere dingen mee. Vorige week. Fiets ik naar het vliegveld, we hebben hier een vliegveldje, een luchthaven. Daar koop ik altijd mijn whisky, en m'n tennisballen. Fiets ik het terrein op, allemaal oranje torentjes. En de vertrekhal kan ik niet in. U.S. CITIZENS ONLY, lees ik. Ik dacht dat het een grap was, maar nee hoor. Grote platen kogelvrij glas, de U.S. citizens moeten worden beschermd, waar ook ter wereld. Waar een U.S. citizen zijn voet zet, dat is Amerika.'

Ik deelde graag zijn boosheid, maar verrast was ik niet.

Van de Amerikanen die hier rondlopen is de helft toerist en

de andere helft ingenieur, die hier gekomen is om Venetië te redden, zij weten hoe dat moet.

We stonden op, gingen terug naar de werkkamer. Om het nog één keer te proberen. En nu van dichtbij, heel dichtbij. Hij stak de sleutel bijna in het slot en hij zou opgeslurpt moeten worden, maar nee.

'Hij is dood.'

Zwijgend hield hij de sleutel voor het gat, maar de natuur antwoordde niet.

Hij ging erbij zitten.

'Wat mij stuurt,' zei hij, 'is het idee dat alle vaste stof zich verzet tegen verandering. Een vaste stof heeft niet alleen een vaste vorm, maar ook een vaste plaats. Wat in wezen de vorm is van de niet-stof. In mijn colleges zal ik deze formulering nooit gebruiken, jonge mensen raken gauw bedwelmd door dit soort filosofie. Zie het als een gat met een stop, een gootsteen met een dop. Die dop komt telkens weer terug naar het gat, om het te dichten. Nou, maak gat (niet-gat) en dop van ijzer, leg een magnetisch veld aan en, uit het gat gelicht, zal de dop, losgelaten, terug naar het gat vliegen. Aristoteles zou blij zijn!

'Dat magnetisch veld lijkt me overbodig,' zei ik.

'Dat is het ook, maar als het niet werkt mét, werkt het ook niet zonder.'

'Precies, maar als het werkt mét en daardoor zonder hebben we iets bewezen: dat de dop zich het krachtenveld herinnert. Het krachtenveld is geen vaste stof.'

'Maar het aanrecht wel.'

'Stelling,' zei hij – en hij maakte wat ruimte op het papier:

'Alle ijzer verlangt naar gisteren.'

'Dat verlangen speelt zich af op kwantumniveau, begrijp ik,

maar verlangen is één ding...'

Er werd aangebeld.

We keken elkaar aan: dit is niet zonder betekenis.

Antonio liep de trappen af.

Ik was even alleen. En dat was wel goed voor mij. Een ogenblik van beschouwelijkheid...

Wie was onze late gast? Niemand minder dan Vicky! Leuk, een verrassing. We waren oprecht blij met haar komst, Antonio ook. Hij bood haar de stoel bij het raam aan, vroeg wat ze wilde drinken, maakte een gin-tonic voor haar klaar ('typisch een tropendrankje') en vertelde haar wat wij deze avond allemaal besproken hadden en begrepen.

'Alle ijzer verlangt naar gisteren,' herhaalde Antonio. Aan hem zag ik dat je niet gedronken hoeft te hebben om dronken te zijn.

Een typische bèta-uitspraak vond Vicky.

*Ohne Phosphor keine Gedanke*, citeerde ik. Zonder ijzer geen geheugen en ik begreep Antonio's idee: wat zou er gebeuren als je de mensheid haar geheugen zou ontnemen of, pikanter, haar symmetrie.

Niet de symmetrie van het koppige, onhandelbare vierkant, maar Plato's rondheid van de cirkel. En dan niet per se de rondheid van het gat in de gootsteen. Er bestaat, schrijft Antonio in zijn inaugurele rede, '...een hogere werkelijkheid waar de rondheid als van de cirkel in totalitaire zin de baas is. Eén verschil is dat deze hogere werkelijkheid een materiële werkelijkheid is waarvan we absoluut zeker weten dat deze echt bestaat, terwijl we ook precies kunnen vertellen waarom deze hogere werkelijkheid niet waarneembaar is met onze menselijke zintuigen. Het andere verschil is dat de rondheid van een perfectie is die de Grieken zich niet konden voorstellen, omdat het hier symmetrieën betreft van een grootsheid die alleen maar met moderne wiskundige middelen te zien is.'

'Ik sta voor een sloot. Ik hoef maar te springen en ik heb de oplossing. Begrip. Nobelprijs. Alles. Maar als ik de overkant niet haal, wat zeer waarschijnlijk is, dan kan ik wel inpakken. Wat denk je, is Trinidad iets voor mij?'

Wat moeten we denken?

Hebben wij natuurkundigen misschien toegang tot de dood?

Is het precies die toegang die wij onszelf altijd met recht en reden, ja met vuur hebben ontzegd?

Een gebied dat groen is, maar wij noemen het rood.

Een getal dat verboden is, maar we rekenen ermee.

Als we het dodenrijk annexeren, willen we dan alle doden, of alleen de levenden?

De fout die we telkens weer maken is dat we denken dat alle werelden zijn zoals de onze, zelfde natuurwetten, zelfde onmogelijkheden...

Het is niet fout dat te denken, het is naïef.

Zo filosofeerden wij. Hij voorop, dan Vicky en ik als derde. Ik meende zijn vrouw gezien te hebben in de aula, maar het leek mij niet gepast over haar vragen te stellen. Onze tijd was beperkt. Ik vertrok over vier dagen, hij misschien morgen al. Deze middag en avond waren een voorrecht.

En wat kon ik daar tegenoverstellen? Wat had hij aan mij?

Ik was de eerste aan wie hij zijn ketterse gedachten had durven toevertrouwen.

Zo lopen we met z'n drieën in een imaginaire stad en elke straat die we oversteken is een afgrond. Elke schaduw een ravijn.

Laten we elkaar goed vasthouden, zegt Antonio en zo lopen we met z'n drieën hand in hand, Antonio in het midden. Schaduw was onze grootste vijand, de zon onze grootste vriend, maar waar de zon schijnt is schaduw. Zoek je Aristoteles, zoek dan in de schaduw, Antonio loopt in de zon.

Niet te begrijpen hoe de een de ander bemint.

De schaduw die de zon overwint.

Hoor je dat? Wie is die zanger? Het is een goed teken!
Wij zijn met z'n drieën een grote vogel.
Een grote vogel met z'n drieën zijn wij.
Antonio is de vogel in het midden.
Vicky is zijn linkervleugel.
Ik ben zijn rechtervleugel.
Onze spanwijdte is enorm.
Wij vliegen op de grens van dag en nacht.
Wij vliegen in cirkels rond de aarde.
Antonio weet de weg.
Er is geen andere.

'Het is de dood die hem drijft,' zei ik toen we naar huis liepen. 'Hij valt buiten het standaardmodel. Een bruggenhoofd in de metafysica. Wie zou daar niet zijn handen bij dichtknijpen? Maar ook: wie zou worden geloofd?'

## DE WOESTIJNVIS

Het aardoppervlak bestaat voor het grootste gedeelte uit water. Mogelijk verklaart dat mede dat ook de mens voor het grootste gedeelte uit water bestaat. En niet alleen de mens, ook apen, muizen, in het algemeen: zoogdieren, vissen, reptielen, slakken, wormen hebben hun gemeenschappelijke hiervoormaals in de aarde, zoals insecten en vogels hun hiervoormaals hebben in de lucht.

Omdat mensen en muizen een gemeenschappelijk voorbestaan hebben en beide soorten vanbinnen grotendeels uit water bestaan, mogen we hieruit begrijpen hoe het komt dat mens en muis zoveel uiterlijke kenmerken gemeen hebben: één snuit, twee ogen, twee oren, vier poten, twintig tenen en (g)een staart.

Beide soorten zijn voorbeelden van automobilisme: als ze rennen rennen ze vooruit en dat doen ze uit zichzelf, vaak zonder aanwijsbare oorzaak. Zo zijn er tal van overeenkomsten en het heeft ons niet verbaasd een dezer dagen in de krant te lezen dat mens en muis praktisch dezelfde genen hebben. Mens en muis verschillen in dat opzicht minder van elkaar dan bijvoorbeeld een chimpansee van een gorilla verschilt. Nu alle genen geteld zijn en beschreven, kunnen we dat vaststellen. Het is zelfs zo dat terwijl de beide apen tot verschillende soorten behoren en samen geen kroost kunnen krijgen, een geslaagde kruising tussen mens en muis niet bij voorbaat uitgesloten moet worden geacht. Evenmin mogen we uitsluiten dat zo'n kruising in het geheel niet lukt en dat we nooit zullen weten waarom niet. Dat mens en muis genetisch buren zijn hoeft niet in te houden dat ze als twee druppels water op elkaar lijken. Immers dat doen ze in het geheel niet.

*Natura varians.* Zij houdt van een geintje. Waar maar plaats is voor iets nieuws, daar grijpt de natuur haar kans. Dat vogels kunnen vliegen bijvoorbeeld. Als ze dat niet konden, zou je denken dat het niet mogelijk was. Je zou dat zelfs kunnen bewijzen. Spinoza zou het kunnen, zo goed als hij nu kan bewijzen dat ze het wél kunnen.

Vissen kunnen ook vliegen, maar niet zo goed, niet over kilometerslange afstanden. Vandaar: 'vliegende vissen'. Dit is geen uitzondering. 'Vliegende vogels' evenmin, maar een 'vliegende vogel' is qua uitdrukking iets anders dan een 'vliegende vis'.

De vis zwemt voornamelijk in het water. Daar voelt hij zich een vis. Maar niet overal is water. In de Sahara, niet ver van Timboektoe, stroomt een rivier die zijn bron heeft in het zand en ook zijn einde in het zand vindt, de zee bereikt hij niet. In die rivier, de Argungu geheten, zwemt veel vis.

Eens in het jaar vindt er een visfestijn plaats. Dan wordt alle vis uit de rivier gehaald, met netten en met de hand, door duizenden vissers, die tot de borst in het water staan en wie de meeste vis heeft gevangen is kampioen.

Bijna alle vis is uit de rivier verdwenen, maar na een jaar zit de rivier weer vol en herhaalt het feest zich.

Het is een vis die elders niet voorkomt.

Het is niet bekend waarmee het dier zich voedt. Er groeien geen planten aan de waterkant, noch in het water.

Er is geen theorie die verklaart hoe die vis daar verzeild is geraakt.

Gevangen en gedroogd vertoont de vis een groene kleur waardoor je gaat denken dat de vis geen echte vis is, maar een plant. In dat geval zou hij kunnen leven van het koolzuur uit de lucht.

Blijft dan toch de vraag: waarom lijkt deze vis zozeer op een vis?

Is hij in de schepping een achtergebleven creatuur, of is het een pionier?

Is hij 's werelds eerste zwemmende waterplant? Een groene automobilist?

Gekookt in water smaakt het ongewervelde dier naar kalmoes.


BRODSKY WANDELT NAAR HUIS

'Dat ik een gedicht schrijf is omdat ik dan verkeer in een toestand waarin de taal is zoals hij zou moeten zijn,' zei hij.

'Klinkt wat pretentieus,' meende ik.

'Pretenties misstaan een dichter niet.'

'Veel gedichten zijn daardoor niet te begrijpen.'

'Niet bij eerste lezing, maar wel na bijvoorbeeld de achtste lezing, het zal bij elke lezing hebben gewonnen.'

'Een makkelijk gedicht lees je óók wel 's acht keer: omdat je het direct mooi vond en acht keer lezen geen straf is. Maar inderdaad, een gedicht hoeft zich niet direct gewonnen te geven.'

'Precies,' zei hij, 'een zoekplaatje is nooit een slecht gedicht. Maar er zijn meer moeilijke dan makkelijke gedichten in de wereld. Makkelijke mooie gedichten zijn zeldzaam. Of laat ik dit zeggen: makkelijke moeilijke gedichten zijn makkelijker te maken dan makkelijke makkelijke. Wat zegt jouw mathematische geest daarvan?'

Hij wist dus wie ik was.

We liepen langs het water, over een brug zonder leuningen. Een stenen brug, wat, naar je gevoel, enig risico inhoudt. Terugkijkend zagen we in het donker kelders die half onder water stonden. Daar waren mannen in lieslaarzen bezig, werkers die de stad schoonhielden. Een van hen hief zijn arm ten groet. 'Hallo, maestro. Voor mijn voeten murmelt water. De vorst sneed kloven in mijn mond. Ik vraag mij af: misschien blijkt later dat niet ik het was, maar onze grond. Maestro! Arrivederci!'

'Arriverderla!'

'Hij heeft zijn woordje paraat,' zei ik, 'u wordt herkend.'

Brodsky grinnikte.

We liepen verder. Door een poortje, linksaf, een smalle sombere straat in. Geen winkels, alleen maar woonhuizen, gesloten vensters, ontoegankelijke deurknoppen. Aan zo'n deurknop hangt niet zelden een wit boodschappenzakje met afval. Toegeknoopt. En dan altijd weer zo'n schuwe kat die, op onze nadering, nog niet weet links of rechts uit de flank te moeten vluchten. Een oud chic dametje dat stilstaat met een chic hondje, dat een keuteltje produceert ter grootte van een hazelnoot. 'Kijk uit waar je loopt!'

'Ik loop hier graag,' zei Brodsky, 'speciaal tegen de tijd dat het schemerig wordt.'

We kwamen terecht op de Fondamente Nuove. De zee opende zich voor ons, de ruimte. Je zag hoe smal het steegje is waar je uit gekomen was en hoe smal het geopende venster waar men ijs verkoopt en kroketten. En kaartjes voor de boot. Brodsky kocht twee ijsjes, gaf er een aan mij. We liepen ermee naar een klein houten terras, gebouwd boven het water.

We keken uit over een vlakke zee. In de verte, iets boven de horizon – Brodsky wees mij erop – lag een oranje heldere lijn.

'Dat moeten de besneeuwde Dolomieten zijn. Het is zelden zo helder.'

Zo zaten wij te genieten van de stilte, van de avond, die langzaamaan nacht werd.

Hoe oud was hij nu? Hij is van '40. Ik ben van '45. Hij is dus ouder dan ik. Ik zal u tegen hem zeggen. We schrijven 2004. Hij is in 1996 overleden, hij kan dus nooit ouder zijn dan zesenvijftig, maar heeft de vrijheid om jonger te zijn. In het algemeen geef je de overledene de leeftijd van zijn beste jaren. Misschien is hij veertig. Ik ben achter in de vijftig. Zeg ik nu 'je' omdat hij jonger is of 'u' omdat hij beroemder is?

De beroemde Brodsky. Ik had natuurlijk veel van en over hem gelezen. En hem een interview afgenomen. Maar nu maakte ik hem 's mee. Het is, moet ik zeggen, een tamelijk arrogante man, die zich niets van leeftijden aantrekt, al dat bloedeloos gereken richt in zijn nabijheid niets uit. Hij heeft een hard oordeel over bijna alles. Hij heeft, buiten een aantal vriendinnetjes, maar een paar liefdes: de Russische taal, het Engels van Auden en Venetië, dat hij elke winter bezoekt. Hij spreekt en verstaat geen Italiaans – wat hij ruiterlijk toegeeft, op het spaarzame moment dat hij uiting geeft aan zelfspot. Maar zelfs als hij spot met zichzelf is hij arrogant.

Over Venetië verschilden wij sterk van mening. Ik vind dat je elke stad – net als ieder mens – de kans moet geven van leeftijd te veranderen, die kans krijgt Venetië niet. Je ziet het op oude schilderijen: het Venetië van 1600 verschilt niet van het hedendaagse Venetië: een renaissancestad, terwijl het (ook op schilderijen te zien) in 1200 nog een echte middeleeuwse krijgsstad is. Na zijn laatste oorlog heeft de stad zijn renaissancejas aangetrokken en hem niet meer uitgedaan.

Veel woorden om aan te geven dat Venetië ondanks al het water een stoffige stad is. Meer wilde ik er niet over zeggen, je

vervalt gauw in gemeenplaatsen, bovendien was mijn wandel-
genoot bereid mij gelijk te geven (langs een omweg dan): hij
was eigenlijk ook wel nieuwsgierig naar het Venetië van de
twaalfde eeuw, op het toppunt van zijn macht: al die torens
met hun transen en tinnen, de honderden schepen...

'Nou ja,' zei ik speels, 'zo goed als u terugkomt, nu en dan,
zal ook de oude krijgsstad Venetië nog wel 's terugkomen.'

Hij glimlachte en het was een verlegen, maar zeldzaam
openhartige glimlach.

Het was donker geworden. De maan kwam op.

'Gaat er nog een boot?' vroeg ik na enige tijd.

'Ja,' zei Brodsky, 'de laatste.'

Om half tien ging zijn (laatste) boot. Een oude waterbus,
meende ik, maar nee. Het was het grote passagiersschip dat
daar al een hele tijd lag en zich nu begon te roeren.

'Kom,' zei Brodsky.

Ik liep met hem mee, achter hem aan het plankier op. We
namen plaats op de achterplecht.

De scheepshoorn gaf aan, heel ouderwets, dat we gingen
vertrekken. Een lid van de bemanning kwam naar ons toe om
onze kaartjes af te stempelen.

We voeren door de nacht. De Dolomieten waren onderge-
gaan. De eerste sterren begonnen te twinkelen en ook de lich-
ten op zee waren aangestoken. De maan was bruin.

Van de Sahara, wist Brodsky.

En zo voeren we naar zijn laatste rustplaats – hij voor de zo-
veelste keer.

'U moet wel een bijzonder vitaal mens zijn, meneer Brodsky, dat u dit elke dag onderneemt.'

Hij grinnikte. 'Een kwestie van jezelf terugvinden.'

'Als het zover is met mij,' zei ik, 'wat raadt u mij aan? Hoe
vind ik mijzelf terug?'

'Via referenties. Persoonlijke contacten vallen doorgaans

tegen. Vergelijk het met een reünie. Na vijf minuten bent u uitgeput, hebt u niets meer te zeggen en verbleekt het beeld. Beter is het vlak voor uw dood flink wat ijzer in te nemen.'

Het was een indrukwekkende vaart – veel te kort.

We stapten beiden uit.

Hij wist de weg. Ik liep met hem mee, langs de kapel en langs de witte muren, waar de doden ingemetseld liggen. Maar dit waren de Venetianen. Er is een speciaal kerkhof voor buitenlanders (Evangelisch en Grieks-orthodox). Echt een kerkhof, met al die oude kromme bomen. De paden waren geharkt. De begroeiing was weelderig. Sommige grafstenen waren gebroken en staken rechtop uit het lege graf. Andere graven waren goed onderhouden, zoals dat van Strawinsky en zijn Vera.

Niet ver daarvandaan was het graf van Brodsky.

'Ik ben er,' zei hij.

Hij gaf me resoluut een hand en was verdwenen.

Ik bleef nog een poos kijken. Josip Brodski * 24 mei 1940 † 28 januari 1996.

Een gloednieuwe, witte, staande steen.

In de aarde, onder zijn sterfdatum, staken wat bij nadere beschouwing balpennen bleken te zijn, in alle kleuren en maten. Twintig, dertig balpennen van alle delen van de wereld en van allerlei dichters, rijp en groen denk ik en ik stak de mijne erbij.

Ik liep terug naar de steiger, opeens niet zeker van een terugtocht. Maar ik hoefde nauwelijks te wachten. Daar kwam, uit de duisternis, een naamloze nachtboot opdoemen; hij had in mijn geëmotioneerde perceptie de afmetingen van een oceaanstomer. Met mij stapten nog twee andere passagiers aan boord.

M'n huis was niet ver. Niets is ver, in Venetië. Dat je nochtans zoveel kilometers aflegt, als vreemdeling, is omdat je de weg niet weet. Terug in de realiteit sta je aan de verkeerde kant van het water. Je moet daar wezen, aan de overkant en op weg naar de overkant verdwaal je opnieuw – en soms niet eens tegen je zin.

## MEMOIRES (SLOT), PIPPERS VERTREK VAN TRINIDAD

Er zijn, normaal gesproken, geen redenen voor een Europeaan langer op Trinidad te vertoeven dan twee jaar, dan is hij uitgebloeid. Ik zat er al langer dan tien jaar, opgehouden door het idee dat ik er niet ongelukkiger was dan elders, maar helaas, al was ik dan getrouwd geweest, de jaren begonnen op elkaar te lijken. Ik had allang op het vliegtuig moeten stappen, maar daar was ik intussen te lui voor, en te oud.

Niemand die mij wegstuurde, maar ik heb in zo'n toestand van inertie een kracht van buitenaf nodig, een por, om wakker te worden. En ik denk nog wel 's: die jarenlange windstilte in mijn ziel – niet iedereen zou dat hebben kunnen opbrengen. Ieder ander was allang vertrokken. Ik bleef, drinkend en dromend over wat dat handjevol avonturenromans van mij zou hebben kunnen uitrichten, ooit – als ik wat meer ambitie had gehad.

Ik was veel in het veld. Op kantoor zat ik alleen als ik mijn metingen uitwerkte. Het laatste jaar, na de verhuizing, deelde ik mijn kamer met een jongere man, Harold Abernatty. Een blanke Ethiopiër. Een man met kapsones in die zin dat hij dacht dat er voor hem bijzondere regels golden. Een speciale veldwagen, een automaat omdat hij last had van een witte pink en op kantoor een extra hoog bureau in verband met zijn lengte. Hij was net zo lang als iedereen, van een gemiddelde lengte ('zelden iemand ontmoet,' plaagde ik hem, 'die zozeer de gemiddelde lengte had'), maar hij had een speciale werktafel, met extra lange poten, zodat hij een kussen nodig had om comfortabel aan zijn tafel te kunnen werken. Als je met hem samenwerkte zat hij iets hoger.

Hij had de neiging dingen groter of kleiner voor te stellen dan ze waren. Voor een landmeter moet dat een vreemde en ongemakkelijke eigenschap zijn, maar hij zag het als een privilege. Bij het opmeten van oude en nieuwe percelen deed hij er zijn voordeel mee. Malversaties plegen is een kunst, maar een misdrijf zodra ze zijn ontdekt. Helaas werden ze ontdekt. Ik werd in het delict meegesleurd, omdat ik in dezelfde boeken schreef als meneer Abernatty.

We werden gestraft met zes maanden hechtenis. Harold kwam terecht in een groepsgevangenis, achter tralies, samen met andere boeven in het stro; ik kwam in een nette cel, in m'n eentje, een gentlemen's nor. Ik had aan het plafond een ventilator die het niet deed en op de tafel een stapel TIME-tijdschriften, waar ik in een dag doorheen was. Overigens was ik al na twee dagen weer vrij. Harold niet.

Ik ging door met m'n veldwerk en gebruikte daarbij de grote wagen van Harold.

Na een halfjaar was Harold weer vrij en kreeg hij zijn grote wagen weer terug. En ik de kleine.

Het leven leek zich te gaan herhalen, tot onze baas Peter, die meer in de UK zat dan op zijn werk, het in zijn hoofd haalde zijn vrouw Gloria mee te nemen, dan kon ze 's zien wat voor werk hij deed en kon hij haar aan zijn mensen voorstellen. Dat idee zou het leven van ons drieën totaal veranderen. En ook het leven van haar. Peter, die mij 's had toevertrouwd dat hij meer verstand had van auto's dan van vrouwen, had ook verstand van vliegtuigen. Hij 'had gedacht aan een tochtje naar Canaima'. Ik dacht aan Frits, die herinnering was na al die jaren nog kersvers en ik had eigenlijk niet veel zin om door amateur Peter gevlogen te worden.

Het huwelijksleven van Peter en Gloria was complex. Dat kwam van 'die afstanden'. Ze zagen elkaar 'lang niet vaak genoeg', maar ook geestelijk dreigden ze uit elkaar te groeien. Gloria doceerde psychologie op de London University en ze deed dat, naar verluidde, met verve. Vanwege de eenzaamheid had ze, met toestemming van hem, Peter, een vriendje en verder was ze in het openbare leven een flirt van de bovenste plank, daar deed dat vriendje niets aan af.

Peter had ter bescherming tegen al dit liefdesgeweld, waarvan ze hem telkens uitgebreid op de hoogte bracht, ook een relatie, waarover hij zijn mond hield.

Ik was nieuwsgierig naar Gloria. Ik stond in de lift van het kantoor, samen met een blonde stoot, en ik dacht: zou dit die Gloria zijn?

Je bent toch benieuwd, na al die verhalen.

Ze was al een week op het eiland en nog steeds hadden we haar geen hand kunnen geven.

Maar het weekeinde was voor ons.

Het tochtje naar Canaima, in het buurland Venezuela. De Angel-watervallen, de hoogste ter wereld. Ik kende ze van een KLM-poster, en van de verhalen.

Gloria was aardig. Luidruchtig, maar geheel zichzelf, leek mij. 'Ik heb je in de lift gezien,' zei ze tegen mij, 'een paar dagen geleden.' Dat was zo. Ik herinnerde mij dat ook, maar dat zij zich mij herinnerde was bijzonder.

'Ja, want voor mij zijn alle mensen nieuw.'

Ze droeg een spijkerbroek en had haar blonde lokken opgebonden.

We hadden alle vier een rugzak; Harold had bovendien een geweer bij zich, wat ik net zo overdreven vond als die lange tafelpoten van hem.

Peter vloog goed. Gesmeerd. Dat wilde hij ons ook wel even laten zien. Het was overigens niet ver. Je vliegt over de Orinoco en je bent er al.

We waren geland op een grasveldje. En het leek mij dat het meer de regels zijn dan de techniek die zo'n manoeuvre in de gewone wereld onmogelijk maken. In de jungle kan alles.

We haalden onze bagage tevoorschijn en wierpen die op de rug, sjorden de riemen vast. We voelden ons stoer.

'Heerlijk veilig gevoel geeft dat,' zei Gloria, bijna fluisterend, 'dat we gewapend zijn.'

Harold glimlachte melancholiek, antwoordde niet.

Ze streek hem over de arm.

We werden opgehaald door iemand in een jeep. Een broodmagere gaucho met een oude cowboyhoed op. Jungle Rudy. Ik had wel 's van de man gehoord. Dit was hem dan.

De jeep reed, om niet in de drassige grond weg te zakken, in een soort houten goot – 'n ingenieus stuk vakmanschap.

Het was een tochtje van tien minuten, dat leidde naar een kampement. Daar woonde hij, met zijn vrouw – die we niet gezien hebben. Het huis stond aan het water, een brede rivier die nauwelijks stroomde. Aan de overzijde, maar ver weg, zagen we een aantal van die fameuze tafelbergen, waarvan wel gezegd is dat de schepping daar haar eigen weg is gegaan. Kleine handgrote dinosauriërs, vogels met vier poten zou je er mogelijk aantreffen – als je er komen kon. Als je er komen kon, zouden ze er al niet meer zijn. Nee, maar toch, wist Peter te vertellen, een bioloog die weet wat hij ziet, zou er zijn ogen uitkijken.

Het werd donker. Langs het water liep Gloria, hangend aan de arm van Jungle Rudy, die haar het gevoel gaf in een film te spelen.

De volgende dag. Iedereen dacht dat Rudy onze gids was – hij was het niet. We kregen Ricardo mee, een jonge indiaan in T-shirt. Te jong voor Gloria, die zich opnieuw wendde tot de man met het geweer. We maakten een lange tocht per kano, met buitenboordmotor. Zo kwamen we in betrekkelijk korte tijd aan bij de voet van de Anzoatequi, die vanuit onze nederige positie tot in de hemel reikte. We gingen aan wal en liepen over een smal pad omhoog. Prachtige orchideeën hingen over ons pad. Als we ze wilden plukken, zei Ricardo, konden we dat beter op de terugweg doen.

We klommen, het pad wees ons de weg. We hoorden een

ver geruis – de Angel-watervallen? Ik versnelde mijn pas, op weg naar verblindende vergezichten. Gloria wilde dat ook en snelde mij voorbij, omhoog en niet de goede kant op. We liepen achter de indiaan aan en hoorden toen Gloria roepen. Wij gingen terug en zagen haar vrij hoog tegen de lianen. Klimmen is altijd makkelijker dan dalen, ze kon niet meer naar beneden komen.

Ricardo beduidde haar dat ze moest blijven waar ze was, maar zij riep om Harold. Door Harold wilde ze gered worden, met flink wat koketterie in haar stem. Misschien dacht ze door die lianen aan Tarzan en verwachtte ze dat Tarzan haar op zijn sterke armen zou dragen om haar in veiligheid te brengen – ach, het was een spelletje. Ricardo was al naar boven gegaan, maar de grote redder gaf z'n geweer af en duwde hem opzij, ging hem voorbij. Echter, zo sterk was hij niet dat hij niet een hand nodig had om zichzelf vast te houden, geef me een hand zei hij en ze gaf hem haar hand, haar leven. Maar de boom waaraan hij zich had vastgegrepen schoot los uit de spleet waar hij al jaren een moeizaam bestaan leidde en stortte met hem naar beneden, en met haar, dieper dan wij ze konden volgen. We hoorden hun kreten zwakker en zwakker...

Ricardo maakte een wanhopig gebaar: hoe had hij die twee kunnen tegenhouden?

Het is niet onze gewoonte ons neer te leggen bij de dood. We willen de dood overwinnen, zelfs tegen beter weten in. Ook zullen wij proberen, zelfs met gevaar voor eigen leven, doden hun leven terug te geven. Zo berekende Peter in zijn wanhoop dat het mogelijk moest zijn boven het ravijn een helikopter te stationeren, een touw te laten zakken en vervolgens de ongelukkigen omhoog te hijsen. Maar geen van de indiaanse piloten zou bereid zijn dit waagstuk te volvoeren; ook Jungle Rudy gaf over de telefoon te kennen dat hij geen behoefte had aan 'nog meer helden'.

'Hij had ons nooit moeten laten gaan,' zei Peter bitter.

We wachtten nog lange tijd op een wonder, maar hadden aan het einde van de dag geen andere keuze dan scheep te gaan in de kano's en terug te varen naar het kamp.

De volgende ochtend was er toch een helikopter. We liepen, met Rudy aan het hoofd, terug naar de plaats van het ongeluk. De helikopter hing stil in de lucht en liet een lang touw uit, waaraan zich een militair vastmaakte, een commando, met een lamp en een hakmes.

Op aanwijzingen van Ricardo werd hij in de kloof neergelaten...

Ondanks de oorverdovende herrie was het doodstil.

Na ongeveer een kwartier kwam de redder uit de grot omhoog met in zijn armen het lichaam van Harold Abernatty, die, in het gras gelegd, nog tekenen van leven vertoonde.

De redding van Gloria duurde heel wat langer – en zij was dood.

Dezelfde middag nog vlogen we in Peters vliegtuig naar Trinidad. Peter en ik als passagiers, Abernatty op een brancard en Gloria eveneens op een brancard, maar onder een sneeuwwit laken, waarop een witte orchidee.

Onder de paperassen die Gloria achterliet was de uitdraai van een lezing, geschreven op uitnodiging van ESA, Augsburg. Het was een betoog over het vermogen van de mens te vergeten.

We zijn toen naar Augsburg gevlogen, Peter en ik, en ik heb het verhaal voorgelezen – als eerbewijs aan de zo tragisch omgekomen auteur. Het was een succes. Overigens wist niemand dat ik het wijdlopige betoog had herschreven, ook Peter niet. Hij was niet de man die voor dit soort zaken een scherp onderscheidingsvermogen had. Wie dat wel had, was de voorzitter, prof. dr. A. F. Hernandez, Universiteit van Toledo. Hij had Gloria's verhaal al maanden in huis, gelezen, voorzien van kanttekeningen die hij van plan was met haar door te nemen.

Hij nam ze nu met mij door – om te ontdekken dat zijn punten van kritiek door mij werden gedeeld en het betoog reeds onder mijn regie door een begeleidende parafrase had gewonnen aan zeggingskracht.

We verstonden elkaar uitstekend, prof. Hernandez en ik. Toen hij mij vroeg toe te treden tot het ESA-genootschap, de European Science Association, als notulist en redacteur van het tweejaarlijkse tijdschrift, heb ik dan ook geen moment geaarzeld. Ik zei hem blij te zijn en verrast. Hij was verheugd over mijn toezegging. Op mijn vraag waarom juist ik, antwoordde hij dat wetenschappers niet konden schrijven en dat ik – als hij zich niet vergiste – een uitzondering was.

Hij vroeg me waar ik gestudeerd had.

'Königsberg.'

'Ach, de groten van weleer.'

# Woensdag

Als de voortreffelijke islamscholen van Córdova, Toledo en Timboektoe niet alle vóór 1500 waren gesloten en opgeheven, zou Europa een wetenschappelijk filiaal van Egypte zijn geworden. Het had geen achterstand gekend, en geen aarzeling.

Als Venetië nooit een oorlog had gewonnen, was er geen Venetië meer geweest. En geen plaats voor de vrije geest. Dan was de libertijn Galilei, getuigend van zijn nieuwe bevindingen, door de Katholieke Kerk zonder aarzelen op de brandstapel geplaatst.

Europa zou niet de ruimte hebben gehad na te denken over een wereld zonder Allah en zonder God.

Hoe heeft deze stad kunnen ontstaan, vraagt men zich af als men langs de kaden loopt, de grachten tot de rand toe gevuld. Maar is zo'n vraag op z'n plaats? Als het antwoord je interesseert en je loopt door Amsterdam, wil je een antwoord op dezelfde vraag: hoe heeft deze stad kunnen ontstaan? Wat kan en niet kan – wij denken daarbij gauw aan allerlei technieken, in dit geval aan technieken die het mogelijk maken huizen te bouwen in water.

Venetië had de tijd mee. Amsterdam evenzo. Elke stad heeft in de jaren van zijn groei de tijd mee. En zijn ligging: op de as van Noord en Zuid (Amsterdam), op de as van Oost en West

(Venetië). En vijanden, sterk genoeg om zich ermee te kunnen meten en niet sterk genoeg om erdoor te worden verslagen.

Amsterdam had zijn glorietijd in de zeventiende, Venetië in de dertiende eeuw. In Egypte lag een stad, evenzeer in een deltagebied, evenzeer een handelsstad (tussen Afrika en Europa) en evenzeer goed op de hoogte van waterbouwkundige technieken – die echter niet voor de waterbouw werden gebruikt, maar tot amusement van de rijke lieden, om ze te verbluffen, te vermaken, te foppen. Dijksterhuis (is hij nog steeds niet weg?) zei hierover:

'Aan hoeveel mogelijkheden die in het Griekse weten en kunnen verborgen lagen, daardoor verwerkelijking is onthouden, kan men zich wellicht niet duidelijker voor de geest halen dan door te bladeren in twee werken waarin de Alexandrijnse mechanicus Hero pneumatische werktuigen en automaten beschrijft, die hij van zijn voorgangers heeft leren kennen of zelf heeft uitgevonden. Wie dat doet zal verbaasd staan over de rijkdom aan fysische beginselen die hier, met meer of minder inzicht in hun werking, wordt tentoongespreid en over het technisch vernuft waarmee die beginselen in werktuigen en toestellen zijn verwerkt. Hero blijkt niet alleen op de hoogte te zijn van de werking van de vijf fundamentele werktuigen hefboom, windas, wig, schroef en takel en talrijke daaruit samen te stellen meer gecompliceerde instrumenten, maar ook geheel vertrouwd met de beginselen van de hydro- en aërostatica, in het bijzonder met de werking van de hevel; hij maakt toepassingen van de uitzetting van gassen door verwarming en van de spankracht van samengeperste gassen en verzadigde waterdamp. Hij beschikt over evenveel fysische en technische mogelijkheden als de achttiende-eeuwse uitvinders die door hun werk de industriële revolutie mogelijk hebben gemaakt. Waarom, zo vraagt men zich telkens weer af, doet hij niet wat op hun werk lijkt en beperkt hij zich tot de constructie van instrumenten zonder enig praktisch nut?'

'Hero leefde rond het jaar 20 van onze jaartelling, na de bloeitijd van de Griekse beschaving, die zeker langer had aangehouden – zijn wij nu geneigd te denken – als de Grieken op het idee waren gekomen dat slaven mensen waren, zoals zijzelf, en hun slavenarbeid door machines te laten doen. Maar waarom zou men slaven door machines vervangen als er genoeg slaven zijn en niet genoeg machines? Dat is een economische afweging die, als ze niet wordt opgelost, vroeg of laat haar uitweg vindt in een technisch vraagstuk, dat misschien wél wordt opgelost.'

'Of zoals een militaire afweging, als ze niet tot een beslissing voert, vroeg of laat uitmondt in een moreel vraagstuk. Bijvoorbeeld dat van de mensenrechten.'
    'Mensenrechten zijn een luxeproduct. We kwamen ermee op de proppen in de Koude Oorlog als een instrument om politieke druk uit te oefenen. Wisten de Russen veel.'
    'De luxe van het denken manifesteert zich in de noodzaak van het doen. Dat is wat ik beweer.'
    'U zoekt het wel ver.'
    'Dat is de enige manier om verder te komen.'

En wat Dijksterhuis betreft: dat iemand van zo grote geleerdheid het uiterlijk kon hebben van een – neem me niet kwalijk – schaap. Wie zal hem dat kwalijk nemen als hij de vlucht heeft van een arend?
    Kijk, hoe hij zich omdraait en zijn arm heft ten groet. Nee, geen groet, maar een onbeholpen poging in zijn jas het juiste armsgat te vinden.

'Wat willen we nou?'

'Het beste is niets te willen.'

'Nou, dan zijn we gauw klaar.'

'Wat hebben we aan Derrida?'

'Voorlopig niets. En dat zeg ik nu ik al zijn werk gelezen heb.'

'Sokal?'

'Evenmin. Sokal verschanst zich achter het excuus dat het alleen maar bedoeld was als grap.'

'Arme Sokal. Gaat de geschiedenis in als grap.'

Victor stak een sigaret op. Om beter te kunnen nadenken. Om op een nieuw idee te komen.

'Hoe is onze verhouding tot God?' wilde Michel weten.

'God is een gepasseerd station.'

'En tot Allah?'

'Da's vers twee.'

'Problematisch, vrees ik.'

'De moslims willen hetzelfde als wij, maar dan bij voorkeur zonder hun verstand te gebruiken. Misschien is dat verstandig, met zoveel mensen.'

'De islam heeft haast,' meende Bruno. 'Ik ben dit voorjaar in Mali geweest, om een plezierige reden die er nu even niet toe doet.'

'Hou het kort, Bruno.'

'Goed, ik had toen de kans een bezoek te brengen aan Timboektoe. Ooit, in het jaar 1000, toen wij nog tegen de Noormannen vochten, stond in Timboektoe een van de grootste bibliotheken ter wereld. Het deelde die faam met Alexandrië en Bagdad. Islamitische bibliotheken, in de tijd dat de islam nog een verlichte religie was. De Griekse beschaving had er een onderdak en de Europese beschaving, in wording, haalde er haar bouwstenen vandaan. Nou, in Alexandrië en Bagdad ben ik nooit geweest, maar Timboektoe maakte alles goed.

Een zandvlakte met hier en daar, waar vestingmuren hadden gestaan, wat duinen. Je kon nog net zo'n beetje zien waar straten hadden gelopen. Naast een groepje palmen was iets van een plein te zien. Er stonden twee hotels. In een daarvan, hotel Rembrandt, logeerde ik. Er was geen water, tenminste niet in het hotel, en de wc-pot lag in twee helften op het tegelvloertje. Daartussen was een gat, dat kon ik gebruiken. Ik was eerst ontzettend kwaad: dat mensen het zover lieten komen. Maar later, op mijn kamer gezeten... Langs de luiken uitkijkend over de zandzee, dacht ik, kun je een beschaving kwalijk nemen dat zij een keer ten onder gaat? En als je daar getuige van mag zijn, is dat niet eigenlijk een groots moment?

Ik ging naar beneden – mijn stemming was totaal omgeslagen. Ik maakte de laatste dagen van Pompeï mee. De man achter de bar hoorde daar ook bij, evenals het voor mij geopende flesje dat ik met een limonadeglas mee naar buiten nam. Daar, gezeten in de koelte van de middagschaduw, uitkijkend over de wereld, bedacht ik dat deze wereld was zoals hij wezen moest. Deze mensen waren gelukkig en ik, met m'n pilsje, was het ook.

Maar toen. Ik liep naar de ingang om te zien of er nog een tweede pilsje in zat – toen ik op die grote blinde roze muur een wereldkaart geschilderd zag. Slordig, maar duidelijk genoeg. Groen: alle islamitische landen anno 2000 met een groene pijl richting Mekka. Dat was Noord-Afrika en een flink deel van Azië. En dan in het geel – wat betekende geel? – de landen die in 2050 tot de islam gerekend konden worden: heel Afrika, heel Europa (uitgezonderd Vaticaanstad), de Filippijnen en grote delen van Noord- en Zuid-Amerika, Rusland. Allemaal gele pijlen die naar Mekka wezen. Ingelijfd...'

'Maar,' zei Victor, 'dat wisten we toch al?'

'Ik ben bang,' zei Michel, 'dat we afdwalen. Wat je daar vertelt, Bruno, zal ongetwijfeld waar wezen, maar wat de islam wil, is precies wat wij ook willen, in principe.'

'Nee, dat willen we niet,' zei Serge.

'Ja, dat willen we wel.'

'Wat willen we dan?'

'Een kritisch onderzoek naar de middelen...'

'Kritisch onderzoek... sodemieter nou toch op, man. Wat wij willen is: de laatste reageerbuis. Als het ons lukt te voldoen aan de opdracht de laatste reageerbuis in handen te krijgen — dan zijn we een stuk verder.'

'Wordt het niet 's tijd,' zei Bruno, 'dat we onszelf leren kennen?'

'Pardon?'

'Ik vind dat we eerst onszelf 's beter moeten leren kennen.'

'Ja, dat dacht ik al, dat je zoiets zei. Nou, wees blij dat de oorlog nog niet is uitgebroken. Anders zou ik je onmiddellijk standrechtelijk neer laten knallen, weet je dat? Doe nou maar wat ik zeg. Zwerf door de steden, vergeet de boekwinkels en de bibliotheken niet en — keihard — grijp alles wat je niet bevalt aan de zogenaamde vooruitgang en zeg nooit meer dat je jezelf beter wilt leren kennen. Niet in het openbaar, niet waar iedereen bij is... Begrijp je dat?'

En dan hebben we de Tweede Wet van de Thermodynamica, de beroemde Tweede Wet...

'Wat is de eerste?'

'De Eerste Wet van de Thermodynamica is de Wet van het Behoud van Energie. Er gaat geen molecuul, geen zuchtje wind verloren. De Wet is voor het eerst geformuleerd in het midden van de negentiende eeuw en geldt nog steeds. Het $E = mc^2$ is van 1905 en heeft daar niets aan veranderd. Integendeel, die formule vormt een soort bekroning. Maar goed, de Tweede. Die zegt ons dat massa en energie uiteindelijk gelijkmatig over de wereld zullen worden verspreid. Het heelal zal niet heet, niet koud, maar lauw de lauwe dood sterven of, in termen van orde, ten prooi vallen aan de totale chaos.'

'Wanneer denk je dat dat plaatsvindt?'

'Ik ben er niet helemaal zeker van maar ik schat over zestig miljard jaar.'

'Denk je dat we daarop moeten wachten?'

'Nee, het effect doet zich al voor op korte termijn. Een glas koud bier zal zonder ingrijpen veranderen in een glas lauw bier. Op de iets langere termijn: een glas water zal zonder ingrijpen veranderen in een glas zonder water. De watermoleculen in en buiten het glas hebben zich gelijkelijk over de ruimte verdeeld en voor het water maakt het niet uit of daar een glas staat of niet.

Maar houd je het glas onder de kraan dan vult het zich met water. De wereld rond het glas is weer wat minder chaotisch.

Omdat je gelukkig geen twee zinnen tegelijk kunt lezen, lees je in het bovenstaande de ene zin *na* de andere en hoeft de informatie die je nodig hebt om die chaos op te heffen niet groter te zijn dan die van een eenvoudige optelsom. Deze gewoonte, voor je gedachten een bepaalde volgorde (grammatica) aan te houden, verklaart dat het mogelijk is de grote chaos die de wereld is (en die groot is omdat alles met elkaar te maken kan hebben) met een betrekkelijk klein aantal regels te beschrijven en op te lossen.

Het genie dat dit bedacht heeft is Ludwig Boltzmann, een van onze gastsprekers over twee jaar.'


'De uiteindelijke dood kan niet verhinderen dat van tijd tot tijd in de grijsheid van de materie plotseling, als een furie, leven ontstaat. Degene die dit precies heeft beschreven, veel preciezer dan ik het vermag te doen, is de Russische Belg Prigogine. Leeft ie nog? Dan moeten we hem een pseudoniem geven. Niet vergeten. Ik refereer hier aan zijn laatste boek, waarin hij het leven beschrijft als een convectie van spontane stromen die tot leven komen. Vergelijk het met een verfdoos waarin alle kleuren door elkaar gelopen zijn en waaruit plotseling, geleid door de meesterhand, een mooi aquarel tevoorschijn komt.'


'De natuurkunde staat geregistreerd als een wetenschap bij

uitstek waarin gebeurtenissen te voorspellen zijn en reproduceerbaar—maar ze moet nu capituleren voor feiten en gebeurtenissen die niet te voorspellen zijn en niet te reproduceren, maar, eenmaal voldongen, aan haar wetten voldoen.'

Het was even stil.

'Heb je dat allemaal opgeschreven?'

'Ja, ik dacht, laat ik deze slimme gedachten even opschrijven, want een mens is niet altijd even slim.'

'Mooi geschreven,' zei Brigit.

'Ja hè?'

'Maar hoe schoner de taal, hoe minder waar.'

'Klopt. Voor schoonheid en waarheid geldt de wet van Boyle.'

'Ik heb het opwindende gevoel,' zei Brigit, 'dat we met z'n allen op een kraterrand staan en in de diepte kijken...'

'Hoezo?' vroeg Serge poeslief, 'ik zou u er zo in willen gooien als dat u opwindt.'

'Alles wat je verzint,' zei ze, 'blijkt een kopie van wat al geweest is. We weten wat het níét is, maar hoe kun je daaruit afleiden wat het wél is?'

★

'Doe ik wel vaker. Maar alleen als mensen erom vragen.'

'Ik vraag er niet om,' zei Sophie.

'Ik dring niet aan. Ik geef u liever een zoen.'

'Dan neem ik even een pepermuntje.'

'Moet u niet vergaderen?'

'Ja. Maar mijn hoofd staat er niet naar.'

'U kijkt zorgelijk.'

'Wij liggen in een scheiding.'

'Wat vervelend. Waar anderen bij zijn?'

'Zeker niet. Het ongenoegen sparen we op tot we alleen zijn. Op de hotelkamer. De nachten brengen we door met ruziemaken. En met neuken.'

'Ja, want u hebt toch een band, na al die jaren.'

'Daar gaat het niet om. Victor is niet serieus. Hij heeft zijn lezing in het geheel niet voorbereid. Hij heeft wel iets op papier maar dat is een kletsverhaal. Terwijl hij zo schitteren kan. Dat is voor mij een reden om hem te slaan. En om te scheiden.'

'Hij is nog niet geweest.'

'Nee, hij moet nog. Vandaar die ruzies. Wij hebben de moed nog niet opgegeven.'


MENS EN MUIS (2)

We liepen door het park en kwamen, gedirigeerd door een pijl: rechtsaf, op de Via Garibaldi. In groepjes van drie, vier, als kerkgangers op een zondagmorgen. We waren tegelijk aan land gegaan en liepen samen op met dr. Goormaghtigh – wat ons nog altijd een zekere allure gaf. We hadden kaartjes voor de eerste voorstelling.

Langs de plinten van de huizen liepen wat muizen met ons mee – zoals honden kunnen meelopen, alsof ze bij ons horen. 'Dat héb je in Venetië,' zei Goormaghtigh. 'Na de mens,' zei hij, 'is de muis het intelligentste zoogdier, intelligenter dan de chimpansee, dan de dolfijn, dan de kraai. Het is dan ook niet zonder betekenis dat wij, de mensheid, van de muis afstammen. Het DNA van muis en mens is nagenoeg hetzelfde. Al zitten daar honderd miljoen jaren tussen.'

'Hun sterkste wapen,' meende ik te kunnen zeggen, 'is hun snelheid.'

'Dat maakt ze juist zo onsympathiek,' zei Vicky.

'Een vlieg is sneller dan een muis.'

'Vliegen slaan we dood.'

'Muizen ook.'

'Een vlieg steekt de mens. Dat zal een muis nooit doen.'

'U weet er vrij veel van, van muizen.'

'Ik kweek ze.'

'Met welk doel als ik vragen mag?'

'Ze planten zich erg vlug voort, en groeien snel. 't Zijn net champignons. Lopen we wel in de goede richting?'

'Volgens mij wel.'

'Volgens mij niet. Maar het is uw verantwoordelijkheid.'

'Dan moet u verder ook niet zeuren.'

Een week geleden zou ik dit nog niet tegen dr. Goormaghtigh hebben durven zeggen, maar op een of andere manier was mijn ster rijzende en de zijne dalende. Hij durft me niet meer naar mijn paspoort te vragen. We liepen voort, in de goede richting.

'Mijn vrouw en ik,' zei hij, 'liggen al een tijdje in scheiding.'

'Ook al. Misschien vanwege uw bizarre hobby?'

'Nee. Doodslag.'

'O, dat is niet mis.'

'Zijn vrouw heeft een muis gevangen in een muizenval,' verklaarde Vicky, 'en nu wil hij van haar scheiden.'

'Ach, wat weet u ervan.'

Het was allang geen straat meer, maar een eindeloze passage genaamd de Arsenale.

'O, de Arsenale,' zei Vicky, 'dan weet ik waar ik ben. Boeiend.'

Ze keek om zich heen, geheel zichzelf en ook geheel zonder de intentie foto's te nemen.

Je bereikt de Arsenale via steiger 18, de Giardini, volgt de blauwe pijlen die aangeven dat je er nog lang niet bent. De Arsenale was Venetiës kruitmagazijn, scheepswerf en oorlogshaven in de Gouden Tijden van de dertiende en veertiende eeuw. Nu is het een kunstgalerie, zij huisvest de Biënnale, maar de afmetingen zijn nog steeds enorm en zozeer buiten alle proporties dat je, zou je alleen zijn, je voortdurend afvraagt: waar ben ik, loop ik wel goed.

Deze achtste Architectuurbiënnale toonde ons hoe wij in

*Future Systems* zullen wonen. Torenkolossen die omhoog spiralen en zich verliezen in de wolken. Ik sta te wachten tot mijn lift komt en ik begrijp de nummers niet meer. Dat krijg je.

Ik ben blij dat ik nu leef en niet over honderd jaar, dan zou ik er niets van terechtbrengen.

En toen kwam er een muis om de hoek kijken, een muis ongeveer zo groot als ik. Omdat ze achter een vergrootglas zat. Een lief dier, misschien wel een vrouwtje. Ze had knaagtanden, waar ze aantrekkelijk mee lachte. Ze had een flinke staart, dat wel.

'Een muis,' zei ze, 'is thuis in elk huis.'

Grappig neusje. Proeft poëzie.

En die snor. Ook de vrouwtjes hebben een snor, en wat voor een. Toch draagt die bij aan haar charme. Ook als ze met hun tweeën zijn, of met hun vijven, ik zie er nu vijf naast elkaar, vijf schoonheden achter glas, die ik allemaal wel aan mijn hart zou willen drukken: ik *ken* ze en weet niet waarvan.

Ik weet het.

Giotto. Het zijn de hemelse vrouwen van Giotto die zich in slagorde verdringen voor het glas. Ik heb contact. Sjans.

'Wát zegt u?'

'Met een van die schattige dieren heb ik even sjans gehad.'

'Wérkelijk?'

Dr. Goormagtigh hoorde het met genoegen aan.

Het is weer helemaal goed tussen ons.

'Frarikerk? Heb je de Frarikerk niet gezien? Meid, dan heb je Venetië niet gezien. Als je de Frarikerk niet vanbinnen hebt gezien, ben je niet in Venetië geweest. Wat een kerk! Een basiliek is het eigenlijk, hè? Wat een basiliek! Wat een ruimte!'

'Heb je de Sint-Pieter in Rome gezien?'

'Wat is daarmee?'

'Niet gezien? Meid, die is nog wel vijf keer zo groot als die basiliek van jou.'

Ik had gehoopt de gravin nog even te zien, maar tegelijk ook niet. Wat hadden we elkaar te zeggen gehad in dit spraakzame gezelschap.

'Wat een eind lopen. Dit is nou wat je een wandelgang noemt.'

'Lijkt wel een pier. Dat helemaal aan het eind het vliegtuig klaarstaat.'

'Waar is Vicky?'

Vicky loopt naast me. Zo weinig denk ik aan haar. Ik heb mijn gedachten even bij heel andere dingen.

Dr. Goormaghtigh dirigeert ons de hoek om en kijk 's aan, we schijnen er te zijn. Dat is de plaats waar we kunnen zitten.

De zon stond laag en wierp zijn laatste stralen over het witte park. We stonden stil als een karavaan, de kamelen zakten door de knieën.

Geen gravin die ter zijde stond te wachten op mij.

Er stonden tafeltjes en stoelen. Lichte tafeltjes en witte zomerstoelen. Over een aantal was een lichtblauw lint gespannen. GERESERVEERD.

'Voor onze gasten uit het dierenrijk,' lichtte dr. Goormaghtigh toe.

'Koffie!'

Wat ging er gebeuren?


EEN GIRAFFE OP DE ARSENALE


'...dat wij de rede het primaat geven is ook alleen maar omdat wij niet beter weten. Het hemd is nader dan de rok. Wij denken daardoor dat wij, mensheid, superieur zijn aan het dierenrijk. Voor een aantal functies is die gedachte gerechtvaardigd. Als we de rede niet kenden, zouden we denken dat het onmogelijk was dat zoiets überhaupt bestond – als we dat al zouden kúnnen denken. We weten niet hoe het werkt. We noemen het bewustzijn, maar daarmee hebben we niets beweerd.'

185

'Klein is snel. Langzaam is groot. Dat hangt samen met de mechanica van het lichaam. Als wij willen dat iets opschiet, zouden wij kleine dieren moeten gebruiken, zoals wij nu de postduiven hebben. Nogmaals, wij zouden 's moeten proberen het met muizen aan te leggen. Of met mieren. Of met vliegen. Volgend jaar hebben we het jaar van de vlieg.'

'Na de vlieg hebben we het jaar van de dolfijn. Danst de mensheid naar de pijpen van de dolfijn. Wat we daarmee opschieten? Dat moet je aan de dolfijn vragen.'

'Dieren die misschien wel intelligenter zijn dan wij – die dag komt.'

'Een dierlijk bewustzijn dat dieper gaat dan dat van de mens – stel je voor.'
    'Hoe verklaar je dat?'
    'Door de fouten die wij maken. Zij maken geen fouten, daar zijn het dieren voor.'

'Dat je hen niet begrijpt en zij jou wel.'

'En geen schapenvlees meer eten bijvoorbeeld, ook de islamieten niet, omdat de schapen daar met recht, en met succes, tegen hebben geprotesteerd.'

'Over de mateloze eenzaamheid van de goudvis in zijn kom.'
    'Wat wij willen, wat wij nastreven is twee in een kom.'

'Er zijn mensen die geen paling lusten. De IJslander bijvoorbeeld lust geen paling.'

'Een giraffe die in de stad loopt, zijn hoed voor jou afneemt en je de weg vraagt. En dat je hem gaat uitleggen hoe hij moet gaan. Dat je dat nog een eer vindt ook. Die tijd komt.'

Al die schilderijen – dat moet in die tijd zonder film, zonder foto en zonder tv wel de soap van de kerk geweest zijn. Ernstig, en niet zonder gevoel.

Zes uur. De jezuïetenkerk bekeken, in het bijzonder de pilaren, die met eender tapijt zijn belegd, de hele kerk door hetzelfde blauwgrijze tapijt, ruitvormig motief, tot bovenin de kerk, tot het dak toe. En je ziet het niet.

Wat niet?

Dat het marmer is. Geen tapijt, maar gekapt marmer. Pas met je neus erbovenop zie je het: hoe het wazige, wollige tapijt steenhard marmer blijkt te zijn.

De madonna die in de Madonna dell'Orto hing en gestolen is, hangt ook in de Galleria dell'Accademia: het is hetzelfde meisje. De schilder Giovanni Bellini leefde in de vijftiende eeuw en zij zal in dezelfde tijd geleefd hebben. Misschien zag ze er heel anders uit en kreeg ze haar sex-appeal pas onder de schilderende hand van de meester – die gehouden was een maagd te schilderen, maar voor den dag kwam met een mooie, brutale kermismeid.

Van alle tijden? Of zijn wij nu aan de beurt? Of was wat wij nu brutaal noemen in de vijftiende eeuw helemaal niet brutaal, maar iets anders? Is de mens van alle tijden?

Het doek van de Madonna dell'Orto was een klein schilderij – zeker voor een kerk. Makkelijk onder een cape te verbergen en mee te nemen. De kerk heeft zich sindsdien omgord met prikkeldraad. Een aandoenlijk gezicht en ook aandoenlijk voor wie de historie kent: er hangt van Bellini geen tweede madonna in deze kerk.

Ik loop in de grote ruimte van de Galleria dell'Accademia – en zie haar weer. Niet op canvas, maar op hout. Een geschilderd paneel van zeven meter hoog. Dat laat men wel staan.

Dezelfde tedere voorstelling, hetzelfde meisje.

Hij schijnt tachtig madonna's geschilderd te hebben. Madonna's met kind, herders in het veld, koningen, maar ook in huiselijke kring: muzikanten, jagers – geen van allen lacht of heeft ook maar een glimlach rond de mond. De bijna-glimlach van de Mona Lisa is een uitzondering. Gelachen werd er pas in de twintigste eeuw, en dan ook alleen maar op foto's. Bellini's madonna's dragen allemaal hetzelfde raadsel.

Iedere Mariaschilder heeft zijn eigen Maria. De meeste gehoorzamen aan het beeld dat wij van de abstracte Maria hebben: eenvoudig, jong, koninklijk en vooral: zedig. De boerenmaria in de Zinopoli is eenvoudig, maar allerminst koninklijk.

Wat ik zou willen, is alle tachtig Maria's van Bellini bij elkaar zetten, zodat ik ze kan vergelijken en bestuderen, zodat ik kan zeggen: ik ken ze alle, ik ben een kenner. Maar ook zonder Bellini en zonder zijn madonna's lijkt het me de inspanning waard een kenner van alle 135 kerken te zijn, zodat ik kan zeggen, deze stad heb ik in mijn zak. In die trant. (Ik ga Vicky vragen foto's van ze te nemen.)

Ik heb maar een paar dagen. Dat is een voordeel. Het voorkomt dat ik mij ga begraven in 'documentatie' en een berg informatie opwerp waarin ik verzuip.

De vraag die ik mij stel is: hoe kwam deze stad ten val, hoe kwam aan dit eeuwenlange hogedrukgebied een einde, tenslotte? In de boeken lees ik: door toenemend geldgebrek, door de definitieve nederlaag tegen de Turken, in 1453, en als gevolg daarvan verlies van de gebieden overzee. Maar hoe dan te verklaren dat juist in die tijd van financiële neergang Venetië zijn kerken bouwde, zijn grootste en meest luxueuze?

Ik denk dat je het moet omkeren: er was geld genoeg, maar door de bouw van al die nutteloze godshuizen raakte het op. Maar wat gaf dat? Dure oorlogen hoefde de stad niet meer te voeren, die waren bij voorbaat verloren en kostten geen cent. Oorlog voerde Venetië alleen nog maar tegen de cholera, de pest. Wie deze slachtingen overleefde kon denken welhaast onsterfelijk te zijn, richtte feesten aan, dankte de Heilige Drie-eenheid en bouwde als dank weer een kerk. 'Vóór het gevolg gelooft men aan andere oorzaken dan erná,' las ik ergens, waar men naar oorzaken zocht. Het woord van de filosoof geeft ruimte voor verandering. Maar het is moeilijk deze kompas-naald naar het zuiden te laten wijzen. Dat vraagt een om-waardering aller waarden. Daar waren deze mensen, met hun kerken, nog niet aan toe. Nu, vandaag, begrijpen we het, is het geen probleem meer. Vandaag wordt 'neergang' gezien als 'gebrek aan middelen', financiële middelen worden daarmee bedoeld. Als het ons slecht gaat, ligt het aan de beursnoterin-gen, menen wij vandaag. Over een paar eeuwen zullen ze ons daar hartelijk om uitlachen. Staat de naald weer een andere kant op.

BEZOEK SEÑOR PROF. DR. HERNANDEZ

Na een lange discussie over de vraag of water branden kon vertelde dr. DuToit van zijn goede ervaringen met het stan-daardmodel.

Dr. Goormaghtigh kon, zei hij, daarin meegaan. 'Het is eenvoudig, het is hb, dat wil zeggen: hufterbestendig, en het zou de Amerikanen dwingen eindelijk het decimale stelsel te omarmen.'

'Ik omarm liever iets anders,' mompelde dr. Planiać.'

'Precies,' zei ik, 'de natuurwetenschappen zijn niet aan mo-de onderhevig; ze vormen de basis van –'

'...een oppervlakkige beschrijving,' riep dr. Kemenyfy.

'Val Pipper niet in de rede,' beval dr. Ruelisueli, 'ik zie zijn punt.'

'Heren,' zei Antonio, 'ik ga ervandoor.'

Hij boog en ging ervandoor.

'Hij vindt ons een stelletje ouwehoeren,' zei dr. Goor-maghtigh.

'Zijn tijd is hem te kostbaar,' zei ik.

'Waar wachten we op,' vroeg dr. Planiać.

'Op Betta Mitla.'

'Op dr. Hernandez.'

Hernandez... Alsof ik met name genoemd werd. Door wie? Wie kende dr. Hernandez?

We stonden op de steiger, tien, twaalf man, klaar om meegenomen te worden naar de Betta-Mitla-Show-in-beslotenkring. Een naaktshow voor intellectuelen. Ik kon niet geloven dat dr. Hernandez daarbij zou zijn. De mens is werkelijk het belachelijkste wezen op aarde, speciaal de menselijke mens.

Maar ook is het waar – dit ter verontschuldiging – dat alleen de mens in staat is tot lachen. En hij lacht veel. Ook binnenshuis.

Met de anderen. Maar niet als hij alleen is.

'Hoe weet jij dat?'

'Wie in zijn eentje lacht is gek.'

Ik riep dat ik wel 's lachte als ik alleen was. Als ik op de wc zat! Of in de lift stond!

Dr. Goormaghtigh grinnikte: 'U bent werkelijk een open boek. Overigens, dat wilde ik u nog zeggen, meneer Pipper, uw Torricelli-lezing van vrijdag gaat niet door.'

'Hoezo niet? Waarom niet?'

'Tijdnood. Er wordt hoogwater verwacht. Men zal niet het geduld hebben de lezingencyclus tot het einde toe te beluisteren. Men zal z'n trein willen halen, z'n vliegtuig. Er zijn twee lezingen geschrapt. Die van u en die van dr. Kiik. Maar dr. Kiik heb ik nog niet te pakken kunnen krijgen.'

'Sommige mensen zijn heel moeilijk te pakken te krijgen,' zei ik lachend.

'Wat zegt u?'

'Sommige...', maar hij luisterde al niet meer.


De vlek van je leven. Je poetst 'm weg en elke keer komt hij weer tevoorschijn.

In Augsburg was ik doctor. Omdat ik zei dat ik dat was. Hield ik lezingen.

In Uppsala was ik doctor. Omdat ik dat was. Hield ik lezingen.

In Orléans moest ik mijn paspoort inleveren en een kopie van mijn bul. Wat me in deze hoffelijke Franse stad een professoraat opleverde en twee jaar later in Padua een lege plaats.

De vraag is nu: weten ze het of weten ze het niet.

(Een vraag die ik niet aan hen kan voorleggen.)

We waren allemaal druk en zenuwachtig. Alleen dr. Ruelisueli uit Bazel bleef in stijl door een boek te lezen, staande. Ook toen het was begonnen te regenen en we naar binnen waren gegaan – hij las door.
    De man achter de piano speelde luid. Daarbij dacht hij dat hij mooi zingen kon.
    'Laat 'm maar, we stappen zo op.'
    'Hoe gaan we. Met de boot?'
    'Hoe anders?'
    'Ik heb op het Lido auto's zien rijden.'
    'Ik ook. Ik wacht op nog een paar mensen.'
    'We hoeven helemaal niet te wachten Op Nog Een Paar Mensen,' zei Ruelisueli op sarcastische toon. 'Hoe minder mensen, hoe liever het mij is. Dat was ook de afspraak.' En met de woorden 'we zijn al te laat' ging hij voort met lezen en sloeg hij de bladzijden om in een ongeloofwaardig hoog tempo. Alsof de tijd vloog! Hij wou ontzettend graag professor doctor Betta Mitla zien dansen, maar hij vreesde dat het feest niet doorging, wat hem betrof. Daar had je het al.
    Twee palmen markeerden de uitgang naar de centrale hal. Naast een van die palmen stond prof. dr. M. A. DuToit met

de glimlach van een vader – toen hij de namen noemde van degenen die met hem meeingen: dr. Ruelisueli, dr. Apolloni en dr. Pipper. De anderen konden de avond naar eigen believen doorbrengen.

Er ontstond meteen verwarring: wie ging nu mee en wie niet? Er waren gelukkigen en ongelukkigen. De gelukkigen waren vrij en gingen dus allemaal naar de Show van Betta Mitla, over Antonio en mij hoef ik het niet te hebben; ongelukkig was alleen de Bazelse chemicus, die zijn boekje waarin hij al die tijd (niet) gelezen had sloot en berustend bij zich stak.

'De zaken gaan vóór het meisje.'

We stapten in een watertaxi die klaarlag en joegen even later over de lagune naar 'de overkant', naar het vliegveld van Mestre. Nee, vliegen gingen we niet, maar wel troffen we er aan: de grote Hernandez, in gezelschap van dr. Antonio Apolloni.

De Spanjaard had er deze keer de voorkeur aan gegeven van gedachten te wisselen met een *kleine* groep – en we zaten ontspannen met z'n vijven rond een lage tafel, iedereen kon iedereen aankijken terwijl hij sprak of luisterde –, gedachten over de vraag in hoeverre schoonheid meetelt in de beoordeling van de waarheid, werktitel: schoonheid, wegwijzer naar de waarheid? Zodat waarheid, zelfs natuurwetenschappelijke waarheid, kan zijn opgebouwd uit elementen van persoonlijke aard!

'Maar niet iedereen deelt onze mening. De natuurkunde heeft een aantal vijanden en dat zijn er meer dan u waarschijnlijk denkt. Op weg hierheen heb ik een aantal genoteerd.'

Hij viste een visitekaartje te voorschijn, op de achterkant waarvan hij het lijstje had staan. Hij noemde ze:

1. de Geest. De ontkenning der feiten. De geest heeft een vermogen dat de natuurkunde niet heeft: iets wat waar is met succes te ontkennen.

2. de Natuur. De natuur is leven en om het leven te begrij-

pen wordt de natuur in tweeën gesneden. Echter, het leven is één en kan nooit in stukken begrepen worden.

3. de islam, de religies in het algemeen. God, en in het bijzonder Allah, heeft een bedoeling met de wereld, die wij niet kennen en die wij ook niet moeten willen kennen. Religie beloont onwetendheid.

4. de Schoonheid. Wat vandaag mooi is, kan morgen lelijk worden gevonden. De natuurkunde (die soms erg fraai is) houdt daar geen rekening mee.

5. de Wiskunde. De natuurkunde beschrijft dingen en verschijnselen die bestaan. De wiskunde beschrijft dingen en verschijnselen die niet bestaan. Hoe komen die twee ooit bij elkaar?

Dr. Hernandez vond dat we de komende tijd hier maar 's aan moesten werken.

'Laten we met deze opdracht naar huis gaan. Meneer Apolloni zorgt ervoor dat we Newton op het scherm krijgen. Meneer Ruelisueli zal in zijn slottoespraak overmorgen aantonen dat Schoonheid de weg wijst naar de Waarheid. En meneer Pipper maakt van zijn notulen een mooie, prikkelende roman.'

We waren alledrie verrast door de opdracht. Ook DuToit had dit slotakkoord niet voorzien.

Ruelisueli keek glimlachend naar buiten. 'Ja, nee, u hebt gelijk. Noteer mij maar. Ik zie het helemaal zitten.'

'Zeker,' zei Antonio, 'met een foto kun je heel wat beginnen.'

'Reken maar,' zei DuToit. 'Die serie van ons, de afgelopen dagen, was een groot succes.'

We nodigden hem uit, señor Doctor Hernandez, met ons mee te gaan naar Antonio's laboratorium. Niet om hem te overtuigen – overtuigd was hij al – maar gewoon om het te *zien*. Helaas, hij moest dezelfde avond nog in Toledo zijn. 't Deed er ook niet toe. Iedereen was gelukkig. We brachten hem naar zijn vliegtuig, wuifden en konden verzekerd zijn van de centen.

We gingen nog gauw even langs het lab. Antonio had een paar platen liggen. O.a. die van Newton.

We bleven er een tijd naar kijken.

Een foto van Newton. Wie heeft er nou een foto van Newton?

'Sterker,' zei hij. 'Ik heb 'm al op video gehad. Dat kost enige moeite en het lukt niet altijd bij de eerste keer en soms lukt het helemaal niet. 't Is ook wat je er zelf in ziet. Kijk.'

We zagen een deur opengaan.

'Newton als alchimist. Here he comes...'

Het plafond was erg laag. Newton deed zijn pruik af. Dat was een vreemd gezicht. Hij ging zitten, op een kruk, en bekeek zijn spullen.

En sprak. Met een zoet, zeventiende-eeuws Engels accent:

*Thay were on a hille ful hy, the wyte snaw lay bisyde...*

Een denkpauze, om op nieuwe gedachten te komen.

De motor stond klaar, schaal 1:1.

'Is de proef reproduceerbaar?' vroeg ik.

De vraag die iedere onderzoeker meteen stelt.

'Ik denk,' zei Antonio, 'dat het beter is een dagje te wachten.'

'Dat begrijp ik. Ook proefopstellingen kunnen vermoeid zijn, als ze hun dag niet hebben, of al gehad hebben.'

'Misschien kunnen we nu even naar Sylvester gaan, hij zal al wel thuis zijn.'

'Ik ben even vergeten wat wij bij Sylvester zouden doen.'

'Ik ook,' zei Antonio. 'Om je de waarheid te zeggen, ik ben hondsmoe.'

'Dan moeten we niet naar Sylvester gaan.'

Op dat moment ging de telefoon.

Sylvester. Die zich verontschuldigde en dat hij niet kon komen. Maar dat we elkaar morgen zagen. 'Ciao!'

'We hebben veel te veel aan ons hoofd,' zei Antonio, nadat hij de knop had ingedrukt. 'We vergeten van alles. Wie ben jij ook maar weer?'

'Moet je mij niet vragen.'

★

Het is middernacht.

Vicky slaapt.

Ik lees Newton. Zijn *Principia*, dat geldt als het grootste werk ooit geschreven, en het liefst schrijf ik elke keer de naam voluit, *Philosophiae Naturalis Principia Mathematica*, uit ontzag. Ik proef die vier woorden graag op de tong. Hij schreef het werk in anderhalf jaar. Een korte tijd als je het vergelijkt met de jaren en jaren die hij stak in de studie van de alchimie, waarover hij tenslotte nooit ook maar een letter gepubliceerd heeft. Newton was gierig van aard, een schraper en men denkt dat zucht naar goud zijn geheime motor was. Transmutaties. Hij heeft daartoe talloze lijsten bijgehouden van recepten, aanwijzingen en namen, talloze namen van blijkbaar bekende personages. Geen schema's, maar schriften vol verticaal getrokken potloodlijnen, maar ook wel met rode en zwarte inkt (ze lijken op kasboeken). Het aantal tekens dat hij aanhoudt overschrijdt ruim de zesentwintig letters van het alfabet: zon, maan, planeten, spiegeltjes en de namen van stenen en sterren. '10 Mei 1681. Ik begreep dat Venus de Morgenster is en dat zij de dochter is van Saturnus en een van de duiven. Ik begreep de drietand. Er zijn inderdaad zekere sublimaties van kwik en ook de andere duif. Het is een drabbig, stinkend sublimaat dat opstijgt uit hun body's, wit, en een zwart bezinksel achterlaat dat in de oplossing gewassen wordt, op de bodem, en opnieuw wordt kwik gesublimeerd van de gewassen lichamen tot er geen bezinksel op de bodem te zien is. De zevende keer zul je een oplossing zien van vele metalen, waaronder goud. Ik weet waarover ik schrijf, want ik heb in het vuur vaak goud gezien en kwik...' Enz. enz. Op de volgende bladzijden vaak hetzelfde, maar in een andere volgorde gerangschikt.

Dijksterhuis, reeds opgesteld achter de lessenaar: 'Het was nu Newtons taak in de chaos van termen en denkbeelden orde te scheppen. De beste methode die hij daarvoor had kunnen toepassen zou die van Heracles in de stal van Augias geweest zijn. (...) De geschetste moeilijkheden hebben op Newtons pogingen tot axiomatisering der mechanica, die aan deze eigenlijke inhoud van zijn werk *Philosophiae Naturalis Principia Mathematica* voorafgaat, een onmiskenbare invloed uitgeoefend.'

★

OTTO WEININGER
Nachtlezing n.a.v. de honderdste verjaardag van zijn dood, door Prof. dr. S. H. Ehrenreich
Universiteit van Königsberg

'Het is de tijdloze mens die geschiedenis maakt.'

Wat betekent dit? Hoe moeten we deze paradox opvatten?

De tijdbewuste mens, die ons weet te vertellen in wat voor tijd we leven, is niet de mens die geschiedenis maakt. En ook de tijdloze mens is dat niet, als hij nooit 's op Gods keukentafel gekeken heeft. De geciteerde zin is te vinden in het hoofdstukje 'Onsterfelijkheidsbehoefte van de man'. Een man heeft behoefte aan eeuwigheid. Een vrouw heeft deze behoefte niet minder, maar ziet die meestal vervuld in haar kinderen en kleinkinderen.

Weininger was een jood. Joden zijn nomaden met een merkwaardig talent op de pleisterplaatsen geschiedenis te schrijven. Het is een troost, voor de zwervende jood, te weten waar zijn voorouders gebleven zijn. Die wetenschap, vaak in de vorm van verhalen, geeft hem glorie en glans. De bepaling 'van joodse afkomst' staat garant voor een kleurrijke historie, maar zegt niet dat je ook van joodsen bloede bent. Om jood te zijn moet je moeder jodin zijn. Het zijn immers de moeders die de kinderen krijgen. Wie de vader is, is een eeuwenoude vraag. Dat een nazaatregeling zich baseert op het vrouwelijke ritme is volkomen begrijpelijk.

Een man heeft geen ritme. Een man heeft een naam. Dat is zijn manier om garant te staan voor de zuiverheid van het ras. Als hij trouwt krijgt zijn vrouw zijn naam toegevoegd en krijgen hun kinderen zijn naam. In het bijzonder de zonen. Die zijn altijd 'de zoon van' de man. Pieter Cornelis*zoon* Hooft. Hjartar Hjartar*son*. Leonardo *Fi*bonacci. Igor Feodoro*witsj* Strawinsky. Scott *Fitz*Gerald. De man heeft de keus: te trouwen, met een vrouw die zijn naam overneemt, of niet te trouwen en zelf een poging te doen geschiedenis te schrijven. Dat zou verklaren dat er in de loop der eeuwen zoveel mannelijke genieën de revue zijn gepasseerd en zo opvallend weinig vrouwelijke.

In het algemeen zijn vrouwen slimmer en sneller van geest dan mannen. Ze kunnen beter lezen, beter schrijven en hebben doorgaans een juister oordeel over de dagelijkse gang van zaken; ze zijn praktischer. In het algemeen dus is in een huwelijk de vrouw de intelligentste van de twee, en alleen in het bijzondere geval is het de man.

Dat de gemiddelde man denkt slimmer te zijn dan zijn vrouw is historisch bepaald: in principe door zijn grotere lichaamskracht, maar ook omdat de vrouw graag bijdraagt tot het zelfvertrouwen van de man om wie zij geeft.

De toekomst? In de toekomst kijken kan niemand. Ieder zit er met de rug naartoe. Alles wat je ziet is een naar het verleden glijdend heden. Je voorspellingen zijn evenzovele slagen in de lucht, die alleen achteraf doel treffen, als je alles had geweten.

'Achteraf is een koe z'n kont,' vindt Bruno en daar moeten de anderen om lachen.

Aan mij het woord.

Ik geef een voorbeeld. Alfred Nobel, de uitvinder van vele springstoffen, waaronder dynamiet, kon voorzien wat deze stof teweeg zou brengen in de toekomst. Als je je beweegt op de rand van de wetenschap, zie je hoe de wereld zich wentelt, want jij hebt de teugels in handen. Zie ook: licht. Zie ook: kracht. Wie zou destijds hebben gedacht dat je zulke verschillende zaken zou kunnen betrekken van twee eendere gaatjes in de muur? Wie zat in 1811 te wachten op het getal van Avogadro?

Het genie staat op zichzelf. Het heeft geen sociale plaats. Het opereert buiten het gezin. Het is meer geest dan lichaam. Meer spel dan nut. Rondom het genie heerst de leegte van het niemandsland. De grote schoonmaak van de geest.

Niemand is benieuwd. Alleen hij. Inzicht komt altijd onverwacht en toont aan hoe eenvoudig de wereld is – als je het eenmaal weet. Zo eenvoudig dat wij de genialiteit ervan over het hoofd zien.

'Geen instrument overtreft de hamer,' noteerde in 1656 het genie Christiaan Huygens bij zijn beschouwing over de botsing.

Tien jaar later en honderd vijftig mijl westwaarts schreef het genie Isaac Newton de eenvoudigste formule uit de natuurkunde: actie = – reactie. Door iedereen over het hoofd gezien. Hij legde hiermee een van de hoekstenen van onze westerse beschaving.

En zo zijn er meer:

– Einstein die op een lichtstraal reisde en beschreef wat hij zag.

– Columbus, die Oost omzette in West.

– Magelhaens, de eerste mens die een dag te kort kwam.

– Nietzsche, die alle waarden herwaardeerde.

– Eratosthenes, die een waterput in Assoean gebruikte als loodlijn en daarmee de omtrek van de aarde berekende.

– Mondriaan, die de twintigste eeuw zijn eenvoudigste vorm gaf.

– Mendel, die erfelijkheidswetten formuleerde die niemand zag, zelfs Darwin niet.

– Nogmaals Newton, die liet zien hoe klein 'oneindig klein' is.

– Kafka, bij wie je kunt lezen hoe geestig de dood kan zijn.

De tocht der eenzamen, door de eeuwen heen, is romantisch en adembenemend.

# Donderdag

Prof. dr. Krysta Nowotny had drie kwartier lang het woord gevoerd en naderde nu het einde van haar voordracht:

'Omdat een essentieel onderdeel van zijn theorieën het werk is van zijn Servische vrouw Mileva, moeten we rekening houden met de mogelijkheid dat de speciale relativiteitstheorie op het spoor van de feministische wiskunde is gezet. En daarmee over de middelen beschikt die de feministische wiskunde ons biedt. Met de gewone huis-, tuin- en keukenwiskunde zoals wij die sinds jaar en dag gewend zijn te leren – Newtons polynoomontwikkeling bijvoorbeeld – had Einstein nooit zijn theorieën kunnen formuleren.'

Ze keek nu omhoog over haar schouder: 'Ik zou best nog even een schoolbord kunnen gebruiken, maar misschien kan ik het ook wel met woorden af. Goed. De essentie. Een kogel vliegt van A naar B. Zijn energie is de helft van zijn massa maal zijn snelheid in het kwadraat... $\frac{1}{2}mv^2$. Het verschil in massa, voor en na de vlucht, is klein: 1 gedeeld door de lichtsnelheid in het kwadraat, $c^2$. Samengevoegd levert dat een formule die aangeeft dat de toename van de massa m gelijk is aan de energie E gedeeld door $c^2$, oftewel $E = mc^2$. Dit is de vergelijking die, in 1905, aangaf dat een vliegende kogel een vorm van energie is.'

Ze legde haar handen voor zich op de tafel.

'U zult denken: is dat alles? Dit spreekt niet tot onze verbeelding, want dit wisten we al. Welnu, wat Mileva haar echtgenoot Einstein influisterde was dat deze formule ook geldt als de kogel stilligt. En dat was nieuw.'

Ze raapte de papieren bij elkaar, ten teken dat het wat haar betrof afgelopen was. Ze was klaar. 'Ik dank u voor uw aandacht.' Een flink applaus was haar beloning; ze glimlachte, knikte speciaal naar de man tegenover haar, prof. dr. DuToit. Het was even stil. Toen stak Herr dr. Mayer-Kuckuck uit Leipzig zijn hand op. Hij kreeg het woord. Hij vatte dr. Nowotny's voordracht samen en wilde toen van haar horen of het juist was wat hij vermoedde: dat, mochten beide theorieën, de masculiene en de feminiene, inhoudelijk van elkaar verschillen, ze toch naar de vorm volkomen identiek waren.

'De tweede interpretatie is een uitbreiding van de eerste,' antwoordde dr. Nowotny eenvoudig. 'Dat is het geniale van Mileva's formulering.'

Dr. Planiać van de Universiteit van Zagreb bevestigde deze typische Balkanvariant aan de hand van een ander eenvoudig voorbeeld: Einsteins idee in een elektromotor en een dynamo hetzelfde te zien.

'De formule is daardoor niet veranderd.'

'Zijn betekenis daarentegen wel,' zo wilde dr. Nowotny toch opnieuw naar voren gebracht hebben.

Met $E = mc^2$ beweer je hetzelfde als met $K = \frac{1}{2} mv^2$. Waarom is de energie in Einsteins formule tweemaal zo groot als de kracht in de formule van Newton? Antwoord: in Einsteins formule wordt de weg tweemaal afgelegd: heen en terug. Newtons formule geldt slechts een enkele reis. En dat is iets wat Einstein ontging. Het genie ligt bij haar, niet bij hem.

In de pauze vormden zich kleine groepjes, om de discussie voort te zetten. In een van die groepjes was dr. Nowotny het onzekere, charmante middelpunt; ikzelf zwierf in de buitenste planetenbaan om haar heen. Na een tijdje was er door zijn zwaarte nog maar één planeet over en dat was ik. Daardoor durfde ik haar een impertinente vraag te stellen:

'Het aandeel van Mileva in Einsteins ontdekkingen, hoe bent u zo precies op de hoogte? Hoe wéét u dit?'

'Einstein heeft het me zelf verteld.'

'Ik weet praktisch alles van Einstein,' vertelde ze toen we samen de tuin in liepen. 'Ik kende hem goed. We woonden in dezelfde straat. Heel treffende dingen, tekenend voor zijn karakter, maar niet geschikt voor dit gehoor.'

'Maar toen Einstein stierf moest u nog geboren worden.'

'Dank u voor het compliment.'

'We moeten toch vaststellen,' ging ze voort, toen we in de lounge van haar hotel zaten, 'dat er zo niet een algemeen dan toch een algebraïsch verband bestaat tussen het plus en het min. Einstein heeft zelf toegegeven dat zijn speciale relativiteitstheorie hem door zijn vrouw is gedicteerd. Toen de overdracht had plaatsgevonden, heeft hij zich van haar laten scheiden. Einstein hield niet van zijn kinderen. Hun eerste kind, een meisje, heeft hij weggedaan en er is nooit meer iets van haar gehoord. Hun eerste zoon draagt de naam van de vader, Hans Albert, maar is als ingenieur uitgeweken naar Nieuw-Zeeland, aan de andere kant van de aardbol en dus met het uitzicht op de andere helft van het heelal. Voor de zekerheid! De tweede zoon is als wonderkind terechtgekomen in een psychiatrische inrichting en daar op zevenenveertigjarige leeftijd overleden.

De belangrijkste vrouw in Einsteins leven was zijn moeder, een zeer dominant mens dat nooit haar niet-joodse schoondochter heeft willen ontvangen. Kom, het begint weer.'

We namen plaats, niet op het officiële gestoelte, maar 'in de zaal', zodat we wat dichter bij elkaar zaten, in casu: tegen elkaar aan.

'Wie is dit?' fluisterde ik.

Het programma vermeldde niet zijn naam.

'Een zekere Sylvester,' fluisterde ze terug, achter haar hand, 'een Franse taalmeester uit de school van Derrida.'

'Dan ken ik hem.'

★

Twee weken geleden stapte ik in de auto met als doel een antwoord te vinden op de vraag door welke 'metafysische omwenteling' de natuurwetenschap gedwongen zou worden het veld te ruimen voor welke nieuwe macht – twee vragen die Welbeke in zijn boek *Kleinste deeltjes* wel gesteld, maar niet beantwoord heeft.

'Altijd weer zijn er mensen die het gezag van de wetenschap aanvechten en daar hun eigen gezag voor in de plaats stellen.'

'Wetenschap wordt te pas en te onpas aansprakelijk gesteld voor het kwaad in de wereld en mag de ene morele oorvijg na de andere incasseren.'

Tijdens de lunch ging de discussie voort, met Sylvester erbij.
    'Kijk,' zei Tatjana, 'dat is nou het verrassende. Ik dacht dat we zouden uitkomen bij de Romantiek.'
    'Welnee, die hebben we net achter de rug.'
    'Misschien krijgen we weer een Gouden Eeuw?'
    'Het kenmerk,' zei ik, 'van een metafysische omwenteling is dat niemand er iets van merkt.'
    'Dan is het ook geen kenmerk, Pippertje.'
    'De val van het Romeinse Rijk, in 476, daar schijnt niemand iets van gemerkt te hebben.'
    'Geld,' zei John Wood, 'de macht van het getal. Luister. Eerst lag de macht bij God, in het gebed, toen lag de macht bij de natuur, in het getal, en nu ligt de macht bij de mens, in het signaal ozon. $CO_2$.'
    'De macht van het gelul,' zei Sven.
    Dit was een verkeerd woord. Dat wilde Tatjana niet gehoord hebben. Maar wat John Wood zei, *geld...* dat gaf werkelijk een nieuwe kijk op de zaak.
    Tatjana keek hem diepzinnig aan. 'Weet je,' zei ze, 'dat het

heel interessant is wat je daar zei?'

Wood deed er nog een schepje bovenop: 'De westerse wereld,' zei hij, 'ontleent haar kracht aan het getal en door het getal ook zal ze te gronde gaan.'

(...)

'Pikant, vind je niet?'

## VICKY EN DR. KIIK (2)

Vicky. Over wat ze die avond ging doen deed ze wat geheimzinnig. Ik mocht wel mee, daar had ze geen enkel bezwaar tegen, maar het liefste ging ze alleen, uiteindelijk. Ze stelt me graag voor een voldongen feit – zo goed ken ik haar nu al, maar zolang er nog van alles mogelijk is, laat ze mij kiezen. Organiseren is haar sterkste punt.

Ze ging naar de opera, en ze ging niet alleen. Met Tom dus. En dan kwam ze waarschijnlijk wat later thuis.

Kijk 's aan.

't Kwam mij heel goed uit, maar daarover zweeg ik.

De muziekuitvoeringen in Venetië zijn een feest, zowel voor het oor als voor het oog, al blijft het een vraag: als het oog geniet, gaat dat niet eigenlijk ten koste van het oor? Trompet, piano, viool en zang gaan op in een harmonie, zijn nauwkeurig op elkaar afgestemd; het viervoudig tongewelf van een Formosa voegt daar zijn eigen register aan toe. Intussen is het mij wel duidelijk dat de Venetianen aan Mozart de voorkeur geven boven Beethoven – die heb ik dezer dagen nog niet gehoord.

Vicky had twee kaartjes gekocht. Ze kon zo naar binnen. Dus het was het beste dat ik nu maar ging.

Ik ging, achterwaarts, wuivend. Zag op de aankondigingsbiljetten dat het niet helemáál een opera was. Iedereen, musicus en bezoeker, droeg een masker. Daar keek ik niet van op,

dat is heel normaal in Venetië, zeker op het toneel...
Ik liep richting San Marco en verdween uit beeld.

Amusant spel voor paren. *Così fan tutte*. De leukste opera van Mozart, een model van speelsheid, al geldt, lezen we, de onwaarschijnlijkheid van het gegeven als een bezwaar.

Eerste akte. De rijke en oude Don Alfonso is ervan overtuigd dat alle vrouwen trouweloos zijn: 'Così fan tutte!' (Zo doen ze allemaal.) Hij gaat met twee jonge officieren, Ferrando en Guglielmo, een weddenschap aan. Deze jongelui zijn verloofd met de zusters Fiodriligi en Dorabella en moeten van Alfonso een dag lang alles doen, om de meisjes op de proef te stellen. Daartoe geven zij voor op reis te gaan, maar zij keren terug, vermomd als rijke Albaniërs. De zusters blijven standvastig en daarom koopt Don Alfonso de kamenier Despina om. De beide mannen doen alsof zij vergif innemen en Despina, vermomd als dokter, redt hun leven... Enzovoort.

De opera wordt uitgevoerd als een dansspel, waar alle aanwezigen aan meedoen: de spelers natuurlijk, maar ook de leden van het orkest én het publiek. Iedereen draagt een masker en gedanst wordt er in steeds wisselende paren: man–vrouw. De musici spelen, de spelers zingen en wie er van het publiek zingen kan zingt van harte mee. De bedoeling is dat de muziek op gezette tijden stopt, dat de paren van elkaar moeten raden wie ze zijn. Wie goed raadt, krijgt een presentje, houdt op met dansen en mag de voorstelling vanuit de kerkbanken tot het einde toe volgen. Dat geldt ook voor de musici en de spelers, zodat naar het einde toe het spektakel steeds meer op een gewone uitvoering gaat lijken – steeds minder maskers.

De regie is, van begin tot eind, in handen van de dirigent, die er aardigheid in blijkt te hebben steeds op de meest onwaarschijnlijke momenten af te tikken, waar ook meteen iedereen gevolg aan geeft. Doodstil. In Italië kunnen de mensen dat.

Vicky was benieuwd hoeveel ronden het haar zou kosten

voor ze dr. Tom zou hebben ontdekt. Dat moet, dacht ze, een klein kunstje zijn, maar iedereen die wel 's een gemaskerd feest heeft meegemaakt weet hoe moeilijk het is achter een masker iemand anders te zien. En zo verging het dr. Tom. Hij was blij dat alles op het nippertje ten goede was gekeerd. Hij danste met een naar zijn gevoel vreemde dame en keek intussen – onbehoorlijk – uit naar Vicky, die, meende hij, toch uit duizenden te herkennen moest zijn, zelfs mét masker.

*Così fan tutte* is maar een korte opera – of men luisterde naar een verkorte uitvoering. In elk geval liep de voorstelling verrassend snel naar het einde. Op de vloer van het podium danste het laatste paar: Vicky die dacht dit móét Tom wel zijn en Tom, die dacht dit móét Vicky zijn, kan niet missen. Maar toen na het laatste akkoord de maskers werden weggetrokken... waren ze het, zo bleek, geen van beiden.

Wát een teleurstelling! Ze kregen een troostprijs en bedankten de dirigent.

Na afloop zaten ze in een cafeetje dat nog open was. Beiden bedroefd. Vicky omdat hij Tom niet was en Tom omdat zij Vicky niet was.

'Dat heb je met die maskers,' zei hij.


PIPPER EN DE GRAVIN

Hotel Gezuíti – kamer 101, eerste etage.
Gelukkig de mens die ergens verwacht wordt.


We zaten naast elkaar op de bank. Zij nam een slok wijn en liet mij uit hetzelfde glas drinken. Ze zette het glas terug op de grond.

'Einstein zelf kwam ik vaak tegen, in de Krammgasse, waar hij woonde. Hij was toen al enigszins beroemd. Als hij daar liep, hield ik hem wel 's tegen en stelde ik hem de vraag die mij op de lippen brandde.

*Einstein, zoals ik hem gekend heb*, is de titel van het boek dat ik nog eens zal schrijven. Een onthullend boek. Hij was geen genie, volgens mij. Daarvoor was hij te menselijk. Hij speelde viool. Dát paste bij hem.

Vergeet niet, in wezen is de speciale relativiteitstheorie zeer eenvoudig.'

'Hoe eenvoudiger, hoe genialer.'

'Precies. Ik heb nog een restje wijn voor u. Houdt u uw glas even bij. Zo. Dan kan ik een nieuwe fles aanspreken.'

Ze kwam overeind van de bank en liep op de kastdeur toe. 'Stoort het u, mijn roddels over Einstein?'

'O, niet in het minst. Gaat u er rustig mee door.'

Ze kwam weer naast me zitten, nipte van de wijn en zei: 'Einstein was een losbol. Hij gaf niet om zijn kinderen. De oudste heeft hij gewoon van de hand gedaan, de jongste heeft al die verschrikkelijke jaren in het krankzinnigengesticht nooit één keer bezoek van zijn vader gehad. Ja, geef het glas maar hier en legt u uw arm maar om mij heen, dan zijn we dichter bij elkaar. Zo. Nee, alleen de middelste dus, Hans Albert, die is heel verstandig een praktisch vak gaan studeren. Eén genie in de familie is meer dan genoeg, heeft hij gezegd. Hij is nu hoofdingenieur en bouwt bruggen in Australië. Ik zou het prettig vinden als u met uw ijskoude handen mijn boezem beroerde, want ik raak verhit. Zo. Precies. Verwen mij maar. Hoe komt u zo koud?'

'Ik heb een extreem lage bloeddruk.'

'En ik heb een te hoge. Samen zijn we gezond. Dat zou mooi zijn. U hebt mooie handen. Jonge handen. Einstein had ook mooie handen. Vanwege z'n vioolspel. Hoe vond u mijn lezing overigens? Daarover heb ik nog niets van u gehoord.'

'Een pleidooi voor het feminisme. Heel goed.'

'Goed, hè? Fijn dat u feminist bent. Maar waarom bent u geen professor? Iedereen hier is professor, alleen u niet.'

'Niet genoeg gestudeerd misschien?'

'Maar wat doet u hier dan?'

Ik zei dat ik uitgenodigd was. Door wie? Door de voorzitter.

'U moet wel een bijzondere man zijn, meneer Pipper. Overigens, wat is uw voornaam?'

'Jan. Jan Julius Pipper is mijn volledige naam. Maar nu neem ik ook de vrijheid u te vragen wat úw volledige naam is. Daar ben ik na al deze dagen nu werkelijk nieuwsgierig naar.'

'Dat kan ik me voorstellen. Goed. U hoeft het niet allemaal te onthouden, maar mijn naam is Krysta Silvana Ottorina Istanbul Maria Nowotny, Gräfin von Mannteuffel Rieske en dat is dan alleen mijn meisjesnaam. Mijn echtgenoot is geparenteerd aan de beroemde scheikundige en heeft Kekulé von Stradonitz als achternaam, dus dat heb ik er ook nog bij. Niet mis, hè?'

'Nee,' gaf ik toe. 'Het is een prachtige reeks. Is uw man overigens thuisgebleven?'

'Nee hoor. Die zwerft hier ook ergens rond. Ik hoop dat hij interessante mensen heeft ontmoet, maar die verhalen hoor ik morgen wel. Wacht, ik kom bij u.'

Ze stond op, knoopte haar blouse los, trok die uit, ontdeed zich van haar bh, en van de rest, vroeg mij eveneens de kleren uit te trekken en ging toen op het hotelbed tussen mijn gespreide benen zitten, de rug naar mij toe. Het fin-de-siècle figuur van een zandloper had ze. Tegenover een grote spiegel gezet leken wij een ouderwetse fotografie, door gouden randen omlijst. Ik deed wat ze van me verwachtte, koesterde haar brede, uitzwenkende borsten met mijn nog steeds steenkoude handen. 'Heerlijk,' zuchtte ze, 'hier gaan mijn ogen van toe. Zalig koele vingers hebt u toch. Laat ik u overigens zo onberoerd?'

'O nee,' haastte ik mij te antwoorden. 'Ik kom alleen altijd wat laat op gang.'

'Wat bedoelt u daarmee?'

'Omdat ik zo groot ben.'

'O, bent u groot? Ik hou van groot.'

'Ik ook,' zei ik.

Het was even stil. Via de spiegel keken we elkaar diep in de ogen...

'Wat ik u zou willen vragen,' zei ze, 'is mijn rug te krabben met uw nagels. Ik heb gezien dat ze vrij lang en scherp zijn. Ik heb namelijk de hele dag al een afschuwelijke jeuk, excusez le mot. Probeert u het eens, ja? Maar please be careful. Ik ben erg gevoelig...'

Ik probeerde het. Het ging goed, zei ze.

Mocht best een beetje steviger.

Ik deed het wat steviger, ja, zo. Die grote brede rug met tien nagels in één haal. Ramen lappen.

Ze zuchtte, ogen gesloten... Effectief, dat je dat in de spiegel kon zien. En horen. Een zuchten dat mij aanmoedigde zo door te gaan en allengs elke gedachte aan verveling verdreef.

Deze vrouw was zeer gevoelig en ik bespeelde haar.

Ik had geen partituur, maar schreef er een.

Hoe hoger op de rug, des te gevoeliger. Hoe harder de huid, des te strakker, de spanning van een snaar.

Haar zuchten en steunen bracht mij op de juiste plaatsen. Soms was het geen zucht, maar een roep naar de verte – en wel zo lang aanhoudend dat ik mijn adem inhield.

Een enkele keer verdwaalde ik, zogenaamd, kwam ik aan de voorkant, bij haar borsten terecht, maar borsten zijn dingen voor handen, niet voor nagels en zij bromde ontstemd dat ik verkeerd zat.

Terug naar de brede rug, de schouders. Ik vond telkens nog weer plekjes waarvan ik voelde dat ik er nog niet geweest was.

Soms werkte ik symmetrisch, als een dirigent. Ik hoopte dat

ze nog 's roepen wou en ze riep. De fluwelen roep van een nachtvogel en daarmee landde het vliegtuig der Transcendentie en waren we weer terug in de werkelijkheid.

'Dat was heerlijk,' zei ze en ze draaide zich nu naar mij. 'Niet alleen dat ik die verschrikkelijke jeuk kwijt ben, ik voel me nu ook geheel ontspannen. Herboren. U hebt gouden handen. Is dat wel 's eerder tegen u gezegd?'

'Nee,' antwoordde ik naar waarheid.

'Waar denkt u aan?'

'Aan u.'

'Kijk 's aan. We komen steeds dichter bij elkaar.'

'Waar denkt ú aan?' waagde ik toen te vragen.

'Ik? Aan eh... Newton. De grootheid van Newton. God says, there be light. Let there be light and there was Newton. Nee, zo was het niet. Toe, help me.

'God said,' zei ik gehoorzaam, 'let Newton be, and all was light.'

'Precies. Hij was een God, waar Einstein een mens was. Vindt u me mooi?'

'Heel mooi.'

'Wees 's specifiek?'

'Je kunt zien dat u een vorstin bent.'

'Hemel, een vorstin zelfs! Leest u veel Dostojevski?'

'Nee, ik geef de voorkeur aan de *Decamerone*.'

'U hebt smaak, denk ik. Zoudt u een nachtje met me willen vrijen?'

'Mevrouw, het zou de bekroning van mijn leven zijn.'

'Maar vanavond niet meer, vindt u wel?'

'O, nee.'

'Of vindt u juist van wel?'

'Ja!'

'Dat is het juiste antwoord.'

Ze liet een fles cabernet brengen, proefde en keurde hem goed. Dit alles in d'r blootje. Ik stond bij het raam, een laken om.

De bediende vertrok en mevrouw prof. dr. Krysta Nowot-ny Kekulé von Stradonitz keek op, alsof ze op een idee kwam.

'Kom je?'

# Vrijdag

Wij lagen in elkaars armen, toen ik wakker werd en de vogels hoorde. Ik kwam overeind, omdat ik meende dat ik me verslapen had, maar mijn gastvrouw drukte mij weer neer. Ze streek me over de haren.

We lagen languit, steunend op een elleboog. Als schepen, losjes aan elkaar gemeerd.

'Wat was het heerlijk vannacht,' zei ze, 'vooral de woorden die u gesproken hebt. U bent werkelijk een dichter. Voordat u opstaat, zou ik graag nog een keer die woorden horen die u vannacht... U was voortdurend aan het woord en het ging almaar over mij. Vergeeft u mij, maar juist dat vond ik zo heerlijk. Die ene zin waar het woord "oogstrelend" in voorkwam, zou ik graag nog 's...'

'Oogstrelend?'

'Ja, u zei oogstrelend...'

'O, mijn tong streelt uw ogen.'

'Ja, dat was het.'

'Mijn tong streelt uw ogen, uw borsten, uw schoot in de lakens.'

'Ja. Heerlijk, vindt u niet? Heerlijk om te horen en heerlijk om te zeggen, is het niet zo?'

'Ja, 't is een prachtige regel.'

'Wilt u hem nog 's herhalen?'

Ik herhaalde hem nog 's. Zij sloot de ogen.

'Verrukkelijk...' fluisterde ze.

Waarna zij opstond en naar de badkamer verdween, geluidloos, om de regel niet te verstoren.

Het was nog vroeg. De straten waren leeg. Ik was op zoek naar de Scuola, maar ik wist niet in welke buurt ik was. Tussen de hoge huizen speelde een onnoemelijk teer zonlicht, in beweging als snaren van een harp.

En in die muziek van snaren kwam Tatjana de Russische naderbij, op weg naar de laatste dag, plichtsgetrouw naar de lezing van Ruelisueli: 'Goedemorgen, meneer Pipper, we zijn wel erg vroeg, vindt u niet?'

Ik had het vier uur. Nee, zo vroeg was het nu ook weer niet. Het horloge was blijven staan en ik zette het met het hare gelijk.

'Ik moet u zeggen,' zei ze, 'toen ik zonet het hotel uit stapte, had ik sterk de aanvechting de andere kant op te gaan. Zulk heerlijk weer, dan ga je toch liever naar zee, in plaats van naar zo'n lezing.'

'Nou, mevrouw, dan gaat u toch naar het strand?'

'Ja? Meent u dat?'

'O zeker, u zult de enige niet zijn.'

'Daarom juist. Ik vind het zo sneu voor prof. Ruelisueli.'

'Maakt u zich over hem geen zorgen. Prof. Ruelisueli is een zeer elitair persoon. Hoe kleiner zijn gehoor, hoe groter zijn zelfvertrouwen.'

'Bewonderenswaardig! Dus u denkt dat ik ongezien kan wegblijven?'

'Maakt u zich geen zorgen.'

Tatjana genoot van het onverwachte uitje. Ze nam meteen de boot naar het Lido. Daar was ze nog niet geweest. En ze zou er ook niet heen gegaan zijn als niet die heerlijke, warme oktoberzon haar daartoe uitgenodigd had. Een lange wandeling langs het strand, langs de waterlijn, de schoenen in de hand. Voor iemand die haar hele leven in Moskou heeft gewoond en bij wijze van spreken de deur niet uit geweest is, is zo'n wandeling-naar-de-eeuwigheid een genot van de eerste orde.

Het was elf uur en ze liep door het rulle zand naar boven, naar het hotel dat met z'n terras haar een weids uitzicht bieden zou.

En juist was ze gezeten, of ze kreeg gezelschap – waar ze niet om gevraagd had.

Het was de jonge Zweedse prof. Eriksson die haar met zijn aandacht vereerde. Zij voelde zich nog even betrapt, dat ze niet op haar plaats zat, in de Scuola, maar dat gold voor hem evenzeer.

Dat gold voor hem helemaal niet. Hij was een vrije Zweed en zij, nog steeds, het angstvallige product van KGB en partijterreur.

'Een congres, hoe eenvoudig ook, zonder een partijspion, zonder een stille – ik moet er nog steeds aan wennen, aan die vrijheid. Zelfs zo'n colloquium als dit,' zei ze, 'hoe klein en eenvoudig van opzet – zo'n meneer Pipper is voor mij het prototype van een KGB-spion.'

'Welnee,' zei toen de Zweed terecht, 'zo'n opvallende man, met Pythagoras de enige die niet dr. is, zal nooit een stille zijn.'

'Dat is waar. Maar is hij écht zo beroemd?'

'Ach, beroemd... Beroemd hoef je niet te wezen, met zo'n merkwaardige staat van dienst.'

'Heeft hij iets ontdekt?'

'Hij heeft de Riemann-hypothese bewezen, zegt hij. En dat heeft hij heel slim gespeeld. Hij heeft het bewijs in tweeën geknipt als 't ware en pas na zijn dood zullen die twee helften aan elkaar gelegd worden en het werkelijke bewijs vormen.'

(Prachtig, dit verhaal. Zo hoor je nog 's wat.)

'In werkelijkheid is het bewijs nog steeds niet gevonden.'

Eriksson vertelde haar dat aan dit – grootste – wiskundige probleem 's werelds beste wiskundigen werkten. Tot nu toe zonder succes.

Terwijl het zo'n simpele hypothese was.

'Het zal toch niet waar wezen,' meende hij 'dat het ontbrekende stukje bij God onder tafel gevallen is.'

Tatjana glimlachte. 'Dat zou ongelooflijk zijn. Heeft het iets met Gödel te maken?'

'Nee, het heeft niets met Gödel te maken.'

## PROF. RUELISUELI KRIJGT APPLAUS

Prof. Ruelisueli hield zijn lezing over schoonheid in de wetenschap. 'Wat dat precies is weet niemand. Laten we het smaak noemen, of geweten.'

'De natuurwetenschap staat in de rui. Bijna elke onderzoeker vraagt geld, krijgt geld, legt over hoe hij het besteden zal nauwgezet verantwoording af, terwijl je zou willen zien dat hij, gokkend in de tenten van Serendib, het geld over de balk smeet.

De formulieren die deze aanvragen ondersteunen liggen hier voor mij, ongeldig, specimina...'

Er begon een sirene te loeien en prof. Ruelisueli onderbrak zijn lezing tot het geluid ophield.

'Wat betekent dit,' vroeg hij verstoord, 'moeten we eruit?'

'U kunt rustig doorgaan.'

Hij hervatte zijn verhaal: 'De formulieren die deze aanvragen ondersteunen liggen hier voor mij, ongeldig, specimina:

– op welke wijze is het onderzoek theoretisch, methodisch of *stilistisch* van belang? Zal het onderzoek een wetenschappelijk probleem oplossen? Of heeft het onderzoek wetenschappelijke aspecten in die zin dat het een wetenschappelijk probleem op een nieuwe wijze formuleert en aldus tot een *stilis-*

*tisch* verantwoorde – nee niet verantwoorde – tot een *stilistisch* te *genieten* oplossing voert?'

Het verhaal van prof. dr. K. Ruelisueli was als een zwarte nacht, versierd met slechts één enkele ster, één briljant. Hier komt-ie:

'In hoeverre biedt het onderzoek zodanig belangwekkende wetenschappelijke perspectieven dat het nieuwe problemen genereert of anderszins een interessant *stilistisch* licht werpt op een probleem dat allang is opgelost?'

Geestig. Maar het was niet sprekers bedoeling geestig te zijn. Het was zijn bedoeling zijn gehoor met stomheid te slaan.

'Ik dank u,' zo besloot hij zijn betoog.

Applaus van zijn gehoor, dat bestond uit welgeteld twee man, mij meegerekend.

'Ik dank u,' zei prof. dr. Ehrenreich (68), 'ik had dit niet graag willen missen.'

'Dank u zeer, dank u zeer,' antwoordde de ontroerde spreker.

Ze raakten in een gesprek, dat straalde van eensgezindheid.

Je kon zien: die twee hadden elkaar gevonden en nu maar hopen dat het zaadje wortel schoot.

Ik kreeg een paar laarzen mee. Ik deed ze meteen aan en hing mijn schoenen aan hun veters om mijn hals. Je zag dat de Venetianen er evenmin raad mee weten. Nog steeds niet. Er worden op de drempels schotten geplaatst, maar door de kieren komt het water toch wel naar binnen en na een tijdje staat het binnen net zo hoog als buiten.

De mensen waadden als schepen voorwaarts, met een booggolf voor zich uit.

Vicky trof ik zoals afgesproken op het terras tegenover de Vidalkerk.

De ontmoeting was wat vreemd. We deden allebei nogal

luchtig. Kusje natuurlijk, maar over een afstand die we zo snel mogelijk moesten overbruggen.

We gingen een restaurant binnen. Kwamen tegenover elkaar te zitten aan een rond tafeltje. Nogal lacherig.

'Was het leuk?'

'Ja.'

Ja, waarom zou ik eromheen draaien. 't Was goed. 'En jij,' vroeg ik, 'heb jij het naar je zin gehad?'

'Nee.'

'Nee? Wat mankeerde eraan?'

'We herkenden elkaar niet. Heel sneu.'

'Hoe kan dat nou?'

'Weet ik niet. We hebben te lang met een masker rondgelopen.'

'Droegen jullie maskers?'

'Ja. Helaas.'

'Dus ik heb de nacht mooi thuis doorgebracht, in m'n eentje. Ik heb nog een tijdje in je notulenboek gelezen. Nou, als dat een roman moet worden. Waar is het Venetiaans glas, en het goud, het goud van Venetië! En de maskers!'

Ik bracht onder haar aandacht dat ze net zelf een mooi maskerverhaal had *beleefd*...

'Dat ga je er toch niet in zetten?'

'Weet niet. Waarom niet? Als ik nog wat ruimte heb... Toch een prachtverhaal?'

'Ik mis de psychologie.'

'Nou, dan schrijf jij de psychologie.'

'Is dit bedoeld als geestig?' Ze keek mij vrijmoedig aan.

Het water was in korte tijd flink gestegen. Ik was blij met m'n laarzen. Vicky gaf nergens om, die liep op blote voeten.

'Pas maar op dat je niet een gracht in loopt.'

Venetië is een stad die – dat zal men begrijpen – waterpas ligt.

Maar niet helemaal. Het beroemde Piazza ligt ietwat lager, en de buurt rond de Galleria dell'Accademia ligt het laagst. Op weg daar naartoe kreeg ik het eerste water over de rand van de linker laars, even later over de rand van de rechter laars en korte tijd later twee natte voeten en de laarzen vol water. En een natte broek. Vicky had allang een natte broek, een nat hoofd zelfs.

Gaf niet. Het water was niet koud. Niet in het minst. Mediterraan temperatuurtje, meneer!

Vicky ging naar haar winkeltjes in Dorsoduro en ik bracht een laatste bezoek aan de Galleria's. Ik besteeg de trappen en bevrijdde me van de kilo's water aan mijn voeten. Bellini nog 's een keer, Veronese en in de hoek, hoog, de Tintoretto die meer weg heeft van een Rousseau dan van andere Tintoretto's, die man had een flitsende geest. Ik zwerf van zaal naar zaal. Sta voor *De apotheker* van Longhi, een betrekkelijk klein schilderij, maar uiterst gedetailleerd. Ik doe mijn bril af om de penseelvoering...

## SERGE HOUDT SPREEKUUR

'Blijft de vraag,' zei Brigit, 'of God in staat is een natuurwet te veranderen.'

'Ach,' zei Sylvester, 'dat lijkt een heel diepzinnige kwestie, maar als een mens het kan, moeten we dan aan God vragen of hij het ook kan? Hier hebben we, als ik zo vrij mag zijn, het al eerder over gehad. Ik denk dat het antwoord op die vraag ons nu duidelijker voor de geest staat.'

'Dat is van later orde,' zei Olsen. 'Ik wil vóór we op het vliegtuig stappen hem even een handje gegeven hebben. Ik wil 'm even in het echt zien, dat is alles.'

'Ik ga ook mee,' zei ik.

'Dat is goed. Kent u hem?'

'Ik heb hem éénmaal ontmoet.'

We hielden een taxi aan en stapten in. Het water stond hoog. 'Op audiëntie,' spotte Brigit.

'Jammer,' zei Sylvester, 'dat hun villa niet beschikbaar is, dan had je iets moois gezien.'

'We zijn er geweest,' zei Olsen, 'het is nog steeds de moeite van een bezoek waard. De familie huist nu in een oranjerie. Zwaar gedupeerd natuurlijk. Brandstichting kon niet worden bewezen, maar in het bijzonder Alessandra scheen een vermoeden te hebben dat als de jongste, Serge dus, die avond niet in de buurt was geweest, er ook geen ongelukken waren gebeurd.'

'Ja,' zei Sylvester, 'dat wordt gezegd, maar ik ben zo vrij het niet te geloven.'

'De jongen heeft kunnen aantonen,' zei Olsen, 'dat hij in de nacht van de brand bij zijn vriendin in Milaan heeft geslapen; buren hebben hem niettemin nog dezelfde avond in de villa gezien.'

We voeren nu op het Canal Grande. Ik wou dat die Olsen nu even zijn mond hield, waar bemoeide hij zich mee?

'De Malcontenta heeft helemaal geen buren,' zei Sylvester.

'Er is niets besloten,' zei Sylvester, 'maar laten we 's kijken of Serge thuis is.' Hij belde, staande alsof hij de boot loodste.

Serge logeerde in hotel Tre Arches en was gereed ons te ontvangen.

'Hij moet wel,' zei Sylvester, 'ik ben zijn sponsor.'

De deur sprong open en onze prima donna nodigde het gezelschap uit binnen te komen, met de excuses dat hij 'niet optimaal gehuisvest' was.

'Zitten we buiten? In de tuin?'

Olsen werd begroet met nieuwsgierigheid, Brigit met een hoffelijke buiging en ik met 'een bekend gezicht' – alledrie met die slappe handdruk –, 'gaat u zitten'.

En toen we zaten: wat we wilden drinken en toen we het

glas gevuld voor ons hadden staan, richtte Serge zich tot Olsen: 'Wat kan ik voor u doen?'

'Ik heb u een brief gestuurd...' zo begon Olsen, 'met een aantal vragen over...'

'O, was u dat...' viel Serge de professor in de rede, '...een tamelijk domme brief en dat zeg ik niet om u te beledigen, maar omdat u een verkeerd beeld hebt van de islam, en van de moslim. U denkt, zo lees ik, de islam te vernietigen door de moslims te bedreigen met de dood. Daarmee slaat u de plank volledig mis. Want een moslim houdt ervan te sterven. Dat is zijn enige doel op aarde. Zijn hoogste doel is: te sterven door de hand van de vijand. Op deze manier heeft hij zelfs zijn vijand tot zijn knecht gemaakt. Goed, meneer Olsen, u maakt een rekenfout en de hele brief door maakt u dezelfde fout.'

'Ik vind dat prettig om te horen,' zei Olsen, 'dan zijn we tenminste consistent en zitten we met het omdraaien van één lichtknopje beiden op één lijn.'

'Waarom wilt u dat? De islam wil oorlog. Daarom schrijven zij de letters en cijfers van achteren naar voren. Zo tellen zij de korrels van hun eindeloze zandwoestijnen. Effectiviteit staat daarbij voorop. Een handvol zand is genoeg om een machine tot stilstand te brengen.'

Olsen: 'Zo denkt de islam erover. Zand zijt gij en tot zand zult gij wederkeren. Het Westen is een tegenligger. Het is in staat uit één enkele zandkorrel een hele machine te maken.'

'Daarom,' zei Serge, 'een handvol is meer dan duizend machines. Maar we zijn kieskeurig. We volgen de koran, die zegt: schept geen wanorde op aarde nadat hij is geordend. Maar de orde die Allah in een zandkorrel gelegd heeft is altijd groter dan de orde die de mens erin legt.'

'Dat geloof ik niet,' zei Olsen.

'Wie heeft de zandkorrel geschapen?' vroeg Serge in alle oprechtheid. 'Er is veel wat er nooit geweest is. Daarom sla ik de wereld in elkaar.'

'De wereld en allen die daarop wonen, dag en nacht?'

'Leg ik om met de schop, een aarde die wacht.'

'Ik zal,' zo ging hij voort, 'de bergen lostrekken van hun voet. We hebben genoeg springstof om de aarde te splijten. Een mes lang genoeg om hem als een rode kool in twee helften te snijden. Wat ik wil is helderheid, zuiverheid. Wat ik wil is dat de mens zuiverheid nastreeft. Er moet gezuiverd worden.'

''t Kan u,' zei ik, 'niet zoveel schelen wát. Als er maar gezuiverd wordt, hè?'

'Meneer Pipper, u bent straks de eerste wie ik de nek zal omdraaien.'

'Meent hij dit allemaal werkelijk?' vroeg Brigit onthutst.

'Mevrouw,' zei Serge, 'ik zou niet weten wat ik anders moest menen.'

Hij was, met wat publiek om zich heen, zeker van zichzelf en het was deze zekerheid die mij overtuigde van de zuiverheid van zijn bedoelingen.

'Wat mij opviel in Timboektoe,' zei Brigit, 'als ik er even tussendoor mag, was het gemak waarmee, na een regenbui, huizen daar in elkaar zakten – geen enkele structuur.'

'Klopt. Die mensen daar zijn volmaakt gelukkig.'

'Ze blijven gewoon op hun eigen puinhoop voortleven.'

'Klopt. Op oude gravures ziet u dat het middeleeuwse Venetië meer dan honderd torens had. Daar zijn er minder dan tien van over. Toch betreurt niemand het verlies. Maar buiten dat – deze stad dient als voorbeeld. Als je de vlag van de vijand naar beneden hebt gehaald, heb je de strijd al zowat gewonnen.'

'Nou, laat mij dan de vlag zijn,' riep Brigit strijdlustig, 'en laten ze dan maar 's proberen mij te pakken te krijgen. Ik bedoel dit figuurlijk. *Non mens, nisi corpus.*'

'We leven in een wereld,' zei Olsen, 'die ons niet bevalt. Toch zijn de meeste mensen wel tevreden, gelukkig zelfs.'

'Je kunt weinig doen.'

'Je kunt alles doen,' zei Serge. 'Er zijn tegenwoordig vergiften die zo sterk zijn, zo zuiver, dat het inademen van één molecuul al de dood ten gevolge heeft. Eén gram bevat $10^{22}$ moleculen. Er zijn maar $10^{10}$ mensen. Je hebt geen gram nodig. Een miljardste deel is voldoende.'

'Ik heb een vraag,' zei Olsen met een knipoog naar Sylvester, 'hoeveel software heb je nodig om één gram hardware te krijgen?'

Serge zocht in zijn papieren. 'Dat knipoogje van u, professor, dat ontging mij niet. Ik wilde daarom... hier heb ik het, u een bon-mot meegeven. Alstublieft.'

Olsen nam het velletje in ontvangst. Las het.

'Wij danken u,' zei hij, het papiertje opvouwend, 'ik heb het geheel begrepen.'

'Dat verbaast me niets. U bent zo knap.'

'Wat moeten we roepen,' ging Serge voort, 'als straks de San Marco basiliek in puin ligt? Ja, want dat dat vroeg of laat gebeurt staat wel vast. Aan de andere kant, een kist met trotylstaven heb je daar wel voor nodig. Natuurlijk wordt het bouwwerk bewaakt, dag en nacht. Maar bij zeer hoog water komt ook een politieboot niet meer onder de bruggen door.'

'De politie zal de dader onder de moslims zoeken,' zei Brigit.

'Ik bén een moslim.'

'Neem me niet kwalijk, maar dat maakt de zaak wel ingewikkelder.'

'Kom,' zei Sylvester, 'laten we gaan.'

'Die man is levensgevaarlijk!' zei Brigit, toen we buitenstonden.

'Ik weet het niet. Het is show. Als wij daar met vier, vijf man aan komen zetten, voert hij een show op. Ben je met hem alleen, dan praat hij net zo gewoon als u en ik.'

'Het gevaarlijkst is hij misschien als hij alleen is.'

'Het is iemand die je niet alleen moet laten.'

'Wat vindt hij er zelf van?'

'Zelf is hij het liefst alleen.'
'Staat hij onder toezicht?'

★

Er werd slecht weer verwacht.

'Tijd dat we naar huis gaan.'

Intussen was het helemaal niet koud. Het water was warm, van de voorbije zomer, en de bijna hete wind kwam rechtstreeks uit Afrika.

De mensen trokken naar huis, in hun knielaarzen, die bleven droog. Op blote voeten, de schoenen om de nek, dat waren de toeristen. Een enkeling kwam, om tenminste één voet droog te houden, hinkend voorbij.

Het water daalde snel. Nog voor middernacht lag bijvoorbeeld de Campo di Margherita alweer droog. Het laatste water spoelde door de gaten weg. Het vuil bleef liggen op het altijd zo schone plein: hout, plastic, fruit, dode ratten...

'Maar zelfs 's nachts heb je het gevoel dat de lucht is opgeklaard.'

De muren zijn blijven staan en de huizen. De kelders staan vol water, maar dat staan ze altijd.

### WAAR IS VICKY?

Vicky was naar de Piazza dei Roma gevaren om een watertaxi te reserveren en uit te zoeken waar de auto zou staan. Als je daar niet over nadenkt, denk je dat alles vanzelf goed komt, maar dat is ten dele waar: als je er niet over nadenkt, gaat het meeste vanzelf fout.

Het ging goed. Vicky verstaat de mensen, bij de eerste keer, ook al spreken ze Italiaans. Of het nu in een winkel is, op de markt of op de Piazza dei Roma, tussen de schippers – ze heeft

223

geen enkele moeite met ze.

Toen dat geregeld was ging ze naar het station, met de trein naar Mestre, naar de auto, die nog steeds niet gestolen was of vernield, terwijl hij daar toch een kleine week gestaan had, koffers op de achterbank, open en bloot. In dit wonderlijke autootje, dat geen dieven scheen aan te trekken, reed ze terug naar Venetië, naar de Piazza dei Roma. Waar hij een apart plekje kreeg.

Ze had nog twee uur over, die ze gebruikte om langs de winkels te gaan, dingen te kopen en andere dingen die ze allang gekocht had nu op te halen, onder andere twee glazen kroonluchters, in kartonnen dozen verpakt. Loodzwaar – al die straten, al die bruggen op en af – maar Vicky is sterk als een paard.


Omstreeks deze tijd was ik te vinden op de Scuola Grande di San Rocco, waar nog allerlei zaken moesten worden afgewikkeld. Ik had daar weinig bemoeienis mee; per slot was ik nog steeds geen doctor. Ik was er alleen om mijn gezicht te laten zien. En om te horen waar, over twee jaar, het volgende colloquium zou zijn. In een land dat ons nog niet eerder had gezien. In een universiteitsstad, maar niet de hoofdstad.

Thessaloniki werd genoemd.

Het ogenblik van handen schudden was aangebroken. Enkelen waren al vertrokken (vliegtuig), onder anderen de gravin, zo te zien. Maar Tatjana was er nog wel, die bedankte me met een knipoog voor haar spijbeluurtje. Professor Ehrenreich bedankte me voor het tegengestelde: dat hij erbij had mogen zijn, bij het laatste college, van collega Ruelisueli. Tjonge, wat een inspirerend verhaal. Hij zou, thuisgekomen, meteen aan de slag gaan. De natuurwetenschap neerzetten als een gebouw van waarheid en schoonheid, te beginnen met de Wet van Boyle, dat zou de kiemcel zijn van waaruit de hele wereld beschreven zou kunnen worden. Ik zou van hem horen, verzekerde hij mij, en ik was oprecht benieuwd.

Planiać zag ik, de felle Planiać, vergezeld door de nog felle-re Sophia, zijn vrouw, die hem met de zweep gaf als hij niet hard genoeg werkte – nu zag ik haar dan 's van dichtbij. Een gewoon huisvrouwtje, zo te zien, dat haar wapens had thuisgelaten, want Victors nieuwste boek *De bijen Gods* leek een groot succes te worden. Ik hoorde dat graag, want hoeveel meer is een boek dan een enkel artikel of zelfs een bundel artikelen, hoeveel meer dan een bundel gedichten is een hele roman. Ach, ik weet niet of je dat zo stellen kunt. Maar in elk geval feliciteerde ik hem met z'n aanstaande succes. Ik zou van hem horen, verzekerde hij mij. Natuurlijk, hij wou wel een plaatsje in de uiteindelijke notulen. Maar prof. Wood, die erbij was komen te staan, kon dat niet zoveel schelen. Een uitzonderlijk goed colloquium was het niet geweest, vond hij. Het had bijvoorbeeld niet eens een thema. Geen naam zelfs. Dat was ik niet met hem eens. Het Torricelli-colloquium Padua/Venetië, LA SCIENZA DOPODOMANI, de wetenschap van overmorgen, was dat niet duidelijk genoeg? Jaaa, dat verzint u nu, riposteerde Wood, nog steeds grijnzend, maar ik heb me twee weken lang afgevraagd: waar gaat het over, wat is de verbindende idee?

Ach ja, ik wilde hem wel gelijk geven, om hem niet te hoeven vertellen dat we juist met zijn spoorwegverhaal de grootste moeite hadden gehad, in dit verband. Maar wie hadden we dáár? Niet reeds met het vliegtuig vertrokken, maar in levenden lijve voor mij, de koningin van het feest, mevrouw de gravin Nowotny, in één nacht uitgegroeid tot een rijzige vrouw doordat ze zich, jawel, getrakteerd had op een paar pumps, het congres was toch voorbij en dan konden die intellectuele wandelschoenen wel de prullenmand in. We keken elkaar op deze hoogte recht in de ogen – wat een heel andere vrouw! En ik zag haar naar mij kijken met een gezicht waarop ik las: is dat 'm nou? Mensen van adel hebben geleerd zich een houding te geven in alle omstandigheden. Zo bedankte ze mij voor het prachtige gedicht, dat ik, toen zij het waar iedereen bij stond citeerde, van verlegenheid wenste niet geschreven te hebben. Maar haar tijd was beperkt, zei ze, we namen afscheid met een omarming. Arrivederci! Vaarwel!

Tamelijk verdwaasd door dit onverwachte gebeuren maakte ik nog wat praatjes met deze en gene. Onder anderen met dr. dr. Ort, die het betreurde dat de lezing over Torricelli erbij ingeschoten was, en met dr. Kiik, die almaar zijn nieuwe liefje zocht maar die, vond ik, tevreden moest zijn met wat hij al met al gekregen had. Dr. Goormaghtigh en prof. DuToit lieten, net als ikzelf trouwens, weten dat we tot de vaste staf behoorden, in elk geval dat we in Thessaloniki weer van de partij zouden zijn, ik hopelijk als doctor en de anderen, die moesten maar zien of hun bijdrage een uitnodiging voor de volgende keer rechtvaardigde – vond Goormaghtigh. Zo kon hij nu al wel zeggen wie er de volgende keer wel/niet bij zouden zijn. Misschien hadden we ook wel genoeg van Wood, zijn fraaie lezing ten spijt. Hij was een veelgevraagd spreker, maar hij bracht elke keer hetzelfde verhaal.

Over de doden niets dan goeds.

Een geval apart was Olsen. Typisch een politicus die, als hij het voor het zeggen zou krijgen, de vergadering voor zijn stokpaardje zou laten spannen: wat is goed en wat is niet goed? En als iets niet goed is, moeten we het dan verzwijgen – zoals de vergadering tot nu toe had gedaan? Het colloquium als politiek instrument – was dat wel wat señor Hernandez voor ogen stond? Nieuwe perspectieven krijg je te zien als je spel tot politiek instrument promoveert. Wat je wint aan moraal (geweten), verlies je aan waarheid (vals geweten). Maar is het dan nog leuk?

Goed, daarover is het laatste woord nog niet gesproken. Nu zijn we gelukkig. Maar mogen we wel gelukkig zijn?

We denken aan het duo Eriksson/Mitla. Kun je dat herhalen?

Kun je überhaupt iets herhalen?

Mijn idee is dat je het toeval een grote kans moet geven.

Daar zal Olsen niets voor voelen.

Daarom, in vertrouwen gezegd, ik moet die Olsen niet.

Maar de rest... Kemenyfy... toch een geestige man. En Heinz Mayer-Kuckuck, die de glorie meedraagt van zijn magistrale lezing... Ach ja, veertien dagen samen, het schept toch een band.

Tot ziens! Auf Wiedersehen! Arrivederci!


## TINTORETTO

Ik bleef nog even. Wat ik wilde was: nog één keer alles goed bekijken – wat ook niet meevalt. Zo groot is de zee die je probeert leeg te drinken.

Het meeste werk van Tintoretto hangt in de Scuola Grande di San Rocco, precies op de plaats waar ik al die geleerden had aangehoord zonder een blik zijwaarts te werpen. Zo gaat dat.

Tijdens het symposium waren de lampen gericht op de eenentwintigste-eeuwse sprekers. Deze laatste middag was de verlichting in haar oude positie teruggebracht: gericht op de heilige Rochus. Het ronde plafond zou destijds in één nacht geschilderd zijn – om de concurrentie voor te blijven. De wanden volgden, in de daaropvolgende jaren: 1565-1587: *Christus voor Pilatus*, *Kruisiging* (twaalf meter breed), *Het wonder van de Koperen Slang* (acht meter hoog), *Maria Magdalena*, en *De vlucht naar Egypte*. Taferelen die in grootte, kleur en verscheidenheid de hedendaagse filmindustrie naar de kroon steken. Wat men hier ziet, in de Scuola Grande di San Rocco, zijn de laatste grote uitlopers van de Renaissance. Verder dan precies tot aan het strand, dan tot onze voeten, is de Renaissance nooit gekomen.

Ik nam de boot naar huis. Lijn 42. Heerlijke tocht, elke keer weer. Door het nauwe kleurrijke Canale di Cannaregio en dan met een wijde boog om de dukdalven heen, in de verte de beide bastions, vanouds bewakers van het Canale della Misericordia.

Ik sta op de achterplecht en wuif met een breed gebaar, zwaai met beide armen, want stel dat ze, de aardappels op het gas, even de tijd heeft om door de schietsleuven naar buiten te kijken en in de verte iemand ziet zwaaien, dan zal ze misschien denken dat ik dat ben.

Vicky liet zien wat ze net op de kop getikt had: een plattegrond van Venezia, anno 1711. Een ets, de stad gezien in vogelvlucht. 'n Mooie scherpe plaat, om langdurig te bestuderen.

Vicky wees naar de Zanipolo, die stond vroeger blijkbaar aan het water, en daar, die scherpe hoek, dit hoekhuis, hier woonden wij. De man bij wie ze de plaat gekocht had, had haar verteld dat het vroeger, in de vijftiende eeuw, een douanehuis was geweest. We vonden dat je dat ook wel kon zien. Het Canale della Misericordia – hier kwamen de schepen binnen. Voor onze neus langs.

'Dit was de tolkamer, dit vertrek.'

'Hier scharnierde de wereld.'

'Ik hoor het knarsen.'

Ik vertelde haar het verhaal van dr. dr. Helmar Ort.

★

We zaten aan de andere kant van de stad. Het was er rustig en aangenaam, de meeste mensen waren naar huis.

We keken uit over zee.

'De overkant, zou dat Kroatië zijn?'

'Ja, of Griekenland.'

'Griekenland ligt meer zuidelijk volgens mij. Ik bedoel hiervandaan bekeken.'

'Hoe heet Griekenland in het Italiaans.'

'Grecia.'

'O, ik dacht misschien Ithaca.'

'Vroeger misschien. Odysseus kwam van Ithaca. O, ik schrik me rot. Kijk nou 's.'

Op het water stond een man, twee meter lang. Hij stond op de achterplecht van zijn gondel.

Wachtend op een vrachtje?

'Zie je hoe scheef hij op het water ligt?'

'De boot zelf is scheef. De linkerzijde is veertien centimeter langer dan de rechterzijde. Daar krijgen ze die peulvorm van. Dat levert het optimale evenwicht.'

De gondel schommelde onder de voeten van zijn schipper, die zelf nauwelijks bewoog – tot hij wegvoer.

We zwegen een tijdje.

Wat is het eigenlijk heerlijk te praten zonder dat het iets uitmaakt wie wat zegt...

We stapten op. Het strand was nog niet leeg, de kade ook niet. De kade genaamd Schiavioni. 'Hoe spreek je dat eigenlijk uit.'

'Met een k.'

'Zou er nog een ijsbar open zijn?'

We lopen allebei met een half pond ijs voor ons gezicht.

Het wordt donker. En het ijs steeds lichter.

# De weg terug

ACQUA ALTA

Vicky slaapt en ik ben al een tijdje wakker – zoals altijd als er dingen staan te gebeuren.

Nu en dan vaart er een boot langs ons heen naar buiten, maar verder is het stil. Een golfslag. Vertelt mij hoe dicht we op het water zitten. Soms dacht ik: we zitten met z'n tweeën in een klok, een duikersklok waarmee je onder water kunt komen zonder nat te worden. 't Verklaart misschien de bedruktheid die je voelt – in deze ruimte.

Hoe kan dat? Ik heb nooit in een klok gezeten.

Vicky is wakker geworden en staat op. Loopt heen en weer. Ze heeft wat men een duozitje noemt. Je kunt bij haar achterop zitten – erg charmant.

'Kijk niet zo.'

Terwijl ze een douche neemt, maak ik het ontbijt klaar, of wat erop lijkt, en daar gaat de sirene.

'Gadver! Alweer!'

Opeens zijn wij in rep en roer. Aan ontbijten komen we niet meer toe, we proppen alles in plastic zakken.

Onze horloges geven een verschillende tijd aan. De sirene jankt voort.

'We laten ons niet opjutten!'

'Nee, maar hoe eerder wij hier weg zijn, hoe beter!'

'Hoe laat komt de schipper? Heeft-ie een nummer? Dat je hem bellen kunt?'

Ik loop de hal in – die nog droog is, open de deur naar de kade – die ook nog droog is, maar niet lang meer.

Er ligt een watertaxi te dobberen. En de schipper, op de

achterplecht gezeten, dobbert mee.

'Familie Pipper?'

Ja, dat zijn wij! De hemel zij geprezen, hij ligt daar voor ons. Einde eerste akte.

We zijn aangekomen op de Piazza di Roma, dat wil zeggen aan de waterkant. We stappen uit de boot – in het water, routiniers sinds gisteren.

We redden ons wel.

Fier draag ik de eerste doos aan land.

'Help die ouwe even,' hoor ik en ik krijg assistentie. Met een triomfantelijke Vicky achter het stuur komt daar de auto aanzetten, hij rijdt tot aan het water. We pakken hem in; hij raakt tot het dak toe vol. Vicky deelt papiergeld uit, ze is altijd royaal met fooien, en daar gaan we. De slagboom zwaait omhoog, we worden vrijgelaten en we zitten meteen op een vierbaansweg. Niemand die ons tegenhoudt! En ik besef dat ik al die dagen onder spanning heb geleefd.

Op de radio horen we dat sinds 1966 het water niet zo hoog heeft gestaan en dat er geen boot meer vaart.

'Perfect getimed,' zegt Vicky, wat ze ook wel 's in bed zegt.

★

De weg slingerde zich door de valleien.

Vicky vijlde haar nagels. Daarna werkte ze haar administratie bij. Rechte rug, recht nekje. Blocnote voor d'r neus – zo was ze de secretaresse die ze ooit is geweest. Ze telde haar zegeningen van de afgelopen veertien dagen: de keren dat ze lekker gegeten had, de kerken die ze zich herinnerde, aantal keren seks (mij meegerekend: drie keer en mij gevraagd hoe vaak ik (ook drie keer, haar meegerekend, over Alessandra zweeg ik; dat was dus gelijk), hoeveel penalty's in de verlenging (zij twee en ik nul), dus zij was winnaar).

De bergen waren groen als gras.

Na Verona draaiden we, als een vliegtuig, met een grote bocht de bergen in. Het Gardameer lag links, zeshonderd meter onder ons.

## HET AANZOEK

'Lieve man,' zei ze.

Ik zag dat ze naar me keek; ik was bezig een vrachtauto in te halen.

'Lieve vrouw.'

'Deze administratie, zullen we daar maar een streep onder zetten?'

'Ja, zet er maar een kruis door.'

'Nee, geen kruis; dat zou betekenen dat we ons hebben vergist. We hebben ons niet vergist.'

'Nee, de proeftijd is afgelopen en het was een succes.'

'Het is daarom met groot genoegen dat wij u een vaste aanstelling bieden.'

'Lieve Vicky, ik zou gek zijn als ik dat aanbod niet accepteerde. Het zou overigens inhouden dat ik jou eenzelfde aanzoek doe.'

'Er is er maar één die een aanzoek doet. De ander hoeft alleen maar ja te zeggen.'

'Op het stadhuis zeg je allebei ja.'

'Daar doe je een aantal geloftes.'

'Met inachtneming van het Kader van Kant.'

'Wat zegt het Kader van Kant?'

'Het Kader van Kant zegt dat het huwelijk is: een contract aangaande het wederzijds gebruik van elkaars geslachtsdelen, met als optie a: exclusief wederzijds gebruik en b: niet exclusief wederzijds gebruik.'

'Ik vind dat een verstandige indeling. Niet alle mensen zijn gelijk. Afgaande op mijn ervaring kies ik voor optie a.'

'Mijn liefde voor jou in aanmerking nemend, kies ik ook voor optie a.'

En hoe ze even later op een witte kei stond, de armen als een kruis, roepend: 'Omhels mij, omarm mij, ik ben de vrouw van één man!'

Ik vertelde mijn dierbare reisgenote dat de Brennerpas op een hoogte ligt van 1371 meter. Ook dat viel mee.

In de groene bermen lagen lange repen sneeuw. Oude sneeuw. De lawine waarover ik gelezen had.

We stonden op 1371 meter om ons heen te kijken. De Brenner is 3510 meter hoog. Een berg van meer dan 2000 meter.

Vicky deed inkopen, wat 'eterij' voor onderweg. Europa heeft haast. Waar tot voor kort douaneposten stonden, staat nu een supermarkt.

Ik bestudeer de kaart. We staan dus op het hoogste punt. Je hoeft de auto maar in z'n vrij te zetten en hij rolt zomaar de Alpen af, de Rijn langs, de Noordzee in. Of vergis ik me met de Donau? Dan komen we in de Zwarte Zee terecht.

Vicky komt terug met de armen vol lekkers en op weg naar Innsbruck eten we Oostenrijkse chocola.

INNSBRUCK

De diepte in. Een kuil vol lichtjes. Daarboven de nacht. En daarboven het hooggebergte, gloeiende sneeuw en dáárboven een staalblauwe hemel alsof het alweer tijd is voor de nieuwe dag. Boven ons hoofd staat de zon. Maar dat zal de maan wel wezen.

We logeren in hotel Mozart. Eindelijk met ons tweeën! We trekken ons de kleren van het lijf. We gooien onze geslachtsdelen in bed. Dat we 'getrouwd' zijn, willen we vieren.

Omdat de stad met zijn sneeuwkraag rondom ons beviel, verlengden we ons verblijf met een dag. 's Avonds, in afwachting van het bestelde, zagen we op de tv voor welke rampen we gespaard waren gebleven. Hevige regenbuien hadden een nieuwe wijk in Verona onder water gezet. De bewoners werden geëvacueerd. En met enig chauvinisme dachten we terug aan de stad die zowat elke maand onder water stond en waar nog nooit ook maar één inwoner was geëvacueerd. Nieuw is altijd goed, denken wij, maar nieuw is pas goed als het door het oude is geaccepteerd.

Dat lezen we pas de volgende dag, in de krant. Ook op de tv is er iets van te zien; we zien lang geelzwart lint ter afrastering van de onheilsplaatsen, ambulances die het terrein op rijden, politie met een mobilofoon aan het oor – algemeen mogen we vaststellen dat de oefening als geslaagd mag worden beschouwd.

We liepen in de koude witte stad. In zulke omstandigheden is het witte witter en het zwarte zwarter dan normaal en kun je begrijpen waarom kunstenaars palet en penseel laten liggen en overgaan op de houtsnede.

Witte bergen, een grijze lucht waaruit nog steeds grijze sneeuwvlokken vielen en de straten zijn dan weer wit, ook daar waar mensen met hun zwarte schoenen hebben gelopen.

De Dom was wit met bruine rechte lijnen en binnenin was de ruimte wit met goud.

'Nou moet de zon nog gaan schijnen.'

De zon scheen toen wij terug waren gekeerd in ons hotel, in onze kamer.

Op de schrijftafel, tegen de witte wand, stond een grote vaas met wel twintig rode rozen. Vicky zag ze. Dacht even dat ze voor haar waren, van een aanbidder, maar nee, ze kwamen van een aanbidster, van een vrouw.

'Krysta. Wie is Krysta.'

Ik schoot toe, om het kaartje te lezen.

'O, van Krysta. De gravin.'

Voor mij! Ik ervoer het als een wonder: dat ze zo dicht bij me was. 'Uit Venetië,' lachte ik schaapachtig.

Vicky lachte niet.

'Hoe weet zij dat jij in dit hotel zit? Dat wij in Innsbruck logeren?'

Goeie vraag. Vicky voelde zich gemanipuleerd. Die dacht dat ik in Venetië al wist dat ik hier, in dit hotel, hotel Mozart... Geen sprake van.

'Hoe komen die bloemen hier dan?'

'Geen idee. Internet?'

'Wat weet een ouwe man als jij nou van Internet!'

Vicky drukt de tv aan, en – wham – daar hebben we de derde persoon in huis. Ergernis denk ik, want anders zet je zo'n ding niet aan. Maar juist geen grotere ergernis, in het hedendaagse amusement, dan juist de tv. Reclame, nieuws en Vorschau, in dartele afwisseling. Een glimlach en waar maar even een open plaatsje is, een blote kont, hetzij van een man, hetzij van een vrouw, hetzij van beiden en het is nog geen acht uur. Erotik am Samstag.

'Ik hoef geen erotiek,' zeurt Vicky, 'ik wil porno' en ze gaat breeduit op het bed liggen zappen.

Ik doe alsof ik het druk heb met andere dingen, maar lig even later toch naast haar te kijken en help zo onbedoeld mee het kijkcijfer van dit adembenemende programma op 9 te krijgen. Waardering: 3,9 x 3 is 27, wat meer is dan bijvoorbeeld 2 x 8. Twee miljoen kijkers hebben afgestemd op een hoogwaardig programma over de zeldzaam spitse journalist Karl Kraus (1874-1936). Er is lang aan gewerkt, aan dat programma, bijna een jaar, maar twee miljoen kijkers is te weinig voor een zender met zo'n bereik, dus in plaats van dat chique programma krijgen we dat kloteprogramma, want de meeste kijkers zijn niet chic en zo komen we toch aan onze negen miljoen. Maar negen miljoen is nog geen negentig, en negentig is nog geen miljard. Totaal aantal kijkers huwelijk Diana, pardon Charles, was 2,2 miljard. Wereldwijd.

Ik zap naar New York en ik krijg Wall Street. Cijfers zonder dat je verteld wordt wat die cijfers betekenen. Ik heb er niet zoveel verstand van, maar dat hebben degenen die er verstand van hebben ook niet.

Dit is wereldnieuws. Wall Street. De Nederlandse cijfers vallen hierbij in het niet.

Een enkeling die buiten kantooruren aan een heimelijk loket om geheimhouding vraagt en voor die luttele paar miljoentjes die hij opstrijkt geen dief genoemd wil worden. Of die postbode die er prat op ging het snelst te kunnen denken en zo op één middag vijftig miljard euro verloor. 'Won!' Nee, verloor. Vijftig miljard. 'Miljoen!' Nee, miljard. Of die olieboer, die van het ene moment op het andere naar het voorbeeld van andere olieboeren zijn directeurssalaris zag vervijfvoudigd en uitriep 'wat veel!'. Of die kruidenier die eerst zijn zaak naar de filistijnen hielp, daar twee miljard euro voor kreeg, plus nog 's 750 miljoen als hij opstapte – dan heb je een idee.

Dit alles onder de vlag 'De anderen doen het ook'.

Waar komt al dit geld zomaar vandaan?

Weten we niet. Hier tast de wetenschap in het duister.

Waar stroomt het heen? Weten we evenmin. Deze stromen vormen drijfzand waar je beter niet kunt komen.

Voor menigeen is deze nieuwe toestand een verbetering. De 'metafysische omwenteling', die we voor het gemak nog maar even toeschrijven aan dr. Welbeke, is een morele. Wat voordien slecht was is goed en wat altijd goed was is nu niet meer zo goed.

Wie over het hek klimt wordt doodgeschoten.

De algemene som zal op een dag blijken te zijn: positief. Die dag zal jaarlijks worden gevierd als – een pikante en toch keurige woordspeling – International Bank's Giving Day, met een speciaal logo.

In het algemeen: ieder die keurig gekleed gaat krijgt een eigen logo.

In het algemeen heeft niemand een eigen zaak of firma. Heeft men personeel in dienst, dan zijn dit altijd advocaten. Deze advocaten zijn deskundig en mogen beslag laten leggen op andermans geld waar dit niet voldoende wordt beheerd, of belegd.

Op deze manier is geld bijna altijd goed beveiligd.

Inkomsten door arbeid zijn van een andere, eenvoudiger geldsoort (fiches) en tellen op dit niveau niet mee.

Voetbal is een bedrijf. Wie belangen heeft in het voetbal, beschikt over juristen die bedreven zijn in het samenstellen van roosters, het opstellen van spelers en discussies daarover tot een goed einde brengen. Op deze manier wordt het toeval dat het vroegere voetbal beheerste teruggebracht, gereduceerd, tot de bal zelf, wat een enorme spelverbetering te zien heeft gegeven. Voor of na de revolutie – de bal is altijd rond gebleven!

Of dit alles een juiste aanzet is tot een nieuwe maatschappij – de toekomst zal het uitwijzen.

Vanmorgen stond er in de krant dat het aantal aanmeldingen voor de rechtenstudie in Padua dit jaar de 10 000 overschrijdt, dat is meer dan vijfenzestig procent van het totaal. Een onrustbarend hoog percentage dat laat zien dat economie, de studie van het geld zelf, definitief op het tweede plan dreigt te raken.

Ik had nog wat vragen.

Wie heeft, die zal gegeven worden.

De spreuk is oud, van bijbelse oorsprong, legt 's Rijks Account Manager ons uit, en ook de strekking is in wezen zo oud als de mensheid.

Wie heeft, laat zien dat hij tot nemen in staat is – een kwaliteit die beloond mag worden.

Wie heeft, die heeft en wint. Wie heeft en daarbij niet wint doch verliest, gaat terug naar AF en ontvangt tweehonderd miljoen euro.

In sommige gevallen ben je als je het slecht doet, geen winst maakt, beter AF dan wanneer je het goed doet.

AF is de sleutelplaats van de moderne bedrijfsvoering.

Wie van AF komt, zit goed. Wie op zijn BEK gaat evenzeer.

Wie zijn eigen bedrijf naar de sodemieter helpt, krijgt een vertrekpremie van twee miljard euro, maar mag blijven zitten waar hij zit.

Vertrekpremies zijn niet terugvorderbaar, ook niet na doorstart.

Wie doorstart, laat de motoren brullen.

Wie doorstart, start door, gaat terug naar AF en ontvangt vijftig miljoen euro.

Wie steelt, is een dief en ontvangt een premie van vijfhonderd miljoen euro.

Wie een premie ontvangt groter dan honderd miljoen euro, ontvangt een premie van vijftig miljoen euro extra en gaat terug naar AF.

Er zijn vele constructies mogelijk.

Regel: zorg dat u zoveel mogelijk langs AF komt.

Geef uw bedrijf elk jaar een andere naam.

En zo mogelijk een ander gezicht.

Vereenzelvig u niet met een bepaald product. Blijf flexibel.

Wie niet heeft, wordt ontnomen, ook wat hij heeft.

Verklaring: wie niet heeft en tegelijk wel heeft, heeft een verschil precies zo groot als wat hem wordt ontnomen.

De euro staat op de beurs genoteerd, de fiche niet.

Derhalve is de euro onderhevig aan koersdaling.

De fiche is dat niet.

De fiche is waardevast.

Men spreekt ook van 'het' fiche.

Het fiche is waardevast.

Daarom: het fiche gaat niet langs AF.

Met het fiche meet men hoeveel werk er is verricht.

Fiches zijn een middel tot betaling.

U koopt er brood voor, boter, hagelslag, maïzena, bleekwater, zeep, custardvla, maar ook: vleeswaren, melkpoeder, hoestpastilles, sardientjes, maar ook: kleding, schoeisel en andere lederwaren, cosmetica, maar ook: aardappelen, groenten, zuidvruchten en andere comestibles, maar ook: shag, koffie, thee, een krantje... enzovoort.

Omdat het fiche geen beursnotering kent, heeft het geen koerswaarde. In tegenstelling tot de euro, die rolt (geld moet rollen), rolt het fiche niet. Veel fiches zijn daarom vierkant.

Zo zijn er nog wat regels en regeltjes.

Hoofdzaak is dat u beseft dat het fiche buiten het bedrijf niets waard is.

Ik had nog wat vragen, maar ik werd wakker.

Vicky lag van opzij geamuseerd naar me te kijken.

'Heb je het druk gehad, schat?'

'Hoe laat is het?'

'Geen idee. We hebben de tijd toch aan onszelf?'

De tv was uit. Ze zat met een boek tegen haar opgetrokken benen. Ze legde het weg, een uitnodiging om haar mijn droom te vertellen. Iets wat je nooit moet doen, maar dit was een uitzondering. Ik had, zei ik, een dag in de toekomst geleefd. Nee, niet leuk. Een nachtmerrie. Ik heb wel vaker nachtmerries, en heb daarbij het vermogen ontwikkeld, als het mij te gortig wordt, er een eind aan te maken. Aan die droom. 'k Heb dat Vicky laatst nog verteld: dat ik nooit een echte angstdroom heb. Maar dit was iets aparts. Dit was geen opgelucht ontwaken, maar de stille vrees dat dit ons te wachten staat. Twee dromen, vertelde ik. Over juristen en over voetballers. De eerste was het ergst, die beklemde mij het meest.

Ik wilde zo graag weten wat de goedingelichte sterauteur Welbeke mij niet kon vertellen: wat hierna komt. De deur was op een kier gegaan: ik kreeg een verticaal inkijkje in wat ik meer en meer voel dat de hel moet zijn. Onze toekomst.

Ik vertelde Vicky wat ik gezien had, en gehoord, en – zij het zeer kort – meegemaakt en dáár zat niets onlogisch in: als mensen zijn zoals ik had gezien dat ze zijn, willen ze ook niet iets anders zijn en zijn ze redelijk gelukkig, in hun vierentwintigste eeuw. De toekomstige mens zal met wat wij 'een hel' noemen tevreden zijn, hij weet niet beter. Wij wel en daarom gaan wij, als het zover is, liever dood.

'Ben ik duidelijk?'

'Ik begrijp wat je bedoelt,' zei Vicky, 'maar liever begreep ik het niet. Ik voel me vreselijk oud.'

Het was nog lang geen dag. Verenigd in elkaars armen sliepen wij gelijktijdig in.

Gelukkig, de volgende dag schijnt de zon. Ook al is hij meestal niet te zien, het daglicht brengt alles tot zijn gewone proporties terug – het is heden.

En je zoekt aan het buffet een heerlijk ontbijt bij elkaar.

Maar de beelden op de tv waren even verschrikkelijk als absurd. Niemand wil op de tv zien hoe zijn bed de straat uit drijft terwijl hij honderd kilometer verderop in een Holiday Inn zit. Niemand kan zich voorstellen wat er gebeurt als zes mensen de lift nemen naar de ondergrondse parkeergarage en deze garage is tot het plafond gevuld met water.

ULM

'Hoe ver zitten we van Ulm. Laten we over Ulm gaan.'

En Vicky wendt het stuur naar Ulm, de geboorteplaats van

240

Einstein. Welke straat weet ik niet, maar daar komen we ook niet voor. Waar we voor komen is de toren, met 161 meter de hoogste van Duitsland, en misschien wel de mooiste – die wilde ik haar laten zien; want je kunt wel dertig kerken in Venetië hebben bekeken, maar echte torens hebben die kerken daar niet. Torens die je beklimmen kunt...

'Heb jij,' vraag ik, 'in Venetië ook maar één toren beklommen? Nou dan.'

'Het zijn typisch altijd mannen die een toren op willen, denk je niet? Tenminste ik heb nooit de behoefte.'

De kerk was op z'n mooist. Het zonlicht stond felgekleurd in de ruimte, afwisselende kleuren, vanwege de wolken buiten, en alsof dit niet genoeg was begon daar opeens het orgel te spelen, geen bandje, maar *live*; er zat een organist, die zich een paar keer vergiste en zich bleef vergissen – een leerling, die zich oefende in het gebruik van registers –, stukken melodie waarin de kerk zelf mee dreunde. Daar hebben we, gezeten in de banken, ons aan overgegeven, ook aan de fouten. Tot de les erop zat en het orgel zweeg – toen gingen we weer naar buiten.

De torenspits is waarlijk een spits, het uiterste waartoe men als bouwer kan gaan. De punt is ijl als een ster die je soms ziet schitteren. De toren is te beklimmen; de laatste tien meter aan de buitenkant. Op een lijstje van klimmers die dit bouwwerk vanboven hebben bekeken prijkt de naam van een Nederlands dichter, te weten Constantijn Huygens, op weg naar Italië, eenentwintig jaar oud.


'Ben je nou eindelijk doctor?'

Nog steeds lukte het mij niet met een eerlijk antwoord voor den dag te komen. En toch was ik zo eerlijk mogelijk. 'Om je doctor te mogen noemen moet je gepromoveerd zijn en ik ben niet gepromoveerd.'

'En waarom ben je niet gepromoveerd?'

'Om te promoveren moet je afgestudeerd zijn en ik ben niet afgestudeerd.'

'En waarom ben je niet afgestudeerd?'
'Omdat ik niet gestudeerd heb.'
'En waarom heb je niet gestudeerd?'
'Omdat ik ben gezakt voor mijn toelatingsexamen.'
'En hoe kwam dat zo?'

Haar stem was opeens veel vriendelijker, zodat ik naar waarheid durfde te antwoorden: 'Ik heb geen lagere school, die is erbij ingeschoten,' waar zij hartelijk om moest lachen. Ik vertelde van mijn bijzondere geboortedatum: 5 mei 1945, en mijn nog bijzonderder plaats van geboorte: Bergen-Belsen. Mijn vader was een Nederlandse arts, mijn moeder een verpleegster uit Praag; beiden werkten ze in het kamp, in de ziekenboeg, waar ze zich heel behoorlijk gedragen hebben. Na hun scheiding – ik was twee jaar –, ging ik met mijn moeder mee naar Warschau, naar een zuster van haar. Om geld uit te sparen gaf mijn moeder mij privé-les – in alle vakken. Dat was niet voor elk vak een succes. Ik verhuisde naar Nederland, naar mijn vader, precies op de dag dat het onderwijs in Polen gratis werd. Mijn leven kun je ophangen aan bijzondere datums: toen het Gordijn sloot was ik de laatste die naar buiten glipte. Ik was toen veertien, en zestien toen mijn vader verongelukte. Ik ben toen wiskunde gaan studeren, omdat wiskunde een synthetisch vak is: voorkennis is niet verplicht. Sprak mij wel aan. Ik heb toen een beurs gekregen, daarvan heb ik in Engeland kunnen studeren, en later in Duitsland. West-Duitsland. Toen mijn moeder stierf, erfde ik vijfhonderd dertig euro. Daar heb ik toen de *Encyclopædia Britannica* voor gekocht. Sindsdien weet ik alles.'

'En sinds een halfuur heb ik een andere kerel.'
'Ben ik nog lief?'

We reden met helder weer naar Neurenberg, Würzburg en ik zei – Vicky zat achter het stuur – dat ik in Würzburg wel even wilde stoppen.

'Zoals je wilt.'

'Würzburg is,' vertelde ik haar, 'de stad van Wilhelm Konrad Röntgen, de ontdekker van de röntgenstralen. 5 november 1895. De geboortedag van de kernfysica.'

Een uur later liepen we door de straten van Würzburg. Stonden op de oude brug over de Main. Zoals ook Röntgen daar wel 's zal hebben gestaan.

Vicky wil dan altijd meteen naar een museum. 'Er is vast wel een Röntgenmuseum hier.' Ze schiet voorbijgangers aan, die dan vaak van niets weten, maar kreeg deze keer meteen het verlangde antwoord: vlakbij, hier om de hoek.

Dat is mooi. We lopen terug, zien daar aan de overkant op een dubbel herenhuis inderdaad DAS RÖNTGENHAUS staan, en staan voor een deur. Helaas. Het is maandag en het museum is gesloten.

Ook de restaurants zijn gesloten.

Daarom is het zo'n stille stad.

Zo stil als in 1895.

Het is het type stad waar je op een zondagmiddag de eerste röntgenstraal ontdekt.

Stel je voor: een provincieplaats omstreeks 1900. Hobbelkeien. Misschien een tram. Misschien zelfs een paardentram. In elk geval staat er een universiteit. Aan deze universiteit is verbonden een zekere professor doktor Röntgen. Een bekwaam experimentator, maar ook niet meer dan dat. Wel een uiterst consciëntieuze man dus. Hij is zeer goed op de hoogte van het gedrag van kathodestralen. Hij voert daarmee proeven uit die ook elders in het land worden uitgevoerd, en in Frankrijk, en in Engeland; hij doet ongeveer dezelfde proeven als iedereen.

Hij ziet dat het klopt. Hij ziet bevestigd wat hij elke keer al weet: dat kathodestralen in een vacuüm getrokken buis de anode doen gloeien, voorzover ze die raken, de rest vliegt het raam uit. Twee jaar later zal prof. dr. Thomson uit Engeland op grond van deze en andere proeven vaststellen dat het elektronen zijn. Negatief geladen deeltjes van het atoom zijn het waarmee men schiet. De ontdekking van het elektron. 1897. Maar zover was het nog niet. Het was 1895, 5 november, dat prof. dr. Röntgen, om geen last te hebben van het licht van deze straling, de buis omwikkeld had met een stuk karton en toen zag dat de buitenkant van het karton opgloeide... Dat had nog niemand ooit gezien. Prof. dr. Röntgen, bepaald niet een bevlogen man, maar dat moet je ook niet wezen voor dit soort werk, wist precies wat hij gezien had. Hij voerde nog zesenzeventig proeven uit om er zeker van te zijn dat hij zich niet vergiste, schreef een verslag en stuurde het op. Drie weken later was hij wereldberoemd. Iedereen wist nu dat er – onzichtbaar – licht was waarmee je de botten van je eigen lichaam kon zien.

Hij kreeg als eerste de Nobelprijs voor natuurkunde, in 1901.


GÖTTINGEN

'Gaan we over Göttingen?'
'Hoezo?'
'Je hebt het altijd over Göttingen. Nou wil ik dat ook wel 's zien, dat Göttingen van jou.'
'Zoals je wilt. Het is oud en gaaf, het is goed de oorlog doorgekomen. En een universiteitsstad natuurlijk, veel boekhandels.'
'Je hebt er toch gestudeerd?'
'Ja zeker, maar niet lang. Drie maanden. Een groot succes.'

Mijn toon was luchtig. Maar ik voelde dat ik de ontknoping van mijn leven naderde.

We reden de stad in en – hoe merkwaardig – ik herkende er niets. Zelfs de binnenstad kwam me vreemd voor – wat ik op zichzelf weer vreemd vond. Hier moesten toch heel wat voetstappen van me liggen.

'Alles vergeten? Dan is het toch goed dat we de memorie even verversen? Wat denk je overigens van dat hotel?'

We stonden stil voor een mooi, oud, goed onderhouden gebouw. Hotel Lichtenberg. Het leek me uitstekend. We parkeerden de auto onder een fraaie eik en waren, gezien de stilte, niet verbaasd dat er in het hotel plaats voor ons was; een grote, met kroonluchters versierde *Doppelzimmer*.

'Dit is een beroemd huis,' vertelde de hotelier. 'Het was het woonhuis van Georg Christoph Lichtenberg, daar zult u wel eens van gehoord hebben.' En of. Een van Duitslands beroemdste en vermakelijkste filosofen, wist ik. Hij was trouwens ook fysicus.

'Göttingen,' zei de man, 'is vergeven van beroemdheden. Göttingen is de stad met de meeste Nobelprijswinnaars. Maar ook in de achttiende en negentiende eeuw...'

'Veel wiskundigen,' wist ik.

'O, zeker,' zei de man. 'Gauss, Riemann, Minkowski.'

Bekende namen. Ik begon me een beetje thuis te voelen.

Goed dan. We kregen de sleutels mee, eentje voor het nachtslot, mochten we het laat maken.

Op naar de binnenstad. De winkels waren open, ook Göttingen had zijn koopavond.

Een brede straat, die schuilging onder veel kaal geboomte. Hoe heet het hier. Goethe-Allee. Verlicht met oranje, roze en gele lampenslingers. Ankara Bar. Konya Corner...

Dat was in elk geval nieuw, leek mij. Die had je toen niet, Turken. En wat ik me in het centrum van het raadhuis wél herinnerde was naast de ingang tot de Ratskeller het kraampje met de Bratwürste. Ja, wat had ik niet een braadworsten gegeten. God, dat dat er nog stond.

Onze wegen gingen zich nu scheiden. Vicky wou nog even de winkels langs en ik, ik zou wel iets van mijn gading vinden in een van de vele boekhandels, hoewel ik mij die niet herinnerde. Die waren natuurlijk sterk uitgebreid, vroeger had je niet van die grote boekhandels, dat was allemaal veel kleiner. Alles was veel kleiner.

En toch was het nog steeds een stadje van niks, qua omvang. Vijf minuten lopen en je staat op de wallen. Ik wandelde veel op de wallen en die herkende ik. Wonderlijk. Het hotelletje...

Ook het hotelletje was verdwenen.

'Hoe zag het eruit?'

'Weet ik niet meer.'

'Hoe weet je dan dat het verdwenen is?'

'Da's een goeie. Geen idee. Ho, wacht. Ik was met de tent. Niks hotel. Ik stond ergens idyllisch aan een bosrand. Met aan de binnenkant van de tent, pikant detail, de reproductie van een "blote Modigliani", aan een reepje plakband. Ja, zo was het. Gezeten in de tentopening had ik het uitzicht op een korenveld. Overdag college. Priemgetallen. Een semester lang.'

'Dat interesseerde je.'

'Dat wilde ik weten.'


...door de straten lopend ben ik nog steeds, of opnieuw, bang in de kraag te worden gegrepen met de barse woorden: jongeman, geef hier die bul!

Aan de poort staat Khintchine, vechtpetje op.

'Doe ze de groeten.'

De opdracht luidt:

Zoek de volgende ster.

Zesendertig jaar later loop ik door een Göttingen dat ik niet herken en niemand herkent mij. Gelukkig. Niemand die het weet, van mij. Ik struin langs de boekwinkels, de stalletjes op straat en zie daar opeens een stapeltje van hetzelfde: BERÜHM-TE PERSÖNLICHKEITEN *und ihre Verbindung zu* GÖTTINGEN.

Een boek om te hebben. Om te smullen. Hierbij vallen alle boeken die ik gekocht heb in het niet. Ik spoed me ermee naar de kassa.

Anderzijds... Bij de kassa, wachtend... Wil ik wel een boek waar iedereen in staat en ik niet?

Het ressentiment kwam boven borrelen, maar ik moest betalen en ik betaalde, kreeg het boek en liep ermee naar het restaurant, vroeg een flesje tonic.

In elk geval stond Brouwer erin, Dijksterhuis niet, maar die hád ook niks met Göttingen, en wie er ook in stond was Nohl – verrassend. Ik wist niet dat mijn oude leermeester zo beroemd was. En Gauss natuurlijk, twee kolommen liefst, en Planck, anderhalve kolom, en teruggebladerd naar Nohl –, 'Karl Julius Walter, ★Hannover, 7/8/1920, †Göttingen, 18/7/1997. Een gedenksteen in het pand Wagnerstraße 4, helaas verdwenen. *Vond in 1977 een nieuw bewijs voor het reeds in 1896 door Hadamard en De la Vallée-Poussin bewezen Vermoeden van Gauss en bewees daarmee ook het algemene geval, het Vermoeden van Riemann, door gebruik te maken van het Khintchine-theorema.'*

Ik had het gevoel dat ik, ontheven van de aarde, in het Niets verkeerde en zal lange tijd voor me uit hebben zitten staren...

Ik liep door Göttingens Hauptstraße, die ik nog steeds in geen enkel opzicht herkende. Een kleine kapel blies *When the Saints Go Marching In*, en ik liep dwars door die mensen heen en marcheerde voort.

Aan het einde van de straat stond Vicky, die had mij al gezien en zwaaide: hierheen! En ik marcheerde voort.

'Nou, soldaat van Oranje, hoe kwiek kom je daar aanstappen. Was ist dir passiert!'

'Kom mee.'

Ik nam haar mee, een studentencafé in; we gingen zitten, mooi in een hoek. Ik brak het boek open op de bewuste pagina, legde het terug op tafel en bezegelde het met een klap: lees.

Ze leest. Twee keer, om er zeker van te zijn dat ze het goed begrepen heeft. Legt dan het boek weg en zegt, je wordt niet genoemd. Had je erbij moeten staan?

'Nee, ik word niet genoemd. Maar het bewijs van Riemanns Vermoeden heeft hij gevonden op mijn aanwijzingen. Ik heb hem op Khintchine gewezen.'

'En hoe kwam jij aan Khintchine?'

'Uit een encyclopedie.'

Nee, dat was niet zo'n verheffend antwoord, maar ik zag er wel wat in. En Nohl blijkbaar ook...

'Gelukkig?'

'Wát gelukkig.'

'Nou, als hij er niets in had gezien, had hij niet in dit boek gestaan. Waren jullie vergeten. Nu ben je vereeuwigd.'

'Nou ja, zo is het niet helemaal. Je bent een naam of je bent niet. A name or not a name.'

'What's in a name,' riposteerde ze.

'Mijn hele leven,' riep ik dramatisch.

Ze glimlachte. 'Ga je hier een zaak van maken?'

'Ik weet het niet. Het ligt ingewikkeld.'

'...'

'Ik ben er niet zeker van. Omdat ik nooit antwoord heb gekregen. Professor Nohl was met vakantie en toen hij terug was, was ik vertrokken. Ik heb nog wat brieven geschreven, maar was vaak niet bereikbaar voor een antwoord.'

'Toch word je wel 's herkend.'

Ach, herkend, herkend. Het gerucht gaat.

Ik begon over 'de gebeurtenissen van 26 september', een verhaal waarin ik *verzoop*, zo langzamerhand.

248

'O, dus je hebt boter op je hoofd.'

'Dat is het punt.'

'Maar afgezien van je naam, je Onsterfelijke Naam, ben je niet nieuwsgierig naar het Bewijs?'

Jawel. Ja, zeker was ik dat wel. Maar het was zeer de vraag of ik het nog wel zou begrijpen. Dat alleen al. Stel je voor, als ik hier een zaak van maakte. Dan zou ik aanspraken maken op iets wat ik zelf niet begreep. Nee, daar moest ik wel even hartelijk om lachen zeg, hahaha!

Zij lachte mee, nam het bonnetje op, om te betalen.

'Dat zullen er niet zoveel gezien hebben.'

'Wát niet.'

'Dat je zo lachen kunt.'

'O.'


We lieten ons in een taxi naar de Hohe Reese brengen.

Als dat allemaal nog bestond. Ja, dat bestond nog en ik herkende het zowaar. Maar de plek was dichtgegroeid. En koren stond er ook niet meer.

'Hier was het. Hier stond ik. Met m'n tent.'

'Dezelfde sterren?'

Ze hing aan mijn rechterarm en herhaalde, toen ik niet antwoordde: 'Dezelfde sterren, schat?'

'Ja, dezelfde sterren min of meer.'

'Wat moeten we doen, een krant bellen? Pipper vertelt de waarheid na dertig jaar? Is dat interessant?'

'Na dertig jaar? De waarheid?'

'Kom schat, we gaan terug, ik krijg het koud.'


De taxi voerde ons terug naar de stad.


'En jij, wat heb jij gekocht?'

# Epiloog

Mijn alibi was hun alibi. Ze hebben met succes gespeculeerd op mijn onervarenheid. 'Een brief van de Justizwachabteilung zal hem schrik aanjagen en hij zal, in de hoek gedreven, het antwoord geven dat ons bevalt. Hij zal het document dat hij bij me wegnam, de blanco bul, van grotere waarde hebben gevonden dan zijn aantekeningen rond het Vermoeden van Riemann.'

Dat is waar. Ik heb mezelf onmogelijk gemaakt, in Göttingen. En Nohl de vrije baan gegeven. Die had al snel de zekerheid dat ik me nooit meer vertonen zou.

'Herr Pipper? Ken ik niet.'

Maar wie zou Herr Pipper kennen als ik het zelf niet was?

Hoe werd ik, ver weg op Curaçao en Trinidad, 'wereldberoemd'?

Daar moet, ongewild, Herr prof. dr. K. J. W. Nohl zelf voor gezorgd hebben.

Terug in het hotel werden we opgewacht door de eigenaar, die me vroeg of ik een paar minuutjes tijd voor hem had. Ik dacht: o jee, nou zullen we het hebben. Leg de handboeien maar om. Maar nee, hij wilde weten of ik met net zo veel plezier terugdacht aan dat zomercollege, over priemgetallen, als hij.

'Ja, heel bijzonder.'

'Vijf, zes studenten. Dat waren tijden,' glunderde hij.

Maar dat hij mij herkende. Mij, oud en grijs...

Door mijn naam. *Pipper valt door de aarde*, een boek uit zijn jongensjaren.

'Dat moet,' rekende ik uit, 'het was in '67, dat moet drieëndertig plus vier, zevenendertig jaar geleden zijn...'

'Die avond' (het ijs was nu gebroken) 'dat u ons meenam naar uw tent, op de Hohe Reese, en ons aan de hemel de priemgetallen toonde, alle. En dat we wel wisten wat het imaginaire vlak was, maar dat we ons het hoofd braken over de imaginaire ruimte... Daar kwamen we maar niet achter...'

Daar wist ik dus niets meer van.

En over het Vermoeden van Riemann.

Ja, dat herinnerde ik me nog...

'Daar was u verder in doorgedrongen dan wij. En zelfs verder dan professor Nohl, vonden wij. U zei dat hij de gammafunctie moest gebruiken en daar was hij nogal nijdig over... Jaren later vond hij de sleutel tot het probleem, met de Khintchine-functie. Helaas kwam er bij de uitwerking een fout aan het licht, maar dat wisten we toen nog niet. Groot feest. Maar ik vond het niet correct dat hij nergens uw naam noemde. Ik herinnerde me dat u er met ons over praatte, vlak voor uw vertrek, dus het leek me voor de hand te liggen dat u er ook met Nohl over gepraat hebt. Hoe kwam u er eigenlijk aan? Doet er even niet toe. Hij noemde u niet, dus: hoe kwam Nohl er aan? Ik heb u een paar brieven gestuurd, maar daar kreeg ik geen antwoord op. En later nog een brief. U zat wel erg ver weg, want ook die tweede brief heeft u niet bereikt. Jammer genoeg, want ik mocht die man niet, eigenlijk.' (Ik herinnerde me één brief uit Göttingen, luchtpost, die ik ongeopend heb vernietigd, maar daarover hield ik me stil. Ik deelde zijn verbazing dat die brieven me niet bereikt hadden.)

'Hij is dood, niet?'

'Hij is dood, maar het is hem nog wel gelukt een muurtegel te krijgen en hij wordt genoemd in ons Beroemdhedenboek, dat zich hiermee heeft gedegradeerd tot een provinciaal niveau – waarmee ik de provincie nog beledig ook.'

'Hoe dan ook,' zei ik, 'u hebt ons een opmerkelijk verhaal verteld.'

'Met uzelf als held.'

'Met mezelf als held. Straks kunt u tegen uw vrouw zeggen
– pardon, bent u getrouwd?'

'Ja, zeker.'

' – kunt u tegen uw vrouw zeggen, ik had vanavond een
gast, een oudere man met een jonge vrouw, en die geloofden
nou ook werkelijk alles.'

'Wie weet.'

*

Dat Nohl het Riemann-probleem had opgelost – buiten
Göttingen geloofde niemand dat. Elk geloof heeft zijn eigen
kring van gelovigen. Dat hoeft zich niet tot een provincie te
beperken. Het Vermoeden van Riemann is bewezen door de
Franse wiskundige Louis de Branges – niet de eerste de beste
want hij was het die het destijds fameuze Vermoeden van Bie-
berbach bewees. Maar buiten Frankrijk wordt zijn bewijs van
'Riemann' aangevochten omdat hij zou uitgaan van punten
(limieten) die waarschijnlijk niet bestaan.

De fysicus Michael Berry (Bristol) en de wiskundige An-
drew Odlyzco (Minnesota) hebben inspiratie gezocht – en gevonden – in de symbiotica: bij de fysica te rade gaan om een
mathematisch bewijs te leveren. Dat is zoiets als de Stelling
van Pythagoras bewijzen door er een liniaal naast te leggen.
Op zich is dit niet nieuw. In de praktijk doet men niet anders.
Maar juist de wiskunde waakt over de zuiverheid der deduc-
tieve rede. Uitgaande van de waarheid van een aantal axioma's
en de juistheid van de logica zijn wij in staat van elke stelling,
elke uitspraak te zeggen of ze waar is of niet.

Behalve dus, tot nu toe, van de Stelling van Riemann.

Berry en Odlyzco verdedigen hun werkwijze door de
waarheid van een of meer axioma's in twijfel te trekken. Maar
je wint een spel niet door halverwege de spelregels te veranderen.

Hoe ver is God?

Wat moet je doen bij je dood als de opdracht luidt: rij door naar het einde?

Wat mag je hopen dat er gebeurt?

Er is in de wiskunde een afschuwelijk groot getal, genoemd naar zijn ontdekker Stanley Skewes, het Getal van Skewes: 10 tot de macht 10 tot de macht 10 tot de macht 34. Gedefinieerd als het punt waar het volgens de methode van Euler, Gauss of Riemann geschatte aantal priemgetallen samenvalt met het werkelijke aantal. Dat er zo'n punt moet bestaan weten we sinds Littlewood (1914). Het getal is groter dan 10 tot de macht 80 – het aantal deeltjes in het heelal, dat, al die deeltjes ten spijt, nagenoeg leeg is. Als we alle gehele getallen kleiner dan het Getal van Skewes zouden turven, zou het heelal niet groot genoeg zijn om de drukinkt te bevatten die daarvoor nodig is.

Het heelal is eindig. (Galilei)

Het mathematisch universum is oneindig. (Torricelli)

Er zijn aanwijzingen dat God, die we niet hebben aangetroffen in het heelal, zich ophoudt in het mathematisch universum.

★

We waren met de auto.

We namen de snelste weg.

Een gewone rechte tweebaansasfaltweg, met een onderbroken middenstreep; een weg die met de kromming van het heelal voorover lijkt te duiken, de diepte in. Zonder te vallen, want we rijden veilig op de weg, veilig met de zwaartekracht mee.

Nu en dan zien we op de middenstreep een nulpunt in de vorm van een oranje wegpunaise ter grootte van een biervilt- je. Soms een aantal achter elkaar, soms twee achter elkaar (priemtweeling), meestal een hele tijd niets (priemwoestijn). Steeds langer duurt het voordat er een nulpunt voorbijkomt.

De jaren gaan voorbij en we rijden nog steeds.

Wie zal deze weg hebben aangelegd – het moet de Ameri- kaanse regering zijn geweest, want voor dergelijke projecten is Europa te klein.

Onze snelheid neemt af op het moment dat we vanaf de hori- zon een grote witte poort op ons zien afkomen...

We stoppen, want boven de poort staat geschreven:

### HET GETAL VAN SKEWES

We zetten de auto in de schaduw en stappen uit.

Er heerst een aangename temperatuur.

De zee in de diepte zorgt voor een eigen golfslag.

Boven onze hoofden, in de onmetelijke blauwe lucht – een schuifdak.

Het loket aan de binnenkant van de poort is gesloten. Achter glas hangt de volgende annonce:

WELKOM

U bevindt zich zeer ver van de aarde:

$$10^{10^{10^{34}}} \text{ km}$$

Geniet van de rust en het fenomenale uitzicht.
Vergeet niet een foto te nemen van het Getal van Skewes.
Goede reis!

'Hoe zijn wij hier zo vlug gekomen,' vroeg Vicky, nog steeds verbaasd.

'We hebben grote stukken overgeslagen,' antwoordde ik. 'In een mathematische ruimte kan dat.'

Toen zag ik voor elk van de poten van de poort een oranje nulpunt liggen. Twee nulpunten dus. Hun verbindingslijn stond loodrecht op de middellijn. Derhalve lagen ze zelf ter zijde van de middellijn.

Daarmee is het Vermoeden van Riemann in negatieve zin beantwoord: *neen, niet alle nulpunten liggen op een rechte lijn.* Mijn intense vreugde over deze ontdekking bewaarde ik in mijn hart en voor onderweg. En voor Vicky, wie ik vroeg goed nota te nemen van die twee oranje stippen in de weg.

Een tweeling, zei ze.

Ik was blij dat we hiermee waren gekomen aan het eindpunt van onze reis. Wij gingen terug, om het de mensheid te vertellen.

We liepen nog wat rond, een paar stappen, als in een maanlandschap.

De foto's!!

Bijna hadden we de foto's vergeten. Het bewijsmateriaal. Bewijs dat we hier geweest zijn. De twee grandioze nulpunten en de middenlijn. Een foto met Vicky erop. En een foto met mij erop. En een foto met ons tweeën erop. En foto's van het eigenaardige glasachtige landschap. Zesendertig foto's.

Verderop stond er een paaltje in de grond. Er bungelde een etiketje aan, met een rood strikje. Vicky liep erheen, om te zien wat er op dat etiketje stond.

Ze kwam terug. Er staat toilet op, zei ze. Daar komen toiletten.

Ze stapte in en weg reden we.

Terug naar de wereld.

'Wat zullen ze opkijken.'

'Wie?'

'Allemaal. Het is toch een schitterende conjunctie? Het Getal van Skewes en de eerste dwarsligger van Riemann? Aan je voeten? Je hebt het toch gezien?'

'Twee nulpunten.'

'Ja. Eén is voldoende, maar om redenen van symmetrie zijn het er twee. De Schepping is niet te overtreffen. Het kan niet anders dan zo.'

'...tien tot de macht tien is tien miljard, tot de macht tien en dat nog 's tot de macht vierendertig – geen mens die ons dat nadoet, ook meneer Skewes niet. Hoeft ook niet meer. Je rijdt er nu in één keer naartoe, op een zondagmiddag. Let op, hoe druk het er wordt. Je hebt gezien waar de toiletten komen, het restaurant zal niet lang op zich laten wachten. Een vierbaansweg voor de mensen met een vierbaansauto. Voor de juristen met een logo en een ton op de bank. Wat is nou een ton. Een miljoen dan! Ook niets! Een miljard! Vijftig miljard! Peanuts! Het is allemaal niets! Niets vergeleken met het getal dat wij achter onze naam mogen schrijven.'

Vicky grijnsde.

Ze keek op haar horloge. 'Als we in dit tempo doorrijden,' zei ze, 'kunnen we voor het donker thuis zijn.'

Deze roman is een product van mijn fantasie. Echter, waar het verhaal in aanvaring komt met de werkelijkheid, wijkt het voor de feiten. Het Vermoeden van Riemann bestaat echt. De steden Padua en Venetië heb ik naar waarheid geschilderd. De personen daarentegen, inclusief mijzelf, bestaan niet in werkelijkheid.

Wie wel bestaan, dat zijn de doden. Ik had ze nodig om te citeren. De citaten zijn dus echt. Van sommige citaten is de bron niet te achterhalen. Waar ik niet zelf duidelijk aan het woord ben, heb ik de tekst gemarkeerd met aanhalingstekens.

G. K.

Over Gerrit Krol